小学館文庫

急斜面

アンドレアス・フェーア
酒寄進一　訳

小学館

Original title: Schwarze Piste by Andreas Föhr

An imprint of Verlagsgruppe Droemer-Knaur GmbH & Co. KG, Munich
Published by arrangement through Meike Marx Literary Agency, Japan

小学館文庫

急斜面

アンドレアス・フェーア
酒寄進一 訳

小学館

主な登場人物

レーオンハルト・クロイトナー………ミースバッハ刑事警察署付き保安警察隊の上級巡査
クレメンス・ヴァルナー…………………ミースバッハ刑事警察署の首席警部
バプティスト・クルッガー……………ロウソク工場の息子。投資家
ゾフィー・クラム…………………………福祉教育士。動物シェルターの経営者
ジーモン・クロイトナー…………………レーオンハルトのおじ。密造酒の造り手
ダニエラ・クラム…………………………クロイトナーがスキー場で出会った女。ゾフィーの妹
カーチャ……………………………………クレメンス・ヴァルナーの娘
ヴェーラ……………………………………クレメンス・ヴァルナーの妻
ミーケ・ハンケ……………………………ヴァルナーの部下の刑事
ヤネッテ・コッホ…………………………ヴァルナーの部下の刑事
ティーナ・クライン………………………ミースバッハ刑事警察署の鑑識官
オリヴァー・カシュマン…………………ミースバッハ刑事警察署の鑑識官
スターリン…………………………………ゾフィーの旧友
マンフレート・ヴァルナー………………クレメンス・ヴァルナーの祖父
フランク……………………………………バプティストが雇った男
イェルク・イマークネヒト………………ゾフィーの旧友。プライベートバンク執行役員
ノーラ………………………………………イェルクの妻
レーア………………………………………イェルクの娘
アネッテ・シルトビヒラー………………ゾフィーの旧友
ヨープスト・ティシュラー………………検察官
シュテファニー・フスフォーゲル……タトゥースタジオの経営者。元売春婦
フランツィスカ・ミハルスキー………ストリッパー
ベルント・ハウザー………………………連邦憲法擁護庁の捜査官
ティファニー………………………………フランツィスカの友人
ケルスティン………………………………獣医
マルティン・シュペルバー………………弁護士。イェルクの旧友
ヨゼファ・レーベレヒト…………………ハウザーの情報提供者

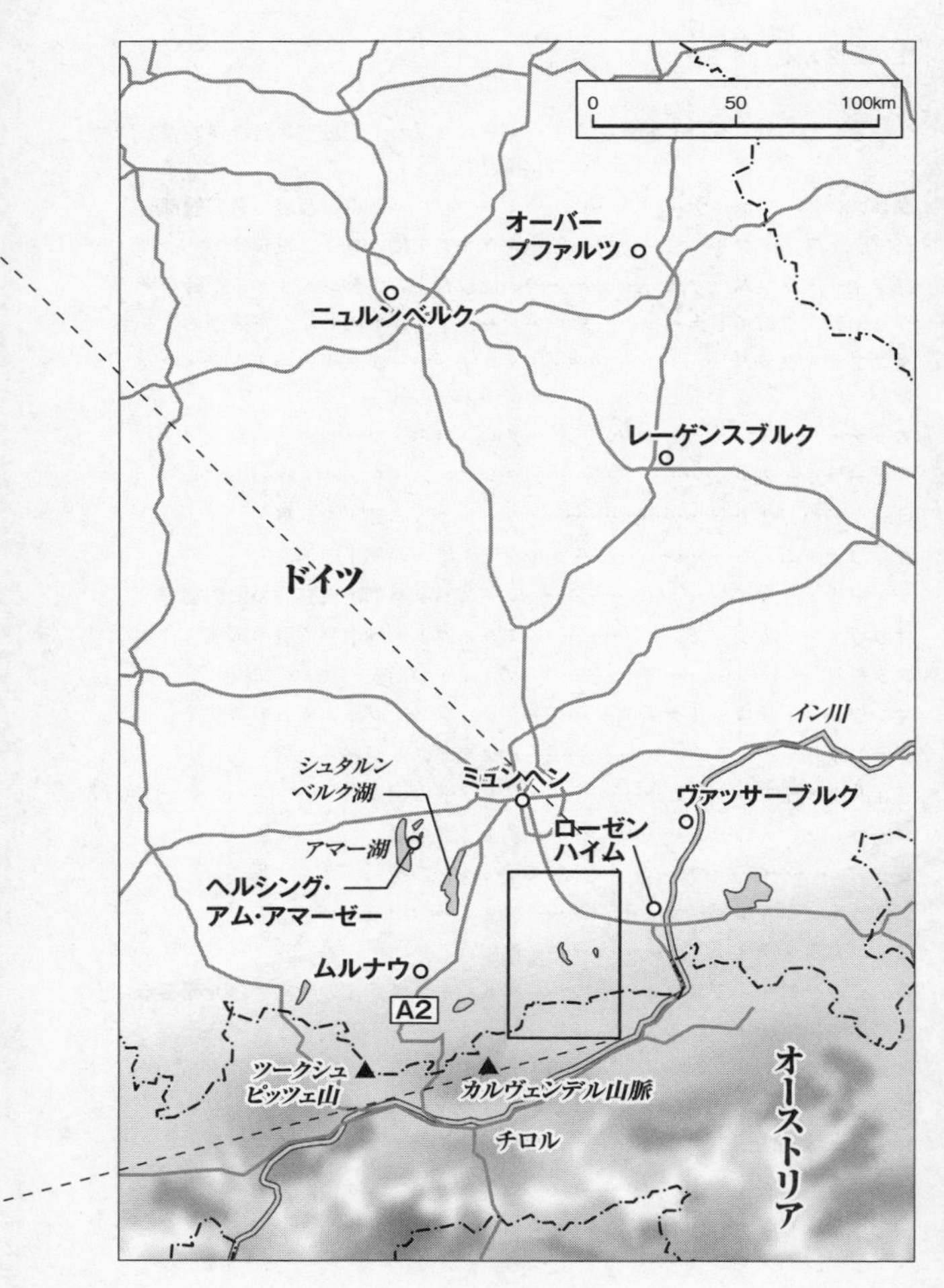
0
50
100km
オーバー
プファルツ
ニュルンベルク
レーゲンスブルク
ドイツ
イン川
シュタルン
ベルク湖
ミュンヘン
ヴァッサーブルク
ローゼン
ハイム
アマー湖
ヘルシング・
アム・アマーゼー
ムルナウ
A2
ツークシュ
ピッツェ山
カルヴェンデル山脈
チロル
オーストリア

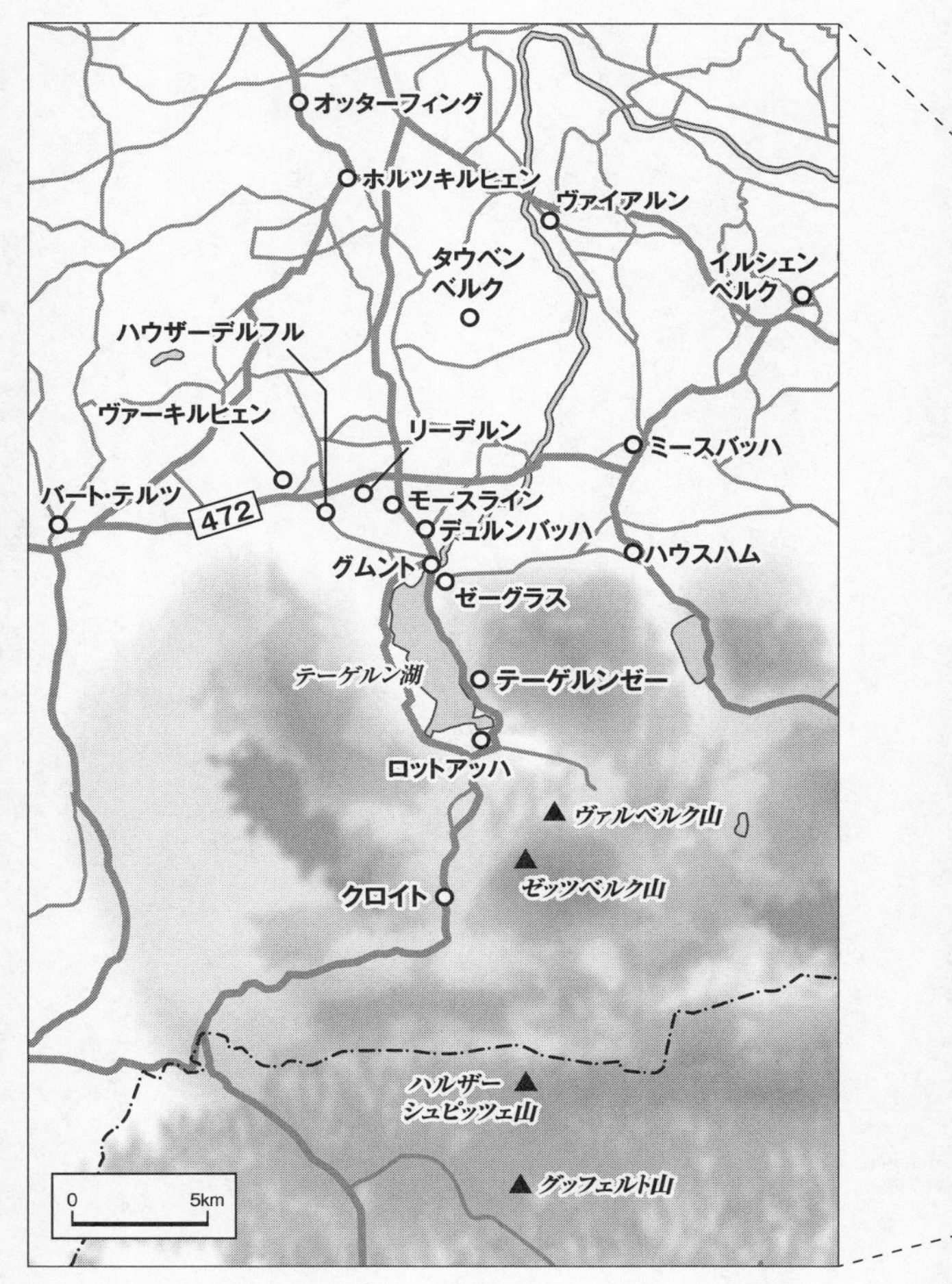

オッターフィング
ホルツキルヒェン
ヴァイアルン
タウベン
ベルク
イルシェン
ベルク
ハウザーデルフル
ヴァーキルヒェン
リーデルン
ミースバッハ
バート・テルツ
472
モースライン
デュルンバッハ
ハウスハム
グムント
ゼーグラス
テーゲルン湖
テーゲルンゼー
ロットアッハ
ヴァルベルク山
ゼッツベルク山
クロイト
ハルザー
シュピッツェ山
グッフェルト山
0
5km

急斜面

キームガウ動物シェルターのスタッフと動物たちに捧ぐ

1

二〇〇八年九月二十四日の朝、曇り空。空気は冷たく湿っていた。その月ははじめのうちこそ異様に暖かかったが、後半になって一気に気温が下がった。七時半、ミースバッハは摂氏六度だった。バプティスト・クルッガーは、ハムサンドを毎朝アルミホイルに包んでくれる母に、「じゃあ、行ってくる」といって、古いVWゴルフに乗り込む。ミュンヘン大学へ通学している、と両親は思っていた。だがバプティストはミュンヘンへ行くわけではない。毎日のように自宅から九キロ離れた郊外の家へ行き、一日を過ごしている。両親のあずかり知らぬことであり、家の存在を知る者はほとんどいなかった。VWゴルフは北へ向かった。すべていつもどおりだったが、例外がひとつあった。ダークブルーのBMWがバプティストのあとをつけていた。

ゾフィー・クラムは寝苦しい夜を過ごして、五時すこし過ぎに目を覚ました。具合が悪かった。二度は吐いたはずだ。膝もがくがくしている。ゾフィーは着替えて、家畜小屋に向かった。冷気を吸えば、気持ちが落ち着くだろう。馬とロバはその朝、落ち着きがなく、馬房で地面を引っかき、鼻息が荒かった。母屋にもどると、コーヒーをいれて、すこしだけ飲んでみた。コーヒーを飲んでまた吐き気を催すかもと不安だった。

六時にゾフィー・クラムは森を抜ける小さな道へ車を走らせ、イェルクとアネッテが移動式信号機を設置する手伝いをした。じめじめした冷気が服の中に忍び込む。だが懸命に作業をしたので汗をかいた。信号機は点灯したが、ずっと青信号のままだった。イェルクは罵声を吐いて、信号機を蹴飛ばした。男がよくやるやり方だ。だがそれでも信号機は機能しなかった。アネッテは移動式信号機をいったん消して、点灯させてみようといった。やり直してみると、今度はずっと赤のままだった。だがこれなら計画に支障はない。

七時からゾフィー・クラムはナンバープレートを偽物に替えたダークブルーのBMWに乗って、クルッガー家から八十メートル離れたところでバプティストが家を出るのを待った。七時二十八分、バプティストが出たことを携帯電話で仲間に知らせ、距離を置きながらあとを追った。まもなくバプティストの車は見えなくなったが、問題ない。奴がどの道を行くかは先刻承知だ。

バプティスト・クルッガーは二十四歳のあまり風采の上がらない若者だ。肥満体でアッシュブロンド、顔の血色はよくない。目の色は褐色で、額は後退していて、唇は分厚い。先祖がネアンデルタール人に誘拐されて、子どもを作ったのではないかと思えるような風貌だ。

両親は小さなロウソク工場を経営している。地元の教区から発注されているので、仕事は安定しているはずだったが、採算割れしてしまった。銀行も貸した金が紙屑同然になったと気づいて、融資をやめた。

バプティスト・クルッガーは経営学を専攻し、いずれロウソク工場を引き継ぐことを期待されていた。クルッガー家はロウソクだけでなく、神への愛も篤かった。実際、ロウソクと信仰には切っても切れない関係がある。だがバプティストには親の生業を受け継ぐ気などさらさらなかった。じつをいうと、彼には千百万ユーロの資産があった。そのことはだれも知らないし、半年前に友人から家を買ったことを知る者もいなかった。彼には他にもいろいろ秘密があった。そしてそれを隠しおおせているという自信もあった。

ミースバッハを出て、ヴァイアルンへ向かうとすぐ、バプティストは小さな脇道に左折した。その直後、ダークブルーのＢＭＷが同じ脇道に曲がった。

それからしばらくして、一台のパトカーもその脇道に入った。乗っているのはレーオンハルト・クロイトナー上級巡査。目に隈を作り、顔が傷だらけだった。

2

クロイトナーは〈マングファルミューレ〉で過激なシャープコップフ（ドイツ語で「羊の頭」の意。ドイツのバイエルン地方で盛んにおこなわれるトランプ遊び）の夜を過ごしたあとだった。いっしょにトランプに興じたのは、スクラップ置き場を経営する小悪党のリンティンガー親子と喧嘩っ早いことで知られるスタニスラウス・クメーダーだった。未明の一時ごろ、クロイトナーは一旦、四百ユーロ儲けたものの、そのあと一進一退がつづいた。朝の五時に、ふたたび動きがあった。ゲームにはひとつのルールがあった。ゲームが成立しなかったときは全員が壺に五ユーロ入れ、次のラウンドで攻撃側を宣言して勝った組が総取りするというものだ。だが攻撃側を宣言して負けたときは壺に入っている額を二倍にしなければならない。下手をすると負けがこむ。午後五時半ごろ、壺には三百ユーロ貯まり、クロイトナーの持ち金は十ユーロまで減ってしまった。この状況でクロイトナーは同じ絵札の切り札を六枚手にしたが、パートナーとなったハリー・リンティンガーはあいにくメンサ（全人口の内上位二パーセントの知能指数の持ち主ならだれでも入れる国際グループ）とは無縁な男だ。つまりゲームは破綻した。ハリーはしぶしぶ自分の負け分百五十ユーロをテーブルにだし、クロイトナーは十ユーロ紙幣をだした。

「なんだ、そりゃ？」クメーダーがたずねた。

「百四十足りない。わかってる。あとで払うよ」

「こいつ、あとで払うんだとよ！」クメーダーが皮肉まじりにいうと、おまえもなんかいえというように、リンティンガーの親父を見た。

「おいおい」ヨハン・リンティンガーは素直に従った。「新しいルールかい。普通は即払うもんだろう」

「だけどもう金がない」クロイトナーが口をとがらせた。

「そういうときはどうする？」クメーダーはビールをひと口飲んだ。だがそのひと口で、グラスの中身は三分の二減った。

「十ユーロしかないのはわかってるだろう」

「財布の中身は知ってるけど、そんなのどうだっていい。早くしろ」

クメーダーが歯ぎしりした。これはまずい状況だ。クメーダーの歯ぎしりは、もうじき拳骨が飛ぶという合図だからだ。そうなったら、近くにいないほうが身のためだ。クメーダーは一メートル九十センチを超える巨体で、体重は百二十キロある。しかも筋骨隆々。ベルナウ刑務所に収監されている友人ペーター・ツィムベックと変わらない。去年のエンターロットアッハの森林祭で、クメーダーはビールコーナーのテーブルで六人の若者を一撃で病院送りにし、力試しゲームのハンマーを振りまわして、祭りの会場を恐怖に陥れた。逃げ惑う群衆によってローストチキンの屋台が押し倒され、全焼した。おまけに、チキンが黒焦げになるのを救おうとした三人の客が火傷した。収拾がついたあと、だれが喧嘩のきっかけだったかわからなくなるほどの修羅場だった。このことを知る者にとって、クメーダーの怒りを買うのだけはよしたほうがいいというのは常識だった。

「俺にどうしろっていうんだ？」クロイトナーはたずねた。

「なあ、どうするよ」クメーダーはヨハン・リンティンガーのほうを向いた。

「そうだなあ。金をださないってのはないよな。いままで聞いたためしがない」

「おまえの演説なんて聞きたかねえ。どうすべきかさっさといえ」

「金がないなら、別のもので払う。そうだな。たとえばおまえの腕時計とか」

クロイトナーはローレックスを腕からはずして、紙幣の上に置いた。するとクメーダーは、それがなにかろくに見もせずつかんで、クロイトナーの手元にもどした。「正気か？　それは俺がおまえに売ったもんだぞ。五ユーロの値打ちもねえ。ほかになんかないのか？」

「ないね。着てるもん以外はな」

クロイトナーは肩をすくめた。

「そりゃいいや」

「そりゃいい……なにが？」

「おまえの服だよ」

「この制服か？」

「それなら二百ユーロになる」

「中古の制服だぞ。だれも買わないぜ」リンティンガーの親父が口をはさんだ。「返してほしけりゃな」

「そうでもない。こいつが買う」クメーダーはクロイトナーを指差した。

「ふざけんな。制服を渡せるわけがないだろう」

クメーダーはもうなにもいわなかった。目を見れば、これ以上議論する気がないのがよくわかった。言い換えれば、クロイトナーは万事休すだった。

「おい……全部脱げってのか？　シャツも上着もズボンも？」クロイトナーは自分を指差した。

「そのくさいブーツはいい。ほかのものは全部いただく」

「いまか？」

「いまだ」

クロイトナーは一瞬待った。クメーダーが冗談だといって、笑いながら肩を叩くかもしれないと思ったのだ。それでもかなり痛い思いをするだろう。だがクメーダーには、ふざける気など毛頭なかった。クロイトナーは上着とシャツとズボンを脱ぎ、警帽を引き渡した。ブーツをはきなおすと、クロイトナーは下着姿のままプレーした。次のラウンドでクロイトナーに壺と制服を取りもどす機会が巡ってきた。

「攻撃側でいく」クロイトナーはいった。

「よく考えたほうがいいぞ」リンティンガーの親父がいった。「だれかを地獄へ道連れにすることになる」

しかしクロイトナーは動じず、木の葉（ドイツのトランプの呼称。スペードに相当する）のエースを切った。パートナーになったのはリンティンガーの親父だったが、クロイトナーが無茶をすることを知っていたし、壺の中の金額を倍にするのに付きあわされるのもごめんだった。次に負ければひとり当たり三百ユーロだ。リンティンガーの親父は馬鹿なことはするな、とクロイトナーをたしなめたが、いうだけ無駄だった。恐れていたとおり、このラウンドも目も当てられないことになった。クロイトナーが最後にハートの10で三十点を稼いで勝ったところまではよかった。ところがそのときクメーダーがごつい手を同じようにごついリンティンガーの親父の手に置いて、札束を引き寄せるのを止め、それから目の前の取り札から一枚を抜いて、テーブルの中央にだした。「鈴（ドイツのトランプの呼称。ダイヤに相当する）のオーバー（クイーンに相当）に木の葉の7をだしたのはだれだ？」

クロイトナーはみんなを見た。

「さあな。だれか知ってるか？」

「俺が知ってる」クメーダーがどなった。「おまえだよ」

「俺？」クロイトナーは小さな声でいった。

「ハートの10をだすべきだったんじゃないか？」

たしかにそうだった。クロイトナーは痛恨のミスをし、そのことに気づかれてしまったのだ。あとはどんな罰を科されるかだ。クメーダーは険悪な表情をしていた。ただではすまないということだ。

3

助手席にすわったクロイトナーはウインドウガラスに頭を預け、酒臭い息をしながらどんよりした目で道を見ていた。だがこんな状況でも頭はしっかり働いていた。

「前を見ろ。テールランプが片方切れてる」

五百メートルほど先をダークブルーの車が走っている。相当にいい目をしていないと、クロイトナーが見たものを確認できないだろう。

「かなり遠いすね」クロイトナーの相棒シャルタウアーがいった。

「だからってテールランプが片方切れた状態で走っていいのか？　アクセルを踏め！」

バプティスト・クルッガーは森に入った。外気温が三度下がった。路面はもっと冷たいだろう。凍結した路面を見逃さないように、アスファルトを注視した。だから森の入口に、携帯電話を耳に当て、暗がりなのにサングラスをかけた男が立っていることに気づかなかった。林道との分岐点を過ぎたとき、樹間に赤い光が見えた。ゆるやかなカーブを過ぎると、いきなり信号機があらわれた。信号機の前に「道路工事中」という立て札がある。なんの工事かはわからなかった。道路が掘り返されているわけでもないし、盛り土もなければ、道端に工具も見当たらない。きょうから工事がはじまるのかなと思って、クルッガーは停車した。数秒が過ぎて、後続の車が来た。ブルーのＢＭＷだ。

クルッガーはしばらく待ったが、なにも起きなかった。信号機が一向に青にならない。突然、作業員がひとり森から出てきた。オレンジ色の作業用ベストを身につけて、ニット帽を深くかぶり、マフラーで顔の下半分を隠している。いまは九月なのだから、そんな暖かい恰好をするのは変だ。作業員は信号機のところに歩いていき、それからクルッガーに手を上げながらやってこようとした。その瞬間、信号機の脚部にひっかかってつまずき、マフラーが下がった。作業員はあわてて車に背を向け、マフラーで顔を隠した。クルッガーはなにか変だと思った。胸騒ぎがして、森の木の陰に怪しい男がいないか見まわした。だが森はいたって静かだった。いるのはオレンジ色のベストを着た作業員だけで、マフラーが下がらないように気をつけながらクルッガーのところへ歩いてくると、運転席のサイドウインドウをノックした。

「どうしました？」クルッガーはウインドウを半分ほど下げてから、顔を隠した作業員にたずねた。

「やあ。申し訳ないけど、仲間が来なくて、連絡しようにも携帯電話を家に忘れてきてしまってね。携帯電話をちょっと貸してくれないかな？」

男の口調は作業員らしくなかった。口調から察するにバイエルン出身のようだが、道路工事を生業にしているようには思えなかった。教養のあるミュンヘン市民といった感じだ。クルッガーはすこし安心したが、その一方で、この作業員がひとりきりなら、信号機はだれが設置したのだろうと首をひねった。昨晩はここになかった。クルッガーはいわれるまま作業員に携帯電話を渡した。作業員は礼をいって、携帯電話を上着のポケットにしまった。

「ちょっと」クルッガーはいった。「電話をかけたいといいませんでした？」

「ああ、そうだけど」作業員はいった。ひどいストレスがかかっているかのように息づかいが速くなり、声がふるえている。「あとでかけるかもな」

「それなら返してくれませんか？」

「それはできない。降りてもらおうか」

「なんでですか？」

「くどくどいわず、さっさと降りろ」

クルッガーは、後ろに止まったBMWから女が降りて歩いてくることに気づいた。女は大きなサングラスをかけ、つばの広い帽子をかぶっている。

「どういうことです？」クルッガーはたずねた。

作業員がいきなり拳銃をだし、クルッガーに銃口を向けて叫んだ。

「さっさと降りろ！」

クルッガーはドアのロックボタンを押して、レバーをまわしてウインドウガラスを上げた。だが拳銃の銃口がウインドウガラスの隙間に差し込まれ、完全には閉まらなかった。

「馬鹿なまねはするな！　さっさと降りろ！」

クルッガーは手をぶるぶるふるわせながらドアを開けた。心臓がばくばくして、アドレナリンが分泌され、茨の冠を頭にかぶらされたかのような感覚を味わった。クルッガーは尿を漏らしそうになった。なにをする気だろう。ただの強盗ならいいんだが。それなら現金とＥＣカードを盗んで立ち去るだろう。だがなにか違うと思った。拳銃まで持ちだした男が千ユーロ程度で満足するわけがない。それにたまたま罠にかかったとも思えない。

「両手を背中にまわせ」男はいった。クルッガーはいわれたとおりにした。背中にまわした両手をＢＭＷの女がつかんだ。クルッガーの手首になにか細くて弾力性のあるものがかけられた。冷たくないから金属ではないようだ。そのとき携帯電話が鳴った。ＢＭＷの女の携帯電話だったらしく、女が電話に出て、ＢＭＷのほうへすこしもどった。ＢＭＷの女が小声で通話相手と話をした。「ちくしょう」という罵声がクルッガーの耳にもはっきり届いた。

「こいつをトランクに入れるわよ」

「どうして?」

「問題が起きたの」女は自分が来たほうを顎でしゃくった。

「問題?」

「時間がないわ!」女はクルッガーの腕を取って、BMWのトランクに連れていった。比較的新しい7シリーズだ。女がボタンを押すと、トランクリッドが音を立ててゆっくり持ちあがった。

「入るのよ。音を立てたら殺すからね」

クルッガーは不安そうに目を上げた。

「わからなかったのか?」オレンジ色の作業用ベストを着た男が怒鳴って、拳銃でクルッガーの顔を殴った。激痛が走った。クルッガーは眉から血を流し、朦朧(もうろう)としながらトランクに乗り込んだ。男と女はクルッガーをトランクルームの奥に押し込むと、毛布をかけ、旅行カバン二個で隠した。それからバタンと音がしてトランクリッドが閉まり、クルッガーは闇に包まれた。そのとき近づいて来る車の音が聞こえた。

「ようし、これからいいことを教えてやる」クロイトナーがいった。

「なんでですか? なにをする気すか?」シャルタウアーはいやな予感がしていた。

「金は天下の回りものって日ごろからいってるだろ。目をしっかり開けてろ。後学のためにな。とくにすぐ現金が入り用なとき」クロイトナーは若い同僚に目くばせをした。シャルタウアーはいやな予感がした。

「なにをするつもりなんすか。まさか……？」

「警官には阿吽の呼吸が必要だ。たとえば、まずいことをしたけど、記録に残したくない奴ってのがいる。わかったか？」

シャルタウアーは最悪の事態を覚悟した。

「警察から通知をもらうのはうれしくない。夫や近所の人に知られたくないとか。だけど、目こぼしするわけにはいかない。そういうとき、警官はどうすればいい？」

シャルタウアーは黙って道路を見つめた。

「非公式にすればいいんだ。直接キャッシュをいただく。わかるか？　報告書は作成しない」

「罰金はどうするんすか？　署に提出しないと」

「このとんま。通知書を発行しなければ、提出することなんてできないだろう。どうやって帳簿に記入できるんだ」

「てことは……」

「金はちょうだいする。他にどうしようもない。重要なのは、法に触れて罰を受ける市民が二度としませんって誓うことさ。金がどこへ行こうが、そいつにはどうでもいいことだ。罰金というのは、相手をびっくりさせるためにあるんだ。つまり大事なのは、交通違反した奴の懐が痛むことで、その金がどこに行くかは問題じゃない」

「でも、署に提出すれば公共のために役立てられるでしょう」

「そのとおりだ」

「どういうことですか？　金をがめるつもりだと思ったんすけど」

「それは違う。おまえは勘違いしている。もちろん公共のために役立てられる。あたりまえだ」

　公共のためといいながら、トランプで負けた分の補塡に使う気だろう、とシャルタウアーは疑っていたが、クロイトナーが思いのほか腹を立てたので、それ以上質問するのをやめて、不正に加担したと見なされませんようにと祈った。そのじつクロイトナーは一刻も早く金を工面する必要に迫られていた。予備の制服を着て、ＡＴＭで金を下ろそうとしたが、あいにく月末になろうとしていたので、金を引きだすことができなかった。いつものことだが、その月の引き落とし限度額に達していたのだ。

　ブルーのＢＭＷは赤信号で停まっていた。その前に古いゴルフがいる。クロイトナーは、ＢＭＷの後ろにつけろとシャルタウアーに指示した。運転席に四十五歳くらいの女がすわっていて、クロイトナーがそばに行くと、サイドウインドウを下ろした。

4

クメーダーはみんなを見て、また歯ぎしりした。

「で、どうすんだ？」

「払わなきゃだめ。当然だ」息子のハリー・リンティンガーがすかさずいった。

「だが、クロイトナーひとりに払わせろ」リンティンガーの親父はビールグラスでクロイトナーを指した。「ミスをしたのはクロイトナーだからな」

「負けは負けだ」クロイトナーがいった。

「何がなんでも攻撃側になろうとしたのはお前じゃないか。俺はやめておけといったぞ！」

「くどくどいってんじゃねえ。クロイトナーが壺の中の金を倍にして、それを俺たちで分ける」

「三等分にするのか？」ハリーが口をはさんだ。

「まさか。俺が半分いただく。あとはおまえらで分けろ」

「なんだって？　三等分が筋だろう……」ハリーは自分と父親を指差した。「俺の取り分が……目減りするじゃないか」

「そうさ。すこし儲かるだけでも、御(おん)の字だろう」

「そうだけど……」リンティンガーの親父が酔って赤くなった頭をひねった。

「だけど、なんだ?」クメーダーは自分の顔を近づけた。リンティンガーの親父は後ろに下がろうとしたが、クメーダーに腕をつかまれて、引きもどされた。

リンティンガーの親父は焦った。クメーダーがあきらかに手を上げようとしていたからだ。

「なんでもない。それでいい」リンティンガーの親父はごくりと唾をのみ込んだ。「いい提案だ」

クメーダーは大きな手でリンティンガーの親父の頰を軽く叩いた。マフィア映画でゴッドファーザーが身内にするような仕草だった。

「六百足りない」クメーダーはクロイトナーに向かってそういうと、テーブルにのっていた金を中央に押しだした。「プラス百四十だ」

「ちょっと時間をくれ」

「三時間だ。さもなきゃ、おまえのボスに電話をして、借金があることをばらしてやる」

「馬鹿な真似(まね)はよせ。金はだす。制服は?」

「ここに置いていけ」

「車のキーを返せ。上着に入ってる」

「制服はここに置いていけ。すべてひっくるめてな」

「歩いて帰れってのか?」

クメーダーは返事をしなかった。

「携帯電話くらいいいだろう？　だれかに迎えにきてもらう」

「立場もわきまえず、いろいろいうじゃねえか。ほら、急げ。あと二時間と五十八分だ」

「ＥＣカードは？　それもだめなのか？　ちくしょう！　いいかげんにしろよ」

「うっせえな！　つべこべいうな」クメーダーはクロイトナーの上着を探って、ＥＣカードを見つけると、テーブル越しに持ち主のところに投げた。「あと二時間五十七分だ」


食堂の〈マングファルミューレ〉から三百メートルほど離れたところに古い家が建っている。かつて森林作業員の仮眠所だった家で、いまはノルベルト・ヤンコヴィッチとその妻ハイドルンが住んでいる。ふたりとも六十代のはじめで、安月給の製紙工場を早期退職して年金生活に入っていた。派手な柄の布を羽織った男が早朝、庭木戸のベルを鳴らしたので、妻のハイドルンはすこし驚いた。ブーツをはいた裸の脚が布から覗いている。

「どうも」ハイドルンは胡散臭そうにいった。

「おはよう、ええと……」クロイトナーはベルのそばに貼ってある表札を横目でちらっと見た。「……ヤンコヴィッチさん。朝早いことはわかってるが、ちょっと電話を借りたい。自動車事故を起こしちまって、携帯電話が使えないんだ」

「そうなの」ハイドルンは最近、郡内で若い女を狙った事件が多発していることを思いだした。警察は犯人を捜している。「下になにも着ていないのかい……それよりその布はなにさ?」

「これか?　これは……ポンチョだ。南米ではこういうのを肩にかけるんだ。こういう天気じゃ重宝する」

「本当に?　テーブルクロスみたいだけど」

「待ってくれ!」クロイトナーは笑った。「ポンチョには変な柄が多いんだ」

「それって〈マングファルミューレ〉のテーブルクロスでしょ」

　クロイトナーは考えた。ポンチョで議論している暇はない。本題に入ることにした。

「あのなあ、大至急電話をしたいんだ。二分でいい。そうしたら出ていく」

　クロイトナーは庭木戸を開けようとした。だがハイドルンは手を上げて、それを制止した。

「待ってちょうだい。夫に訊いてくるから」

　ハイドルンは家に入って、ドアをそっと閉めた。開け放った窓から夫婦の会話が切れ切れに聞こえた。

「なんだと!　そんなおかしな奴が来てるのか?」

　これでは電話を借りられそうにない。そもそもドアは二度と開かないだろうと思った。だがクロイトナーが他をあたろうとしたとき、思いがけず、ノルベルト・ヤンコヴィッチがドアを開けて出てきた。下着姿で豪快なビール腹だ。フランネルのズボンをズボン吊りがぶら下げている(実際にはズボン吊りが肩に届かないのだ)。そしてずっしりしたブーツをはいていた。

「電話をしたいのか?」ヤンコヴィッチがけわしい目つきでたずね、手招きした。だがなぜか左手で手招きして、右手を背中に隠している。クロイトナーは家に近づいた。答えはすぐにわかった。クロイトナーが近寄ると、さっと前にだしたヤンコヴィッチの右手に唐辛子スプレーがあったのだ。ヤンコヴィッチはそれをクロイトナーの顔めがけて吹きつけた。クロイトナーは棍棒(こんぼう)で殴られたみたいに地面にへたり込んだ。つづけざまにブーツで蹴られ、罵声を浴びせられ、しまいには「おまえの股間にあるものを切り取ってやる」とまでいわれた。

しばらくしてクロイトナーは数百メートル先にあった農家のドアをノックした。クロイトナーはますます無様な姿になっていた。肩にかけたテーブルクロスは泥だらけになり、ところどころ裂けて、目は真っ赤に腫れていた。農家のおかみはマルギット・ウンターレヒナーといった。肉付きのいい赤ら顔の女で、指が太く、大きな手をしていて、鋭い青い目をしていた。ドアを開けると、そのマルギットがいった。

「あらやだ、レーオ。どうしたの?」

マルギットの顔から笑みが消えた。

「やあ、マルギット。電話を貸してくれないか」クロイトナーはパンツ姿でテーブルクロスを羽織っていることなどお構いなしに、普通を装った。

「入って」そういうと、マルギットはクロイトナーの頭のてっぺんからつま先までじろじろ見て、指でテーブルクロスをつまんだ。「なに、これ。また謝肉祭（ファッシング）のつもり？」

　クロイトナーは二年前、テーゲルンゼーの仮装舞踏会でマルギットと知りあった。謝肉祭が最高潮に達した乱痴気騒ぎの最中だった。マルギットの夫ヴォルフガングは妻に付き合う気がなく、家に残った。無理もない。ヴォルフガングは雄牛の飼育にしか関心のない朴念仁として知られていた。夫婦の営みももう何年もおこなわれていないともっぱらの噂（うわさ）だった。ただし夫婦のという条件付きだ。マルギットはテーゲルンゼー谷の男という男に唾をつけているといわれている。見た目がいいわけでもないので、これは驚きだ。だが外見に魅力がなくても、人一倍情が厚かった。クロイトナーはそのときロットアッハの理髪師ミヒャエラ・フンツガイガーを連れてきていた。だがキラキラのビュスチェと網タイツにGストリングという出で立（い）ちで並み居る男たちを悩殺し、クロイトナーはクロイトナーで午後十一時ごろにはカクテルのB-52を何杯も飲んで朦朧としていた。マルギット・ウンターレヒナーと会ったのはそんなときだった。チェック柄のミニスカートに、胸の開いた白いブラウスと金髪を編んだかつらという女生徒に扮（ふん）して、クロイトナーが座っているベンチに腰をおろした。ミニスカートが色っぽかったことまでは記憶があった。思いだせたのは、そこまでだった。次の日、クロイトナーは古いパサートのラゲッジルームで目を覚ました。ズボンははいていなかった。それ以来、ウンターレヒナーのところには近寄らないようにしていた。だが今回は非常事態だ。それに彼女以外に家に招き入れてくれる者はいないだろう。

「まずシャワーでも浴びたら？」そういうと、マルギットはクロイトナーの腕をやさしくなでた。マルギットのブラウスのボタンがふたつ、玄関から台所まで三メートルほど歩くうちに外れていた。クロイトナーは啞然とし、とてもではないが彼女の家で服を脱ぐ気になれなかった。だが唐辛子スプレーのせいで目が焼けるように痛い。流水で洗う必要があった。

「ヴォルフガングはいないのか？」クロイトナーはヴォルフガング・ウンターレヒナーがいることを願って、開いたままの台所のドアの隙間から廊下をうかがった。

「新しい牧草刈り払い機を買いにバート・テルツまで行ってる。浴室はそこよ。着替えはいる？」

「ズボンがあるとありがたい」

クロイトナーはシャワーの水を目にかけ、体の汚れを流した。水の流れる音に混じって、ドアが開く音がした。シャワーのカーテンの隙間から、モーニングガウンに着替えたマルギットが鏡の前に立って、口紅をぬっているのが見えた。モーニングガウンの下に色白の太いふくらはぎが覗いている。しかも裸足で花柄のビーチサンダルをはいている。マルギットはヘアバンドを取り、パーマで荒れた金髪を払うと、背中に流して、モーニングガウンを脱いだ。下にはなにも身につけていなかった。下着すらつけていなかった。

「シャワーはどう？」マルギットはクロイトナーと視線を交わそうとした。

「ああ、気持ちいい。ズボンはどうした？」

「そんなに急がなくてもいいでしょ？」マルギットが口をとがらせた。

クロイトナーは息をのんだ。

「いや、その……なんというか、じつはだな……なんだ……持ってきてくれるとありがたい」

マルギットはすっと浴室のドアのほうへ行き、「逃げちゃだめよ」とクロイトナーにいって、ドアを閉めた。クロイトナーは、ドアのカギが外からかけられるのを聞いた。シャワーから出てみると、下着とソックスもマルギットに持っていかれ、残っているのはブーツだけだった。クロイトナーはバスタオルを体に巻くと、急いでブーツをはいて浴室の窓にのぼった。飛び降りたところは有刺鉄線に囲まれたぬかるんだ牧草地だった。道路がどこか急いで方角を確かめた。そのときなにか動く気配があった。クロイトナーはその場から動かないようにした。目立たないようにしたほうがいいと直感したのだ。眉間に汗がにじんだ。

そのとき耳にした。小さな音だったので、正体がわからなかったが、すぐに力強い鼻息に変わった。間違いない。動物の息づかいだ。クロイトナーの背後に、郡でも指折りの雄牛ハンニバルがいた。九百七十キロの巨体。退屈な日常にいい気分転換ができると喜んでいるかのようだ。だが雄牛がそんなことを喜ぶわけがない。クロイトナーを見て、ハンニバルが喜ぶはずがなかった。クロイトナーがじっとしているあいだ、ハンニバルも動かなかった。だがクロイトナーは牧草地から出る必要がある。できればマルギットの助けを借りずに。クロイトナーの作戦は悪くなかった。一分ほどにらみあってから、脱兎のごとく走りだした。不意をついたおかげで、ハンニバルより先に柵に辿り着いた。バスタオルがほどけて足にからみつかなければ、うまくいっただろう。雄牛は、ふざけた真似をしたクロイトナーに腹を立てた。追いかけてきたハンニバルの角に引っかけられて、クロイトナーは肋骨四本にひびが入り、無数の打ち身をし、それから有刺鉄線で無数の刺し傷を負った。それから右の臀部にぞっとするほど大きく、痛々しいあざを作った。これはもっとひどいことになったかもしれないので、不幸中の幸いといえる。右の臀部に深傷を負わずに済んだのは、ヴォルフガング・ウンターレヒナーが角の先端を丸く削っていたおかげだ。

そんなこんなで、クロイトナーは絶望的になりながらも柵を越え、ほどけたバスタオルも失くさずに済んだ。その直後、クロイトナーはその朝はじめて幸運に恵まれた。犬を連れて散歩をしている人に出くわしたのだ。目が不自由だったので、クロイトナーの風体に気づかず、親切にも携帯電話を貸してくれた。

5

「おはよう」そういうと、クロイトナーは車の中をじろじろ覗いた。一見あやしいところはない。というか、車の中にはなにもなかった。後部座敷に毛布はなく、ドアポケットに道路地図もない。センターコンソールにガムやサングラスがあってもよさそうなものなのに、それすらなかった。車内はがらんとしていて、厚みのあるハンドバッグが助手席にのっているだけだった。

「おはようございます」黒髪の女はことさら親しげにクロイトナーに微笑(ほほえ)みかけたが、傷だらけの顔に目が釘付(くぎづ)けになった。クロイトナーがそのまま黙っていたので、女はなにかいうべきだと思ったようだ。「なにか用ですか？」とか、「なにか問題でも？」とか。そういう言葉をいいかけた。実際、たいていの人間がなにかいうところだ。警官が車の窓のそばに立ったら、だれだって不安になる。なんで警官が声をかけてきたのか早く知りたいと思うのは当然だ。ところが女はなにひとつたずねなかった。なにか下手なことをいってあやしまれたくないようだな、とクロイトナーは思った。

「自動車登録証を見せてもらおう」

「いいですよ」すぐに返事があった。あわてて助手席に置いたハンドバッグに手を伸ばした。

そこにはいろんなものが入っていた。口紅、ミントタブレット、アイシャドー、サングラス、鍵の束。クリニックの請求書と振り込み用紙やキャットフードの缶詰まで入っていた。女は自動車登録証を見つけるのに手間取った。きれいに片付いている車内とあまりに対照的だ。本当にこの女の所有なら、二時間もあればこの車はゴミ溜めになるはずだ。なにかおかしい。

シャルタウアーは自動車登録証を持ってパトカーにもどった。

「左のテールランプがついていないな」クロイトナーはいった。

「すみません。すぐ修理にだします。約束します」

「違反している」

「ええ、もちろんです」女はいった。クロイトナーは他にも車に問題がないだろうかとひと回りした。だが車の状態はすこぶるよかった。いまだに赤だ。まだ新車のようだ。

クロイトナーは臨時の信号を見た。いまだに赤だ。すくなくとも二分は経過している。クロイトナーは信号の前に立って、道路の先をうかがった。三百メートルくらい先まで目に入る。どこかに対向車線の信号があってもよさそうなものなのに、それがない。クロイトナーはますますあやしいとにらんだ。信号の前に停まっているゴルフのところに行ってみた。BMWとは対照的に、車内が散らかっている。後部座席は書類の山だ。チャートや折れ線グラフのプリントアウト。クロイトナーにはちんぷんかんぷんだったが、いくつかの紙に株式データだとわかる見出しがついていた。運転席の後ろには高級そうな革のアタッシェケースもある。書類とアタッシェケースはその古いコンパクトカーにも、運転席の男にもそぐわなかった。男はBMWの女と同じくらいの年齢で、森林作業員の服装をしている。助手席にはオレンジ色の安全ベストが置いてある。男はほとんどなにもいわずに運転免許証と自動車登録証をだした。クロイトナーから証書をもらうと、シャルタウアーはBMWを調べた結果を報告した。問題はなかった。ただし車はその女ではなく、ディエゴ・ヴァルトライトナーという人物の所有になっていた。普段のクロイトナーなら、どうしてその車に乗っているのか女に質問するところだ。所有者は女の姉の夫で、盗難届が出ていなければ、それで用済みとなる。クロイトナーは信号を見た。いまだに赤のままだ。クロイトナーはヴァルトライトナーの電話番号を調べるようにシャルタウアーにいって、BMWのところにもどった。

「三角表示板と救急セットを確認する」

女は裸になれといわれたかのようにぎょっとした。

「どうかしたか?」クロイトナーはすこしきびしい口調になった。

「いいえ。トランクの開け方がわからなかったので。じつは……この車に乗るようになったのは最近で」

「トランクリッドにボタンがあるだろう」

女は車から降りると、トランクのところへ行き、呆然とトランクリッドを見つめた。

「そこだよ」クロイトナーはいった。

「ああ、これですね」女はそういって、ボタンに手を伸ばした。まさにそのとき、パトカーのほうからシャルタウアーの声がした。ヴァルトライトナーの電話番号がわかったという。

クロイトナーは女をそこに立たせたまま、パトカーのほうへ行った。

クロイトナーが携帯に電話をかけると、ヴァルトライトナーは移動中だった。

「車は何台所有してますか？」

「一台ですが。もう一台は妻の名で登録されています。なぜですか？」

「あなたがいま運転しているのはダークブルーのBMW745iですか？」

「そうです。なんでそんな質問をするんですか？」

「念のためです。車のナンバーを教えてもらえますか？」

ヴァルトライトナーはナンバーをいった。五メートルほどのところに停まっているBMWと同じナンバーだった。ヴァルトライトナーに礼をいうと、クロイトナーは思案に暮れ、シャルタウアーは面食らった。同じナンバーの車が一台は目の前にあって、もう一台はミュンヘンの環状線を走っていることになる。どういうことだ？　クロイトナーには答えがわかっていた。一九七〇年代にドイツ赤軍（RAF）がよく同じトリックを使って警察を振りまわした。まず同じ型の同じ色の車に狙いをつけ、同型車を盗んで、狙いをつけた車と同じ偽のナンバープレートを取りつける。こうすれば検問でナンバープレートと型式のチェックをされても、盗難車とは見破られない。

クロイトナーがもどると、女は三角表示板と救急セットを手にしていた。車のトランクは閉めてあった。

「いいだろう」クロイトナーは三角表示板と救急セットを見ていった。「だが別の問題がある」

「なんでしょうか？」女は心配そうにたずねながら、三角表示板と救急セットを後部座席に置いた。

「なんでトランクにもどさないんだ？」

「また路上検査されたときに、このほうが面倒ないので」女はドアを閉めた。「もういいですか？」

「いいや」クロイトナーはいった。「問題があるといったろ」

女は緊張してなにもいわなかった。

「車はあんたの所有じゃないな？」

「ええ」

「だれの所有だ？」

「友だちです。ヴァルトライトナー」女は笑った。「盗んではいません。盗難届が出ていたら、それとわかるはずですよね」

「ああ。盗難届は出ていない」

「では……なにが問題なのでしょうか？」

「問題は同じナンバーの青いＢＭＷが一台多いってことだ」

沈黙。女は下唇をかみしめた。クロイトナーは信号を見た。

「信号がいまだに赤だ。おかしくないか？」

「壊れてるんじゃないでしょうか」

「まさか」

「わたしにもわかりません」

「いいや、俺よりもあんたのほうがわかってる。そうじゃないか？」

女の視線が泳いだ。クロイトナーの後ろの森を右、左と見て、クロイトナーと目を合わせないようにしている。

「どうも臭い。ひどく臭い」ゴルフのドライバーは車の横に立っていた。クロイトナーが見ると、さっと目をそむけた。「あの男は知り合いか？」

女はためらい、一瞬考えた。

「いいえ、なぜですか？」

「俺がパトカーにもどったとき、顔を見合わせただろう。俺は疲れているように見えるだろうが、全部目に入ってるんだ」

女はしばらく黙ってクロイトナーの顔を見つめて、ごくりと唾をのみ込んだ。いまにも心臓が飛びだしそうだ。クロイトナーは意地悪なくらいゆっくりと様子をうかがった。女は焦っているのを表情にだすまいとしている。
「ええと……」女はいいたいことを考えた。「なにが望みなんですか?」

6

三年後

ジーモン・クロイトナーは二〇一一年十二月、七十一歳で帰天した。司祭にいわせると、「よりよき世界」に旅立ったのだ。もちろんこの言い方では、天国に入れたのか、煉獄(れんごく)行きになったのか判然としない。それもそのはず、生前は酒の密造をはじめとしていろいろと悪事に手を染めていたからだ。しかも悔い改めず、真っ当な暮らしにもどろうとすることもなかった。

こうしてジーモンが息を引きとると、おいのレーオンハルト・クロイトナー上級巡査がグムントとハウスハムのあいだにある崩れかけた農家を遺産相続した。土地は抵当に入っていなかった。農家というのはとっくの昔に名ばかりとなり、そこではかれこれ五十年の長きにわたって酒の密造がおこなわれていた。おじがその家をクロイトナーに遺(のこ)したことに、かなりの人間が驚いた。しかしジーモンには狙いがあった。遺産相続にはひとつ条件があったのだ。かなり奇抜な内容で、法的に見て強制力はなかった。だから遺産相続人が反故にする恐れがあった。条件を満たすには、誠意だけでは足りず、違法行為に手を染める覚悟が必要だった。もちろん一族の者にこの条件をおこなうことにひるむ者などまずいない。だがいくら怖いもの知らずでも、窮地に陥ることを覚悟で死んだ親族の願いを叶えようとするだろうか。刑務所に入っていない親戚のほとんど全員が保護観察中だ。遺産欲しさに刑務所に舞いもどる危険を冒す者などいるわけがない。だから律儀に望みを叶えてくれそうなのは、おいのレーオンハルトしかいなかった。もちろん日ごろの彼ならやるかどうかわからないが、一族のこととなると、異常に感傷的になる傾向があった。

ジーモンは死の床でレーオンハルト・クロイトナーに封をした封筒を渡した。そこに書かれていた頼みに応じて、クロイトナーは十二月はじめのある日、リュックサックを担いでヴァルベルク山に向かった。まずリュックサックを頂上駅のレストラン〈ヴァルベルクハウス〉に置いて、気をつけて扱うように頼んだ。それからクロイトナーはスキーをした。かつて上級コースだった急斜面は平均的なスキーヤーには恐れられていたが、上級者には恰好のコースだ。滑るのは新雪のときにかぎる。このコースは整地されることがなく、数日も経てば、ゲレンデが荒れて、楽しく滑ることができなくなる。

この日は朝からずっと粉雪が舞い、昼の二時間だけ雲間が切れた。クロイトナーは〈ヴァルベルクハウス〉のテラスで白ビール（小麦を使った上面発酵のビール）を一、二杯飲むことにした。日を浴びながら、南の山並みを眺める。プランケンシュタイン山、ハルザーシュピッツェ山、その左にはグッフェルト山の絶壁、そしてさらにその奥にはツィラー谷の氷河——そのとき、女の細い声がした。

「ここ、あいてますか？」

テーブルのそばに三十五歳くらいの女が立っていた。つなぎのスキーウェアは数年前に流行(はや)ったものだが、いまは古ぼけて、傷んでいた。スキーブーツも同じような状態だ。ホワイトブロンドの髪はミディアムで薄い。顔は色白で唇が厚い。美人ではないが、よく見ると愛嬌(あいきょう)がある。女は同席させてくれないのではないかと危ぶんでいるかのようにクロイトナーを見た。手にしたトレーにはフライドポテトの皿、ペットボトルの水とフォークがのっていた。

「どうぞ。席はあいてる」そういうと、クロイトナーは白ビールを手元に引き寄せた。女が不器用そうだったからだ。心配は当たっていた。女はすわろうとして、スキーブーツをベンチにぶつけ、トレーを落として、フライドポテトをテーブルにばらまいてしまった。女はあわてて、ごめんなさいといって、フライドポテトを集め、皿にていねいに並べた。皿にのせる面がなくなると、井桁状に二段目を並べだした。

「フライドポテトでいつもそういうことをするのかい？」クロイトナーは女をしばらく見て

からたずねた。

「きれいに並べるのが好きなんです」そういうと、女はフライドポテトを一本口に入れてから、さらにフライドポテトを積みあげた。

「そうか……」クロイトナーは白ビールをひと口飲んで、南の水平線に視線を向けた。「このソーセージも悪くない。そうやって積むのは難しいがな」

「そうかもしれませんけど……わたしはベジタリアンなので」

クロイトナーは好奇心と驚きがないまぜになった表情で女を見た。ベジタリアンに会うのははじめてだ。すくなくとも自分でそう名乗る人間ははじめてだった。

「本当に？　ぜんぜん肉を食べないのか？」

女はフライドポテトを三本きれいに並べ、フォークに刺すと同時にかじった。

「いけませんか？」

「いや、そんなことはない。ただ……」クロイトナーは唖然として女を見た。「だけどチキンの丸焼きくらいは食べるんだろう？」

「それも肉です」

クロイトナーはうなずいて、ベジタリアン独特の世界観に感心し、女はフライドポテトを何度も三本並べて口に入れた。静かなまま数分が過ぎた。

「きょうはいい日だな？」なにもいわないのもどうかと思って、クロイトナーはいった。

「そうですね」女は水のペットボトルを開けようとして手こずった。クロイトナーは手を貸そうかといった。女は首を横に振った。

「俺はレーオだ」クロイトナーはいった。

「わたしはダニエラです」女は微笑んで、肩をすくめ、なんとか栓を開けたペットボトルの水を飲んだ。

「向こうに見える狼谷（ヴォルフスシュルフト）だが」クロイトナーは南の青い山脈を指差した。逆光のせいで黒々したシルエットしか見えなかった。「俺のじいさんはあそこで命を落とした」

「嵐にあったんですか？」ダニエラは『ブランドナー・カスパーの物語』（一八七一年に上部バイエルン方言で書かれたフランツ・フォン・コーベルの小説。地元で人気があり、劇化、映画化されている）で若い娘マライが恋人を探しに狼谷に行き命を落とすシーンをイメージしたようだ。

「いや、いい日和（ひより）だった。鹿が小高い丘にいるのを見つけたんだ。放っておけるわけがない。わかるか？」

「理由もなく動物を殺そうとするから、そういう目にあうんです」ダニエラは最後のフライドポテトにフォークを刺した。「ごめんなさい。あなたのおじいさんに他意はありません」

「その鹿は角が十六に枝分かれした大物だった。そいつはじいさんの猟銃の射線に入った。鹿はじいさんを襲うしかなかった。ハンターが発砲するのを黙って待つはずないものな」

「なるほど。つまり正当防衛だったと」ダニエラは空になった皿にフォークを置いて、太陽に顔を向けて、それっきりなにもいわなかった。

「なんだい、へそを曲げたか？」

「いいえ。なぜですか？」

「へそを曲げたように見える」

「へそを曲げてはいません。狩猟に興味がないだけです」

クロイトナーも白い雲が浮かぶ青空を見上げた。

「かなわないな。晴れた日にスキーをしにきたのに、同席した女性にがみがみいわれるとはな」

女はクロイトナーをにらんだ。

「がみがみっていいました？」

「ああ、いったよ。ほかにいいようがあるかい？」

「ひどいおっしゃりようね。あなたにはなにもしていないのに」ダニエラは怒りと失望がないまぜになった表情でクロイトナーを見た。

女が泣いていることに気づいて、クロイトナーは面食らった。

「そのくらいで泣くこともないだろう。悪気はなかった」

「泣いてません。目にゴミが入ったんです。コンタクトをつけているので」

たしかに涙が浮かんでいるのは片方の目だけだった。女は問題のコンタクトレンズをはずした。クロイトナーはどうしていいかわからなかった。手伝いが無用なのはわかりきっていた。ほかにすることもないので、テラスを見まわし、別の席に知り合いを見つけて、ほっと胸をなでおろした。

「それじゃ、失礼する」クロイトナーはグラスを持って立ちあがった。そのときクロイトナーが手に下げていたアノラックがダニエラの顔をかすめた。女は身をすくませていった。

「ありがとう。おかげでコンタクトが落ちちゃったわ」

クロイトナーは這々（ほうほう）の体でその場を離れた。

7

午後四時ごろ、クロイトナーはリュックサックを担いでレストランを出た。山頂まではおよそ百メートル。スキーヤーの姿はない。もうすぐ日が暮れるからだ。クロイトナーはこれからすることをだれにも見られたくなかった。見渡しのいい場所に立つと、リュックサックからブリキの容器をだした。千メートル下に広がる谷は真っ白でのどかだった。谷間に足の生えたとんがり帽子に見える黒い部分がある。テーゲルン湖だ。北のほうは日が落ち、灰色の靄（もや）がかかっていてよく見えない。南西からその日最後の日の光が差して、ヴァルベルク山頂の大きな十字架を照らしている。

おじのジーモンはまがりなりにもカトリック信者だったが、火葬を望んだ。地中で腐敗することを想像しただけで耐えられなかったのだ。火葬したら、遺灰をまいてくれと遺書にあった。しかもヴァルベルク山頂で。だが遺灰の散布はドイツでは認められていない。クロイトナーは夜中にこっそり遺灰を墓から取りだした。

青空にところどころ灰色の雲が浮かんでいる。雪混じりの冷たい風が吹き抜けた。クロイトナーは骨壺を開けた。弔う言葉でもいうべきかなとちらっと考えたが、なにも思い浮かばなかった。結局、なにかのテレビ番組で耳にした言葉を真似てこういった。

「ジーモンおじき、あんたと知り合えてよかった」

急に目がうるんで、言葉に詰まった。おじから密造酒を作るコツを教えてもらい、はじめてこしらえた果実蒸留酒をふたりで味見したときのことが脳裏に蘇った。クロイトナーが十一歳のときだ。そのときのことを懐かしみながら、骨壺を逆さにして、ジーモン・クロイトナーの遺灰をまいた。遺灰は山風に乗って、ゼッツベルクのほうへ飛んだ。するとその方向から悲鳴が上がった。

「ちょっとなにするのよ!」

二十メートルほど下に、スキーをはいた灰色の人影があった。咳き込みながらスキーウェアについた遺灰を払っている。どうやらおじの遺灰をまともに浴びてしまったようだ。クロイトナーはそばに行って、うかつだったと詫びた。よく見ると、さっきテラスで同席したダニエラだった。

「ひどいじゃない。なによこれ？」ダニエラは咳き込みながら目をふいていた。

「ただの灰だよ。ちょっと待て。いま払ってやる」クロイトナーはダニエラのスキーウェアを叩いた。

「いいわよ。雪でぬぐうから。そうしないと、きれいにならないわ」そういったあと、ダニエラはその場に立ち尽くし、目を空に向けてしばたたいた。

「どうした？」

「灰が目に入っちゃった」

「すまない。人がいると思わなかったんだ。こんな時間にここでなにをしてるんだ？」

「ひとりを楽しんでいたのよ。だれかが灰をまくなんて思わないもの。なんの灰？　まさかあなたの犬か猫の遺灰じゃないでしょうね？」

「俺の犬？　なんだ、そりゃ。なんでそう思うんだ？」

「どうでもいいわ」そういうと、ダニエラは雪の中をぎこちなく歩いた。

「手伝おうか？」

「いいわ。気にしないで」

ダニエラは大きな松の裏にまわると、スキーウェアについた灰を雪でこすり、顔をきれいにした。太陽は南西に沈み、夜が迫っていた。クロイトナーは何度もダニエラのほうを見た。時間がかかっている。徹底的にふいていたからだ。信じられない徹底ぶりだ。東の空が暗くなった。

「ちょっと急いだほうがいい。すぐに暗くなる」

「待ってくれなくていいわ」

クロイトナーは考えた。いわれたとおりにしてもいいだろうか。だが冬の夜に、女をひとりでヴァルベルクに残す気になれなかった。だから待つことにした。いつまでも待った。じりじりするほどに。ダニエラが松の陰から出てきたとき、空には星が出ていた。幸い月が昇っていたので、ゲレンデが視認できた。

「行けるか？」

ダニエラはうなずいた。

「どこを下るの？」

「上級コースだ。楽勝だ。月が出ているから問題ない」

ダニエラは疑わしそうに黒々とした山を見下ろした。

8

「ここは、どの、あたり？」ダニエラの声には棘があったが、途切れ途切れだった。泣きそうになるのをじっと堪えているようだ。

「もうすぐリュージュ・トラックに着く。遠くないはずだ。そこ、気をつけろ！」

弾かれたトウヒの枝がいきなりダニエラの顔を打った。ダニエラは悲鳴を上げて、文句をいった。

「気をつけろといったぞ」クロイトナーは弁解した。

「まいったわ！　コンタクトレンズが落ちちゃった」

「雪の中にか？」

「決まってるでしょ」

クロイトナーは振り返った。三メートルと離れていないのに、ダニエラの姿がぼんやりとしか見えない。このあたりの針葉樹の森を、おじのジーモンならこういっただろう。「熊の巣穴みたいに暗いぞ」じつに的を射ている。

「だけど、どうやってコンタクトレンズを探すんだ？」

「コンタクトレンズがなかったら、なにも見えないわ」

「この状況じゃ大差ないだろう」クロイトナーは膝まである雪をかきわけながらダニエラのところにもどった。

山の上で上級コースを滑りだしたときは、なかなか爽快だった。満月の明かりで雪が光っていて、シュプールもコブも昼間のようにはっきりと見えた。眼下にはノイロイト、ヒルシュベルク、カンペン、フォッケンシュタインに囲まれた湖があり、その周辺に無数の人家の明かりが見える。北の地平線に目を移せば、スモッグに覆われたミュンヘンが赤く見える。斜面には無数に滑った跡があり、雪面は凸凹していたが、まだ難しいほどではなかった。これくらいならスキーをとられることはない。クロイトナーは先に滑って、急斜面で何度かジャンプをし、下でダニエラを待った。ダニエラは上級者らしく、うまく雪に乗った。ダニエラは肩で息をして、クロイトナーの横に立つと、笑みまで浮かべた。満月の夜、満天の星の下で滑るのはなかなかの醍醐味だ。その夜は気温が低く、空気が澄んでいた。

だが北方のミュンヘンのあたりばかり見ていたふたりが注意を向けていないものがあった。南西から迫る雲の壁だ。クロイトナーがちょうど雪の状態がいい森の縁に沿って滑っていたとき、月がいきなり雲に隠れ、あたりが闇に包まれた。まるでブラックホールにでも滑り込んだかのような暗闇になり、なにも見えなくなった。エッジを立てて、速度を落としたが、時間がかかった。急斜面を直滑降していたからだ。いきなりコブに乗り上げ、胸に膝が入った。クロイトナーは腰が引けてしまい、速度が増した。あっと思ったときには、若木が密集する山林に飛び込んでいた。何度も枝にぶつかって、谷側に頭を向けた状態で転倒して止まった。ダニエラが心配そうに呼ぶ声が聞こえたすぐそのあと、鋭い悲鳴がしたかと思うと、黒い影が自分のほうに飛んできて、どさっと落ちて、クロイトナーは雪煙に包まれた。ダニエラがクロイトナーに追いついたのだ。

ふたりは雪から這(は)いだし、スキーを付け直した。ダニエラはゲレンデにもどろうとしたが、クロイトナーはその必要はないと判断した。このまままっすぐ山を下れば、冬場にリュージュ・トラックとして使われるヴァルベルク通りに出るはずだ。

「だけど真っ暗じゃない。森に入ったら、なにも見えないわよ」ダニエラがいった。

「雲はもうすぐなくなる。そうすれば平気だ」そういって、クロイトナーは出発した。

しかし雲は低気圧域にあったので、向こう二日は止(とど)まりそうだった。あたりはますます暗くなり、森は深くなった。ダニエラはもう一度、穴にはまり、雪で隠れて見えなかった小川に落ちた。ただ幸いなことに、小川は水嵩(みずかさ)がなく、十分ほどでクロイトナーが引っ張りあげた。

スマートフォンの淡い光がダニエラの足元を照らした。スキーブーツとスキー板が雪に埋もれている。

「なにも見えないな。どうだ？」クロイトナーはたずねた。

「何もかもかすんでる。いったでしょう。コンタクトレンズがないと、なにも見えないって」

「普段落としたときはどうやって探すんだ？」

「残ったコンタクトレンズを使うか、手探りする。だれかに手伝ってもらうこともある」

「そこでなにか光ったぞ。もうすこし右を照らしてくれ」

ただの缶のプルタブだった。

「なんでこんなところにあるんだ？」クロイトナーは首をかしげた。

「どうだっていいわ。レンズを見つけなきゃ！」

「目印を残して、あした探しなおしたほうがいい」

ダニエラはクロイトナーが差しだしたストックにかじりついた。ふたりはなかなか前に進めなかった。ダニエラは二メートルすら滑ることができず、ほとんど泣きどおしだった。泣き止めば、今度はクロイトナーに罵声を浴びせた。灰をふりかけたのが悪い、夜でも滑降は大丈夫だなんていうからいけない、と。

「前を見ろ！　リュージュ・トラックだ」クロイトナーは五十メートルほど先の明るい場所を指差した。ロットアッハから山までつづく、昔は自動車レースにも使われたヴァルベルク通りはそれほど斜度がない。照明はないが、滑走は簡単だ。そこからならヴァルベルクロープウェイの麓（ふもと）駅に数分で着ける。だがクロイトナーの読みははずれた。その明るい場所は森の小さな空き地だった。標識によれば、夏にはハイキングコースになるらしい。

「ほら、あそこに道しるべがある」クロイトナーはダニエラに希望を持たせようとしていった。

「なんて書いてある？」

「暗過ぎて読めない」

その瞬間、雲が切れて、月が顔をだし、ふたりを照らした。

「今度は読める？」

「ああ」クロイトナーはいった。「ヴァルベルクまで一時間半」

「寒い」ダニエラは脇の下に手をはさんだ。

クロイトナーはほかに道がないかあたりを見まわした。数メートル先に雪の積もったベンチが見えた。

「こりゃ傑作だ。あそこのベンチに雪だるまがすわってるぞ。だれかが雪だるまをこしらえたようだ。それも森の中で！」そういえばすこしは気分が変わる、とクロイトナーは思ったのだ。ところがダニエラはなにもいわず、鼻で笑った。クロイトナーはベンチまで行って雪だるまを見つめた。雪だるまは空を仰いでいるように見える。

「ニンジンを鼻にしていたはずだ。ないところを見ると、落ちたのかな」クロイトナーはニンジンを探した。

「ねえ！　わたしは山を下りたいんだけど。なにもいまニンジンを探さなくたって」

「ニンジンを探して、つけてやりたいと思ってね。そうしたら滑稽だろう。あんたも笑いが出るはずだ。そうすりゃ森を抜ける元気も出るってもんさ」

　ダニエラはなにもいわなかった。寒さで紫色になった唇が動いたが、声にはならなかった。クロイトナーに読唇術ができたら、「単細胞」といわれたことに気づいただろう。だがクロイトナーはニンジンを探しつづけた。

「膝に落ちたかな」クロイトナーは雪だるまの膝に当たると思われるところの雪を払った。だがニンジンではなかった。「こりゃ傑作だ。雪だるまにスキーパンツをはかせてる。見てみろよ」

「興味ないわ。どうせよく見えないし。夜だし、コンタクトレンズも落としちゃったのよ。早く麓駅へ行きましょう！」

　クロイトナーはかまわず雪を払いつづけた。

「たまげたな。上から下までちゃんと服を着てる。しかもゴアテックスだ」クロイトナーがさらに大きく雪を払うと、それが雪だるまでないことがわかった。しかも男ではない。女がベンチにすわっていたのだ。手を下ろし、天を仰いで、星空を見ているような恰好。といっても、目は閉じている。スキージャケットの片方の袖をたくしあげていて、前腕が乳白色の氷におおわれ、中が赤かった。

「それはなに？」ダニエラがたずねた。数メートルしか離れていなかったが、コンタクトレンズを落としていたので、ぼんやりとしか見えなかったのだ。

「なんでもない」クロイトナーはいった。「先に行っててくれ。急いで電話をかけなくては」

ダニエラの好奇心が目覚めた。スキー板をはいたまま足を数歩前にだした。クロイトナーはダニエラとベンチのあいだに割って入った。

「見るんじゃない。これは……どういうことかわからないが、人間だ」

「えっ、人間？」

「女だ。しばらく前からここにいたようだ」

「なんで夜中にこんなベンチにすわっているわけ？　寒いじゃない」

クロイトナーはスマートフォンのキーを押した。

「なにがあったのかはわからない。心臓発作を起こしたのかもしれない。そういうことがよくある。運が悪ければ、冬のあいだずっと見つからない。そういう意味では運がよかった……もしもし！　ミースバッハ署のレーオ・クロイトナーだ。ヴァルベルクにいる……ちがう。家じゃなくて、森の中だ。これからGPSデータを送る。問題発生だ。ベンチに死体がすわっているんだ」

クロイトナーが正確な位置情報を伝えているあいだに、ダニエラはさらに近寄った。なぜか凍った死体に惹かれたのだ。

「おい、なにをしてる?」クロイトナーはスマートフォンの画面を見ながら、ダニエラの腕をつかんだ。ダニエラはベンチのそばに立って、死体を見つめ、口を手でふさいだ。愕然としている。いきなり死んだ女のスキージャケットを探って、犬のマスコットがついた鍵の束を取りだし、冬の夜を凍らせるような悲鳴を上げて、泣きながらしゃがみ込んだ。

9

ヴァルナーは定刻に帰宅して、カーチャを寝かすと約束していた。そのあとヴェーラはヴァルナーと相談したいといっていた。カーチャはふたりの娘だ。髪の毛は母譲りの栗色の巻き毛だ。父親似で好奇心が旺盛で、なんでもコントロールしたがる性格も父親譲りだった。人間でも動物でも物でも離れていこうものなら、すぐ機嫌を悪くして泣きだす。幸いカーチャは明るい子で、ほとんどの人からかわいがられる。

午後五時をすこし過ぎたころ、ヴァルナーはダウンジャケットを着て、帰路についた。クロイトナーがまたしても死体を発見したという一報が届いたのはそのときだった。死因は不明だが、状況が普通ではないので、現場検証が必要と思われるという。

ダニエラ・クラムは麓駅にいた。ミースバッハ危機介入チームの女性メンバーが付き添っていた。死体を見て悲鳴を上げてから、ダニエラはまったく口をひらかなかった。クロイトナーはダニエラを麓駅まで連れていった。リュージュ・トラックは死体発見現場からたった五十メートルのところにあった。ダニエラは蛍光灯に照らされたエントランスのベンチにすわっていた。日中ならゴンドラに乗るスキー客がスキーブーツでゴッゴツ歩いているところだ。寒さで紅潮したダニエラの頬には涙を流した跡がはっきり残っていた。ダニエラは階段の手すりをじっと見つめていた。危機介入チームの女性メンバーにもダニエラの心をひらくことはできないようだった。

ミーケは他の事件現場からまっすぐ駆けつけて、麓駅でヤネッテと合流した。彼女は電話でオリヴァーとティーナに連絡をしていた。ふたりの鑑識官はすでに死体のところにいた。雪上車がふたりを発見現場に運んだ。

「やあ、ヤネッテ！　とんだ夜になったな」ミーケがヤネッテを見ていった。

「雪の中で捜査することになるわ。ティーナとオリヴァーはすでに上よ。クロイトナーもついていった」

「彼女は？」ミーケはダニエラを指差して会釈したが、ダニエラはまったく反応しなかった。

「目撃者。クロイトナーといっしょに死体を発見したらしい」

「事情聴取はできそうにないな」ミーケは困ったという様子でいった。ヤネッテは肩をすくめた。

「ヴァルナーは?」

「ボスは帰宅したわ。ヴェーラと話があるとかいって」

「事件現場を人任せにするとはな」

「一年前には考えられなかったわね」

ミーケはうなずいて、子どもは人間を変えるものだと思っていると、駅の入口からすっと風が入ってきた。

「ほら、ごらん。ヤネッテとミーケおじさんだ」聞き慣れた声がした。ドアを開けた父親の足のあいだから、カーチャが両手を上げて入ってきた。

「嘘だろう」ミーケはヤネッテにそういうと、カーチャのほうを向いた。「やあ、こっちにおいで!」

冬服を着込んだカーチャがよちよち歩いてきた。ミーケはカーチャを腕に抱いた。

「正気ですか?」ミーケはヴァルナーのほうを向いていった。「子どもを連れてくるなんて」

「ヴェーラがまだ帰っていないんだ。だから、現場を見にこようと思ってな。家にいては状況をつかみにくい」

「だけど、おちびちゃんまで現場に連れてくるなんて」ヤネッテはカーチャに指を一本つかませながらいった。

「だれか預かってくれるだろう」

ヴァルナーはあたりを見まわし、ダニエラ・クラムに気づいて会釈した。ダニエラはヴァルナーのほうをじっと見ていた。目が充血して隈ができ、口を半ば開けていた。

「俺が残りますよ」ミーケはいった。「女性がふたりいれば、楽しくやれますし、わざわざ暖房をつけてくれてますからね」

暖房の効いたところから出なくてはならないと思うと、ヴァルナーは気が重くなった。

「ボスはその薄いダウンジャケットしか持ってないんですか？」

ヴァルナーは腹立たしそうにミーケを見た。

「なにをいってるんだ。これは今買える一番暖かいダウンジャケットだぞ」

「ちょっと心配しただけですよ。上は零下十五度ですからね」

ミーケはほくそ笑み、カーチャの鼻をつまんだ。

「そうだろう、おちびちゃん。かわいそうなパパが外でぶるぶるふるえているあいだ、おじさんたちはぽかぽか暖かいところにいようね」

白くてふわふわした雪がハロゲンランプの光の中に降ってくる。雪上車のディーゼルエンジンの音が山林に響いている。ヴァルナーは帽子を目深にかぶったが、なんの役にも立たなかった。メガネについた雪が溶け、レンズを伝い、ヴァルナーの視界を奪った。ヴァルナーはヤネッテに声をかけようと思ったが、叫ぶほかないと思って、降ってくる雪を眺めることにした。メガネがなくても、美しいのはわかる。完璧な冬の夜といっていい。

発見現場まで五十メートルほど新雪をかきわけ、ヤネッテの背後に立つと、ヴァルナーはたずねた。

「死体について、なにかわかったか？」

森の空き地に消防団が五百ワットのハロゲンライトを設置していたので、その場はまばゆいくらいに明るかった。

「氏名はゾフィー・クラム、四十七歳、福祉教育士。リーデルンで動物シェルターをやっていました」

「どこだって？」

「モースラインとヴァーキルヒェンのあいだです。あのあたりに農家が点在しています」

「それで、麓駅にいる女性は？」

「被害者の妹です。ダニエラ・クラム」

「被害者が姉であることは伝えたのか？」

「いいえ。彼女が姉だと気づいたんです」

「クロイトナーがスキーの最中に見つけたと聞いたが」

「ええ、そうです。でもダニエラ・クラムもいっしょだったんです」

「クロイトナーはその女性とスキーをして、姉の死体を発見したというのか?」

「自分で聞いてください」

「あいつ、またなにかやらかしたようだな。まったく頭が痛い。で、うちのヤマだというのは確かなんだな?」

「クロイトナーの話では、事故じゃないそうです。死体はベンチに腰かけていて、まわりの雪が血で染まっていたといってます」

ふたりは森の空き地に着いた。白い服を着た鑑識官が、白い光に包まれながら雪の中で作業していた。発電機がうなりを上げている。ヴァルナーはその光景を目に焼きつけた。

「なんでこんなところで殺したんだ?」

ヤネッテは肩をすくめた。

10

死体の女は夜空を見あげていた。オリヴァーがいろんな角度から死体をカメラに収めていた。そのあいだに死体の雪がすべて取り払われた。顔と両手には氷が張っていた。降ってきた雪はいったん溶けたが、死体の体温がまわりの気温まで下がってまた凍ったのだ。ベンチのまわりには、関係者以外立ち入らないように鑑識官が規制線を張り巡らしていた。ヴァルナーとヤネッテとクロイトナーもいまはまだ中に入れない。鑑識課のオリヴァーとティーナは部下の助けを借りて、雪の中で手がかりを探っている。見るからに大変な作業だ。

「もちろん死体を見つけたのは俺さ」クロイトナーはいった。「被害者の妹がいっしょだったのは偶然だ」

「なんでおまえと夜の森を散歩してたんだ？」

「いっしょに滑ってた」

ヴァルナーは時計を見た。

「何時ごろだ？」

「四時半くらいかな」

「それじゃもう真っ暗だっただろう」

「だからコースを間違えた。さもなきゃ死体を発見することはなかった」

冷気がヴァルナーのダウンジャケットに入り込んできた。紐(ひも)をしめ、隙間がないようにし、それから急いで両手をポケットに突っ込んだ。

「ダニエラ・クラムは、姉がこんなところにいた理由についてなにかいっているか？」

「ヴァルベルクに登る途中だったのかもしれない」

「こんな深い雪の中を歩いてヴァルベルクに登る奴なんているのか？」

「事件が起きたときはまだ雪は降ってなかったんじゃないかな。雪は多くなかった」

「殺人事件だというのはだれがいった？」

「一目瞭然だろう。いたるところに血が飛び散っている」

ティーナがそばに来た。

「やあ、ティーナ。どんな感じだ？」ヴァルナーが声をかけた。

ティーナが透明のビニール袋を高く掲げた。中にカッターナイフが入っていた。袋の底にうっすら赤い液体が溜まっていた。ナイフに付着していた雪が溶けたのだろう。

「ベンチの下で見つけました」ティーナはヴァルナーに袋を渡した。ヴァルナーはメガネをふく必要があったので、袋をヤネッテに預けた。

「凶器か？」

「ええ」ティーナはまた袋を受け取った。「指紋は採取できませんでしたが、凶器に間違いないでしょう。これで動脈を切っています。出血多量死ですね」

「わかんないな」クロイトナーが口をはさんだ。「だれがわざわざこんな山に入って、ベンチで自分の動脈を切るんだ？」

「珍しくはないわ」ティーナはカッターナイフを入れた袋を他の証拠品が入っている大きなビニール袋に収めた。「多くの自殺者は死の間際、自分が残していくものを見たいと思うのよ」

「やっぱり俺にはわからない」そういったものの、クロイトナーは自分の推理を披瀝しようとはしなかった。

「妹はその点についてなにかいったか？」ヴァルナーはもう一度クロイトナーにたずねた。

「なにもいわなかった。完全にまいっていたからな」

「ここでなにをしてるんですか？」ベルリン訛が混じった鋭い声がして、オリヴァーが雪をかきわけながらヴァルナーたちのところにやってきた。「帰宅して、おちびちゃんの世話をするといってませんでした？　俺の聞き違いですかね？」

「気にするな。うちのちびはミーケおじさんに遊んでもらっている」

「そういうことですか。遊ぶのもいいけど、子どもは寝たほうがいいんじゃないですかね？　うるさいことはいいたくないですが」

ヴァルナーは時計を見た。

「うちの子はいつも七時にベッドに入る。そして三十分だけ眠って、俺が眠りにつくと、泣きだす」

オリヴァーも時計を見た。

「じゃあ、あと二十分で下山しないとですね」

「どっちみち、ここは俺がいなくてもよさそうだしな」

「自殺のようです。でも変なものがありました。これです。死体の札入れに入ってました」

オリヴァーはヴァルナーに小さなビニール袋を渡した。中には一枚の写真が入っていた。ヴァルナーはその写真を見てから小脇に抱え、メガネのレンズをふき、二、三歩前に出て、あらためて光に当てた。ほかのみんなもついてきて、オリヴァーが発見したものを見ようとした。ヴァルナーはしげしげと見てから、ほかの者に写真を渡した。

「一体これはなんだ？」

オリヴァーは肩をすくめた。

「見てのとおりです。背筋が凍るでしょう？」

「ああ」ヴァルナーはいった。「ますます寒気がしてきた」

11

ダニエラ・クラムはいまだに両手をふるわせながら麓駅のエントランスに置かれたベンチにすわっていた。ティッシュで洟をかみ、目に溜まった涙をぬぐった。クロイトナーはうなだれて彼女のとなりに腰かけ、姉さんのことでお悔やみをいっていた。ダニエラは聞いていないようだった。

ヴァルナーがそこへやってきて、お気の毒にといった。

「質問に答えられますか？　無理なら、ご自宅かホテルに送ります。事情聴取は明日にしましょう」

ダニエラ・クラムは感電したかのようにびくっとし、ヴァルナーを無表情に見た。すこし考えてから首を横に振り、目尻に残っていた涙をふいた。

「大丈夫です」

ヴァルナーは折りたたみ椅子にすわって、ヤネッテとミーケを手招きした。クロイトナーも誘われたが、クロイトナーはロープウェイのゴンドラに通じる階段の手すりにもたれかかった。

「お名前はダニエラ・クラム。死んだゾフィー・クラムさんの妹さんですね?」

ダニエラはうなずいた。

「どうやらお姉さんはご自分で命を絶ったようです。そういう兆候はありましたか?」

ダニエラは首を横に振った。

「自分で命を絶つなんて」

ヴァルナーはダニエラの顔をうかがい、ダニエラの本心を読み取ろうとした。ダニエラの顔には絶望よりも怒りの色が滲(にじ)んでいた。本気でそう思っているようだ。

「確かですか?」

「姉らしくありません」

「どういうところが?」

「逃避したことがです。姉はわたしたちを見捨てるはずがありません」

「わたしたち、というとご家族ですか？」

「動物たちとわたしです。うちは動物シェルターを営んでいます。わたしひとりではやっていけないことを、姉はよく知ってました。だから自分で命を絶つはずがありません」

「お姉さんが自殺を仄めかしたことはないんですね？　鬱ではなかったんですね？　もうりだ、辞めたいといっていませんでしたか？」

「いいえ」ダニエラはまた涙をぬぐった。声がふるえていた。

「もちろん、シェルターをつづけるのにいろいろ苦労していました。資金繰りをするため毎月奔走していました。でも、だからって自殺するはずがありません」

「だれかに殺害された可能性は？」

「頭のおかしな人は嫌というほどいます」

ヴァルナーは二、三秒待ったが、ダニエラはそれ以上なにもいわなかった。

「解剖結果を待つことになります。司法解剖でお姉さんがどのようにして死んだか判明するでしょう」ヴァルナーは一瞬、迷いを見せた。「じつはお姉さんのジャケットから変なものが見つかりました。写真です」ヴァルナーは問題の写真をダウンジャケットからだした。まだビニール袋に入っていた。「写真に写っているものが……ちょっと妙でして。とにかく見ていただきたいのです。なんなら、明日、気持ちが落ち着いてからでもいいです」

「なにが写っているんですか？」

「女性の遺体です」

ダニエラは少し考えた。

「見せてください」

ヴァルナーは写真を渡した。ダニエラは短いあいだだが、しっかりと見た。写真には墓穴らしいところに横たえられた腐乱しかけた遺体が写っていた。だれかが掘りだしたところのように見える。ところどころ皮膚が裂け、骨が見えている。毛髪は長く、スカートをはいていて、墓穴には女物のハンドバッグもあった。

ダニエラは首を横に振った。

「この写真はどこに？」

「お姉さんが身につけていたスキージャケットです」

「わたしは見たことがありません。どうして姉が持っていたのかも知りません。戦争かなにかの写真でしょうか？」

「さあ、どうでしょうね。いろいろな可能性があります」

「姉のものではないかもしれません。犯人がポケットに忍ばせたのかもしれないでしょう」

「犯人がいればですが」

「なぜ自殺だと思うんですか？」

「いまのところ自殺の線が濃厚です。でもまだわかりません。鑑識の捜査と解剖結果次第です」

危機介入チームの女性メンバーがダニエラに紅茶をいれてきた。ダニエラは礼をいって受け取った。ヴァルナーたちも勧められたが断った。

「仮に自殺ではないとしましょう。お姉さんを殺しそうな人をご存じですか？」

ダニエラは湯気を上げるプラスチックコップに口をつけ、両手を温めた。暖房が効いていて、ヴァルナーでも帽子を取っていたというのに、ダニエラはふるえていた。

「思い当たる人はいません」またしてもダニエラの目がうるんで、涙が頬を伝い、顎からぽとりとこぼれ落ちた。クロイトナーがティッシュを一枚差しだした。

「どうも」そういうと、ダニエラは洟をかんだ。それから背筋を伸ばした。泣きだしたときと同じように、唐突に泣きやんだ。

「じつは……心当たりがあります」ダニエラはうなずいて、物思いに耽るようにヴァルナーの背後をぼんやり見つめた。

12

「そんな前じゃありません。二週間くらい前でしょうか、午後五時ごろ、女の人がいきなり家畜小屋にあらわれたんです。もうすっかり暗くなっていました。わたしは馬を牧草地から連れ帰ったところで、その人が姉に会いたい、昔の友だちだといいました。姉なら母屋にいると教えました」

「その人は名乗りましたか？」

「ええ。スターリンです」

「スターリン？」

「その人のあだ名です」

「その名前のほかに、なにかあやしい点があったんですか？」

「三十分ほど姉と話していました。家畜小屋の片づけが済んで、わたしが中庭に出ると、その人がちょうど帰るところでした。別れ際に、その人が姉にいったんです。『面倒ごとを抱えたくなければ、よく考えるのね』と」

「どういうことでしょう？」

「わかりません。もちろん姉にたずねてみました。いかれた女だとしかいいませんでした。学生時代の知り合いですが、もう関わりを持っていませんでした」

「いかれているというのはどういうことでしょう？」

答える代わりに、ダニエラ・クラムは肩をすくめ、ふるえると、また無気力になった。

「クラムさん？　具合が悪いのですか？」

彼女は催眠術が解けたかのようにヴァルナーを見た。

「いいえ、大丈夫です。質問は……なんでしたっけ？」

「いかれているというのはどういう意味かなと思ったんです」

「姉がどうしてそういったのかということですか？」ダニエラはヴァルナーの目を見ながら思案した。「たぶん……本当にいかれているんだと思います。精神的に」

「お姉さんは脅迫の中身を話さなかったんですね？　あるいは、だれなら面倒ごとを解決できるか」

「頭がおかしいだけだから、気にすることはないとしかいいませんでした。でも、姉は不安を抱いていました。見ればわかります。この二週間ずっと神経質で、びくびくしていましたから」

「あなたはそのことでお姉さんに話をしましたか？」

「ええ。でもあいまいな返事しかせず、平気だとしかいいませんでした」

「お姉さんはあなたを信頼していなかったということですか？」

「わたしを巻き込みたくなかったんだと思います」

「問題の女性の特徴を教えてもらえますか？」

「むずかしいですね。ちらっと見ただけですので。それに帽子をかぶっていましたし。会えばわかるでしょうけど」ダニエラは一瞬、言葉を途切らせた。「殺人事件だというんですか？」

「その女性がお姉さんを訪ねてきたということは信じます。しかしお姉さんの死に関係しているかどうかはわかりません。お姉さんが自分で命を絶ったという証拠が見つからなければ、もちろんその女性を捜します」ヴァルナーは質問を終えた。

「ホテルに泊まりますか？　自宅に送らせますが」ミーケがいった。

ダニエラ・クラムはホテルに泊まる気がなかった。

「いいでしょう。自宅に帰ってけっこうです。ところで、明日の朝早く、鑑識がうかがうことになります。お姉さんの部屋に入らないでください。それからなにも捨てないでください。とくに書類などは」

ダニエラ・クラムはいわれたとおりにするといって、自分の車のところへ歩いていった。クロイトナーは心配そうに見送った。

13

ゾフィー・クラムが死んだとき、リーデルン動物シェルターにはさまざまな動物が暮らしていた。馬が十頭、ロバが七頭、犬が八頭、猫が三十四匹、ウサギが十二羽、シカが二頭、ペット用の豚が四頭、七面鳥のオスとメスがそれぞれ一羽、ガチョウが六羽、品種の異なるニワトリが合計二十二羽、その中には通常の何倍も生きている肥育鶏(ひいくどり)が三羽含まれる。そしてさらにカモが四羽とわらを入れた段ボールの中で冬眠しているハリネズミが二匹。動物のほとんどが年をとっているか、病気持ち、あるいはその両方で、悲しい過去を持っている。動物シェルターでは、乳を絞られたり、乗りまわされたり、出産マシーンとしてこき使われたり、食肉にされたりすることなく、寿命を全うすることができる。

　ゾフィー・クラムは若いころから、人助けが好きで、大学で福祉教育を専攻した。一九九〇年代にはしばらくのあいだ、学習障害児の施設で児童指導員として働いた。一九九六年にテーゲルンゼーから四キロ北のリーデルン村にあるおばの農家を遺産相続した。酪農業は一九六〇年代にやめていて、おばは民宿で生計を立てていた。そしてバカンス客の子どもに喜んでもらおうと、小型のロバを二頭にヤギを一頭とたくさんの猫と犬を飼っていた。おばは死ぬ四年前に重度の関節症を患い、民宿を廃業した。ゾフィー・クラムが遺産相続したとき、ヤギは蹄(ひづめ)に炎症を起こして、すぐに死んでしまった。ロバも犬も猫も劣悪な状態にあった。おばは病気のせいでろくに動物の世話ができずにいたのだ。この農家のほかに、ゾフィーは六桁のドイツマルクを遺贈されたこともあって、動物の世話をして、農家を維持しつづける決心をした。

　そのうちゾフィーが動物を大切にするという噂が広まり、捨て犬や捨て猫、さらにはイタリアで食肉にされそうになっていた馬などが連れてこられるようになった。中近東からロバを運搬してきたトラックが、チェコスロヴァキアで書類の不備のせいで足止めを食らい、ロバが餓死寸前だと耳にすると、ゾフィーはそのロバたちを救うために車に乗り込んだ。二頭のシカも、子ジカのときに人間に拾われて育てられた。もはや野生にもどすことはできなかった。人間になついているので、ハンターに出くわせば一巻の終わりだからだ。

ダニエラは吹雪の中、家に着き、人感センサーのスイッチを作動させた。家畜小屋の黄色いランプが点灯した。母屋はこの地方によくある作りで、細長い切妻屋根の家屋だ。一階部分は石積みの壁で、手前の居住スペースには壁に漆喰(しっくい)が塗られているが、奥の家畜小屋は自然石がむきだしだった。二階部分の壁は板張りで、居住スペースを簡単な作りのバルコニーが囲んでいる。家畜小屋と干し草置き場はL字型になっている。母屋の前には別に農機具置き場になっている納屋があり、母屋と合わせて中庭をコの字型で囲んでいる。

犬たちと数匹の猫が家の前や納屋の屋根にいて、車から降りたダニエラをじっと見ていた。ダニエラは目を赤く腫らし、うつろな目をしてうなだれていた。犬は吠(ほ)えず、猫も物音を立てなかった。まるでとんでもない不幸に見舞われたとすでに噂になっているかのように、みんな沈黙していた。シャルトリュー種の猫ヨーゼフが忙しげに毛づくろいをしながら、車のそばにいるダニエラをおずおずとうかがっている。

ダニエラが歩きだすと、犬と猫も動きだし、あとについてきた。家畜小屋へと音もなくぞろぞろついてくる。家畜小屋の中もしんとしていた。黒馬のカスパーの馬房はいつものように開けっぱなしだったが、カスパーは壁際で縮こまって、息をひそめている。ニワトリもケージの中でエサをついばんでいない。七面鳥のウィリアムはそばにやってきたが、いつものようにダニエラのパンツをつつくのはまずいと思ったのか、足踏みをしてから、ニワトリのケージに脚を向けた。この奇妙な状況をニワトリと相談するのだろう。

ゾフィーは死ぬ前に家畜小屋にワラを運び入れていた。手押し車とフォークも今朝とは違うところにあった。ゾフィーは馬糞も片づけていた。ダニエラはフォークを手に取るなり、目をぬぐった。スイッチを押したみたいに涙があふれてきた。涙は顔を濡らし、地面に落ちた。まるで温かい塩水の滝のように、涙はとめどなくあふれでた。涙がヨーゼフと鼻に腫瘍がある赤い猫に落ちた。二匹はその場から動かず、涙をなめようともしなかった。そのことに気づくと、ダニエラはまた涙を流した。そのままひとしきり泣いてから、馬房に飼い葉を配り、そのあと猫と犬にエサを与えた。神経が細い猫と犬はエサを食べず、図太い猫と犬がこれ幸いと腹いっぱいに食べた。

台所のストーブに火をつけると、ダニエラは闇の中でキッチンテーブルにつき、プラムの果実蒸留酒とグラスを置いた。時間は午後八時半。母屋はしんと静まりかえっていた。外からはなにも聞こえない。動物シェルターは一番近い農場から六百メートルは離れている。ゾフィーは夜ひとりでいると、よく怯えることがあった。ダニエラは犬が何頭もいるから、ここに忍び込む者などいないといって慰めたものだ。だが肝心の犬たちはみな老いぼれで、人なつこい。目が見えないボクサーのタキトゥスは吠えれば怖いが、知らない人間が近づいてもめったに吠えない。耳が遠いからだ。だからいくら犬がいても、ゾフィーは安心することができなかった。

酒を飲んで、ダニエラは体を温めた。三杯目を注いだとき、外で物音がして、吠え声が聞こえた。タキトゥスだ。かすれていたが、大きな吠え声だ。中庭の照明がともった。といっても、これはよくあることだ。人感センサーは動物にも反応するからだ。ダニエラが様子を見ようかと思ったとき、タキトゥスの吠え声が途切れた。猫が三匹、窓台に乗って、じっと中庭をうかがった。だがダニエラにはなにも見えなかった。ダニエラはちゃんと見てまわることにした。そうでもしないと落ち着かない。

雪はやんでいた。温度計は零下十二度を指していた。ダニエラは白い息を吐くと、古い猟銃を持って、足音を忍ばせながら黄色い照明に照らされた中庭を歩いた。とくにあやしい気配はなかった。だが足跡を見つけた。自分のではない。大きな靴だ。野道から農場へ向かってきている。家畜小屋の入口の外灯は、野道までまともに届かない。だが、そこにだれかいれば見分けられる。顔をそむけようとしたとき、なにかが光を反射した。ダニエラはびくっとした。野道に車が停めてある。帰宅したときはなかった。運転してきた者はそこで車を降り、歩いて中庭に入って、人感センサーを作動させたのだ。

　雪の中に残された足跡は農機具置き場につづいている。農機具置き場は正面がオープンで、トラクターや農機具が並んでいる。農機具の奥は暗くてなにも見えない。ダニエラは銃を構えて声をかけた。「ちょっと、だれかいるんですか？」

　かすかに唸る声がして、タキトゥスが暗がりからあらわれ、ダニエラのほうを向いた。安眠を邪魔するなとでもいうように。そのとき、農機具置き場でなにか気配があった。外灯は農機具置き場の地面にかろうじて光を落としていて、そこにいきなり登山靴があらわれた。

「出てきて！」ダニエラはいった。靴が動きだした。

14

　農機具置き場の陰から、男がゆっくり出てきた。犬はダニエラのそばに来て、はっはと息をしながら唸った。ダニエラは心臓がばくばくして、銃を握る手に汗がにじんだ。顔が見える前に、農機具置き場の中にいた男がいった。

「やあ、俺だよ！　銃を下ろせ！」

　クロイトナーだった。

「びっくりするじゃない」ダニエラは銃を下げずにいった。

「すまない。ベルを鳴らそうと思ったんだが、そこの犬が来たんでね」

「名前はタキトゥスよ」

「いいね。出てもいいかな？」

「いいわよ。タキトゥスはおとなしいから」

クロイトナーは犬から距離を置きながら中庭に出てきた。

「なにか用？」ダニエラはたずねた。

「いや、なにか手伝うことがあるかなって」

「なにを？」

「さあな……なにかさ」クロイトナーはまわりに何百もの人の目があるかのように見まわした。動物たちは見知らぬ男が来たことに気づいていた。めったにないことだった。「親戚に連絡したのか？」

「いいえ、いないもの」

「だれかと話すと気が晴れるんだがな」

ダニエラは銃を下ろして、母家にもどっていった。だが玄関の前で足を止めると、クロイトナーのほうを振り返った。

「気にしてくれてありがとう。でも、わたしは大丈夫よ」ダニエラはドアを開けて、犬を呼んだ。犬は舌を垂らしてゆっくりやってきた。そしてドアが閉まり、中庭に静けさがもどった。クロイトナーは空を見上げた。雲間にいくつか星が見える。死んだおじのことが脳裏をよぎった。相続した家を見にいって、おじが密造酒をどこかに隠していないか探してみるのも悪くないと思った。

「お茶を飲む?」静けさを破る声がした。ダニエラが台所の開け放った窓辺に立っていた。

ふたりはしばらく犬や猫に囲まれながらなにもいわなかった。ダニエラはフルーツティー、クロイトナーはビール瓶を前にすわっていた。茶よりもそっちのほうがよかったからだ。

「いいところだな」クロイトナーは本心とは別のことをいった。

「ありがとう」ダニエラはいった。「家はかなり傷んでいるわ。でも、修繕するお金がなくて」

「どういうきっかけだい? ここで暮らしてることだが。親の遺産かい?」

「おばの遺産。姉が相続したの。わたしが手伝うために住むようになったのはずっとあと。一時的なつもりだったけど、気づいたら十三年も」

「姉さんはかなり年長だったのか?」

「十一歳上で、母親のような存在だった。本当の母親は働いていて、時間がなかった。わたしが知ってることや、できることは、姉のおかげ。姉がもういないなんて、信じられない」

ダニエラはまた物思いに耽った。加えたハチミツはとっくに溶けているはずなのに、いつまでもスプーンでフルーツティーをかきまわしていた。彼女の手は荒れてはいないが、力がありそうだ。毎日、家畜小屋で働いているのだから当然だ。ダニエラは顔にかかった髪を耳にかけ、フルーツティーをひと口飲んで、目にたまった涙をふいた。クロイトナーはビールを飲むべきか迷ったが、飲むのをやめて、瓶のラベルを見つめた。そのとき自分が見られていることに気づいた。クロイトナーの横に寝そべっていた毛むくじゃらの大きな猫が半目を開けてクロイトナーを見ていた。

「まあ、なんとかなるさ」クロイトナーはいった。「変な言い方かもしれないが、そんなもんさ」

「いいえ、なんとかなるわけないでしょ。姉が死んだのよ。むりに決まってる」ダニエラは果実蒸留酒をグラスに注いでからクロイトナーに瓶を差しだした。クロイトナーは断った。気をつけなくてはならない。新しく異動してきた同僚に酒気帯び運転で捕まったら洒落にならない。

「そのうちになんとかなる。いまは辛いだろうが、前を向かなくちゃ。きょう、あしたはむりでも、まあそのうちにな。なんだよ、なんとかなったじゃないかってな」

「あなたにはわからないわ。わたしがどんな気持ちか想像できる？」

「頭では」

ダニエラは首を横に振った。

「よくいえるわね。数時間前に姉が死んだのよ。気持ちがわかるというの？　当然のように。

無茶苦茶だわ」

「本当だったら」

「他人の気持ちなんて、だれにもわからないものよ」

「どうして？」

「あなたはあなた。他の人間とは違う。みんな、感じ方は違うのよ。あなたにわたしの頭の中がわかるわけない」

クロイトナーはビール瓶のラベルについた水滴を親指でぬぐってひと口飲んだ。十四の犬と猫の注目を浴びながら、ふたりとも押し黙った。大きな猫がいきなり起きあがって、さっとクロイトナーの膝に飛び乗った。居心地がいい位置をしばらく探してから、目を閉じて、喉を鳴らした。

「こいつの名は？」

「トロル。雄猫」

「トロル？」

「ノルウェイ生まれなの。だからトロル。ビールはコースターにのせてね。テーブルにシミがつくから」

クロイトナーは瓶をコースターにのせると、トロルの頭をなでた。トロルは口を大きく開けて、盛大なあくびをした。牙（きば）のあいだがひどい歯周病になっている。それでも農場のネズミから恐れられているだろう、とクロイトナーは思った。

「十七のとき、おふくろが死んだ」彼はいった。

「それはお気の毒に。死因は？」

「敗血症。紙で指を切った」

「そんなことで死ぬの？」

「ああ」

ダニエラは自分のグラスに酒を注いだ。

「あなただってそのときは、なんとかなるなんて思わなかったでしょ」

クロイトナーは瓶に視線を向け、ビールの泡を見つめた。ホップのにおいが鼻をついた。

「俺は自動車を泥棒したりと無茶苦茶なことをしていた。おふくろが死んだ夜も、仲間と家宅侵入をする計画だった。すごい計画だった。なにせ侵入するのは自動車のディーラーだったんだ。だけど、おふくろが死んだんで、俺はやらなかった。で、どうなったと思う？　仲間は一網打尽さ。だから思ったんだ。これは啓示だ！　こんな馬鹿なことはやめて、心を入れ替えろってな。それで警官になった」

ダニエラはうなずいて、唇をかみしめた。

「運がよかったわね？」

「ああ。そうだな」クロイトナーはすこし憂鬱な顔をした。「すまない」そういうと、クロイトナーはトロルを膝から持ちあげて、床に下ろした。「俺じゃ大した助けにはならないな。今度は自家製の酒を持ってくる。いっぱいあるんでな」

ダニエラはベンチで横になっている白猫をなでた。

「寄ってくれてありがとう。三十分は別のことを考えることができたわ」

「それじゃな」クロイトナーは果実蒸留酒の瓶を指差した。「それを飲み干したらベッドに入れ」

クロイトナーが外に立つと、ダニエラがもう一度窓辺に立った。

「レーオ……」

クロイトナーは振り返った。ダニエラは目に隈があり、髪が白く見える。まるで幽霊のようだ。「姉さんは自殺なんてしないわ」

15

ヴァルナーは六時半に帰宅した。カーチャをベッドに寝かせ、眠るまで子守唄の絵本を六ページほど朗読した。時間にして一分半。カーチャはあくびをして、自分で読むといいだした。その数分後、絵本はカーチャの手から落ちた。ヴァルナーは明かりを消した。

祖父のマンフレートが台所で夕食の準備をしていた。ヴァルナーは居間にいるヴェーラのところへ行った。

「どう？　眠った？」

「ぐっすり寝てる。きょうはだいぶ外にいたからな」

「そうね。マンフレートがカーチャと庭にいたわ」

すこし間があいた。ヴァルナーは、ヴェーラが話しづらそうにしていることに気づいた。

「わたしが復職を考えているのは知ってるわよね」ヴェーラがいった。

「もちろん。一日中子どもといっしょにいる必要はない。当然だ。それはそれで楽しいだろうがな。経験者は語るってやつだ」

ヴァルナーは四ヶ月の育休をとって、娘とすごした。といっても、完全ではなかった。なにかというと、刑事警察署に電話をかけたり、コーヒーを飲みに立ち寄ったりしたからだ。なに食わぬ顔でどんな様子かヴァルナーに訊かれるたび、代理のミーケは神経を逆撫(さかな)でされ、署員全員に、捜査がらみのことをヴァルナーにはいうなと箝口令(かんこうれい)を敷いたほどだ。それでもいろいろとヴァルナーの耳に入った。ヴァルナーが二十年以上、敏腕刑事としてやってきたのは伊達(だて)ではなかった。

「復職するのか？」

「ええ、州刑事局に。画像分析の研究プロジェクトが立ちあがるの。その責任者にならないかって。俸給ランクA13になる」

「悪くない。俺と同じだ」

　ヴェーラはヴァルナーの髪をなでた。「それだけでは済まないわ」

「というと？」

「カーチャに世話係が要るってこと」

「じいさんが見てくれるだろう。あの子を気に入ってる」

「わかってる。よくやってくれてる。本当よ。ただ……」

「なんだい……？」

「マンフレートは最近、物忘れが多いのよね。歳だからしょうがないんだけど。きょうの昼、マンフレートが昼食をこしらえたんだけど。わたし、出かける前に、カーチャがどこかたずねたのよ。そうしたら、一瞬考えてから、庭にいるって答えたの。明らかにすぐには思いだせない感じだった。わたしが訊かなかったら、どうなっていたことか」

「カーチャを庭に忘れたってことか？」

「あの子が庭にいることを忘れていたようなの」

「それはちょっと考え過ぎじゃないかな」

「今回だけなら、そうなんだけど、最近、そういうことが多いのよ。おじいさんひとりなら、まだいいけど、カーチャは一歳よ。おじいさんのうっかりで、大変なことになるかもしれない」

「気がかりなのか？」

「そのことを気にしていなかったなんていわせないわよ。百五十パーセント信頼できる人でなかったら、子どもを任せるはずがないわよね。おじいさんに他意があるわけじゃないの。でも歳には勝てないわ」

ヴァルナーはすこし考えた。たしかに頭の片隅ではそう感じていた。

「たしかにじいさんに頼るのはむりじゃないかと思ってた。カーチャが危険な目にあうかもしれない……そのとおりだ。ちょっとしたミスも許されない。ただじいさんをそういうふうに見ていなかったんだ。俺にとっては、子どものためになんでもしてくれるやさしいひいじいさんなんだ」ヴァルナーはドアのほうを見た。台所から音楽が聞こえる。マンフレートがラジオをつけたのだ。「これからどうする？」

「思ったんだけど、カーチャに人が必要だわ。子守ね。幼稚園に入るまで。もちろんお金はかかるけど、共稼ぎをすれば……長いあいだじゃないし」

「わかった。俺はかまわない。だがどうやってじいさんを納得させる？」

「反対すると思う？」

ヴァルナーは渋い顔をした。

祖父のマンフレートは鍋の前に立って、塩を手にしていた。そこへヴァルナーとヴェーラが入ってきた。

「ピヒェルシュタイナー（ダイス状にした肉と野菜で作ったドイツのスープシチュー）はどうだい？」ヴァルナーはたずねた。

「できている。塩加減がもうちょっとだ」

「それはいいだろう。各自で塩を振ればいい」

祖父の味覚はこの数年、明らかに衰えている。だから味が濃くなる傾向があった。しかも頑固ときた。

「いいや、ちょうどいい味加減でテーブルにださないとな」といって、塩を振り入れた。

しょっぱくなったピヒェルシュタイナーを食べながら、ヴァルナーはいった。

「ヴェーラがもうすぐ復職するかもしれない。いいポストがもらえそうなんだ」

「問題ないさ。カーチャの面倒はわしが見る」

「ああ、じいさんはうまくやってくれている。カーチャもなついてるし。寝かせたときに聞いたが、雪だるまを作ったんだってな」

「そんなことを話したのか？」

「雪のおじいちゃんといってた」

「かわいいじゃないか」祖父はとろけそうだった。

「ああ、かわいい。それに、じいさんもよくかわいがってくれてる。だがいつまでも背負い込ませるわけにはいかない」

「背負い込ませる！　好きでやってるんだ」

「いずれ辛くなるときが来るでしょ。わかるわ」ヴェーラが割って入った。

マンフレートは皿から目を上げて、じろっとヴァルナーとヴェーラを見た。「辛くなるってどういうことだ？　老いぼれだっていうのか？」

「ちがうわ。おじいさんが達者なのは知ってる。でも、歳だから休む時間も必要でしょ。当然のことじゃない」

祖父は食べるのをやめた。

「わしを厄介払いしたいように聞こえるぞ。なにかまずいことがあるというのか」

「そんなことはないわ。子守を雇いたいだけなの。おじいさんはいつもカーチャといっしょにいて遊んでいるわけにはいかないでしょ。休みたいときや、ほかにしたいことがあるときもあるでしょ。だから、いいんじゃないかなって」

「はっきりいったらどうだ！」祖父はスプーンを皿に置いて、椅子の背にもたれかかった。

「わしを信頼できないっていうんだな？」

ヴェーラも、ヴァルナーのいうとおりだと思った。祖父を説得するのはむずかしい。

「いいことを考えたの。おじいさんが信用できないということではないの」

祖父はうなずいて、遠くを見る目をし、口をへの字に曲げた。

「個人攻撃してるわけじゃないんだけど」ヴァルナーも忍耐の限界に達した。

「じゃあ、どう捉えればいい？　冗談だとでもいうのか？」

「わかった」ヴァルナーはいった。「本音をいおう。いいたくないことだが」

祖父は身構えた。

「まずこのピヒェルシュタイナーはしょっぱすぎる。各自で塩を振ればいいと今度おれがいったら、そうしてくれ。普通の倍は塩が入ってる。じいさんの味覚が衰えてるんだ。せっかくのおいしいピヒェルシュタイナーがだいなしだ」

祖父は険しい顔をして腕を組み、顎を深く沈めながら話を聞いていた。

「次に、いくら歳をとっても若くいられる人間なんてこの世にはいないんだ。じいさんも歳をとる。そうすればいろいろと能力が衰えるのは当たり前のことだ。とくに記憶力とか集中力とか。コンロを消し忘れたり、メガネをパン用ケースにしまったりすることが多くなってるだろ。別にいいんだ。俺だってじいさんより早くそういうことをやりだすかもしれない。いまのところ、じいさんはカーチャのことで大したミスはしていない。カーチャのことを大事にしてくれているのはわかってるさ。でも、もしじいさんのうっかりで、カーチャになにかあったらどうする？　うっかりはだれにだってあることだ。このあとずっと後悔するのはいやだろう」ヴァルナーは祖父の目を見て、理解を得ようとした。「よく考えてくれ。カーチャの面倒を見てくれていることには感謝してるんだ。じいさんからカーチャを奪おうってんじゃない。他にも面倒を見てくれる人間がいたほうがいいって話で、それ以上でも、以下でもない」

祖父はスープシチューをスプーンですくって口に入れた。

「しょっぱいなら、そういえばいいじゃないか」

それだけいうと、口をもぐもぐさせながらまたスプーンをスープシチューに入れて、ヴェーラとヴァルナーを見た。「で、子守はもう決めてあるのか？」

16

その朝、ミースバッハに雪が積もり、ヴァルナーは歩いて出勤した。凍てつく朝の空気で朝方は血の巡りが悪いが、おかげでよくなった。とはいえ、いつになくひどく凍えた。セーターを何枚も重ね、ダウンジャケットのファスナーを喉元まで上げたので、なんとか凌ぐことができた。

署内は閑散としていた。職員の多くが大雪に足止めを食らっていた。だはミーケはすでに出勤していた。ヤネッテとオリヴァーもすぐにやってきた。十一時ごろ、ヴァルナーは三人を部屋に呼んだ。

「まず昨晩の死者について新しくわかったことを知りたい。とくに他殺の手がかりだ。次に死体写真だ。色々な可能性がある。写真の女性が殺害されているのが最悪の場合だ。そうなれば、そちらの捜査も必要になる。死んだ女性の家宅捜索はおこなったのか？」

「はい、今朝」オリヴァーはいった。「しかし結果は芳しくありません。というか、手がかりはなにもありませんでした」

「コンピュータはどうだ？」

「調べさせました」ヤネッテはいった。「わたしも分析に立ち会いました。遺言を書いた形跡も、自殺ウェブサイトを検索した形跡もありません。そもそもコンピュータをあまり使っていません。毎週Eメールを数通送るくらいでした。内容は動物シェルターとその資金繰りです。プライベートなメールはほとんどありませんでした。ソーシャルネットワークも使っていません。写真もすこししか保存されていませんでした。ほとんどが施設で撮った動物の写真でした。動物シェルターのウェブサイト用に撮ったものでしょう。すべてスマートフォンで撮影していました。問題の死体写真の手がかりにはなりません」

「どちらにも犯罪を示唆するものはなかったんだな。解剖結果は？」

「解剖は今朝おこなわれました」オリヴァーはファックスで送られてきた報告書を手に取ってめくった。「ざくっというと、失血死です。興味深いのは、切り口がプロはだしであることです。これはそう簡単なことではありません。しかし自殺を準備していたのなら、うなずけます。それと他殺の場合です」

「ということは、犯人がいる場合、医学の知識があるということか？」

「そうともかぎりませんね。医学に関心のあるアマチュアとも考えられます。それから次がもっと興味深いのですが、ゾフィー・クラムの体内から検出されたものがあります。γ‐ヒドロキシ酪酸です」

「γ‐ヒドロキシ酪酸って、リキッド・エクスタシーじゃないの？」ヤネッテはたずねた。

「そうです。大量摂取すると昏睡（こんすい）状態になります」

「つまり自殺じゃないということか？」

「そうはいっていません。可能性はふたつあるでしょう。ひとつは自殺を周到に準備し、未遂で終わらず、また苦痛もなく死にたいと考えた場合です。つまり動脈を切る前にγ‐ヒドロキシ酪酸を摂取したということです。もうひとつの可能性は、だれかに飲まされて、動脈を切られた場合です」

「エクスタシーを摂取したのがいつか特定できるか？」ミーケは空っぽのコーヒーカップを両手で包んだ。

「動脈を切る前なのはたしかです。ただその時点で意識を失ったかどうかは疑問の残るところです。意識を失えば、自分で切ることはできませんから。その点は特定できません」

「他殺か自殺か、まだわからないということだな」ヴァルナーはイライラしているミーケにガラス製のコーヒーポットを差しだした。ミーケはありがたくコーヒーポットを受けとった。

「ええ」オリヴァーはいった。「はっきりしません。遺言がありませんので。妹も遺書は見つからないといっています」

「写真はどうだ?」

ヤネッテはヴァルナーのコンピュータを使わせてもらって、写真データを画面にだした。死体の写真を拡大したらしく、モニター上の画像は粒子が粗かった。

「この写真から事実がいくつか読みとれます。しかし正しい結論を導きだす必要があります。墓穴はあまり深くないですね。三十センチ前後でしょう。棺(ひつぎ)に入っていませんでした」

「ただ埋められていたということか。本当の葬儀ではなく」

「いずれにせよ通常の埋葬ではありません。しかしある意味、埋葬されていました。きれいに埋められていましたから。両手は胸の上で重ねてあります。はっきりしませんが、手の上に置かれているのは十字架のようです。確実ではありませんが、金属製で、いっしょに埋められたようです。だれかが葬儀まがいのことをしたのでしょう」

「撮影された場所の手がかりは?」

「州刑事局で調べてもらうほかないですね。でもゼンライトナーの話では、うちの管轄によくある泥土らしいです。ただし同じような土質は地球上に山ほどあります。あとは墓穴の縁に咲いているピンクの花ですね」

「クロッカスか?」

「イヌサフランです。写真が撮影されたのは、おそらく九月か十月です。ミュンヘンの法医学研究所に画像データをメールしておきました。最近ノックスビルで研修を終えたスタッフがいますので」

「死体農場（アメリカ、テネシー州のノックスビルに世界唯一の腐乱死体の研究施設がある）？　ミュンヘンの連中は本当に資金が潤沢ですね」

そういうと、ミーケは同意を得られると思ってヴァルナーを見た。

「いずれにせよ、知恵をつけて帰ってきまして、夏に埋められたのなら、死体の状態から三ヶ月から六ヶ月地中にあったといっています。もちろん写真からの分析であることは断っておきます」

「もし写真が秋に撮影されたのなら、埋められたのは夏だな」ヴァルナーは画像を見つめ、死体の腰のあたりを指差した。「これは？」

「一番興味深いのがそれです。ハンドバッグです」ヤネッテはその部分を拡大した。画像がさらに粗くなった。それがハンドバッグだと知っていたので、留め金が確認できた。小さな金具で、おそらく真鍮（しんちゅう）製だろう。その金具にはロゴのようなものが刻まれている。ヤネッテはその画像を加工した。画像にシャープネスがかかった。だが文字列には欠けたところがあって、全部は読みとれなかった。ヴェ……トのあとにスペースがあって、ア……コンダとある。

「グーグルで検索したところ、ヴェルヴェット・アナコンダという小さなファッションレーベルがヒットしました。ハンドバッグを製作して、ミュンヘンにあるいくつかの店に卸しています。その会社に画像を送ったところ、問題のハンドバッグは二〇〇七年夏から二〇〇八年春にかけて生産したという回答がありました」

「生産数は？」

「百三十二個」

「そんなにか」ヴァルナーはいった。「買い手がみんなクレジットカードかECカードを使っているといいんだが」

「そして買い手のだれかが行方不明ならもっけの幸いですね」ヤネッテが不敵な笑みを浮かべた。

「そういうことだ。だれか異論はあるか？」

「バイエルン州では該当しそうな女性の行方不明者届はだされていません」

「ほう、機転がきくな。だがバイエルン州の人間とはかぎらない。他の土地の者の可能性だってある。いずれにせよ他の連邦州とEU全域に捜査の幅を広げる」

ヤネッテはうなずいて、メモを取った。

「これからどうしますか？」ミーケはたずねた。

「まず捜査チームを立ちあげる。おもに写真の捜査だ。これがなんなのか突き止める必要がある。もしかしたらゾフィー・クラムの死と関係があるかもしれない。俺たち四人とティーナでチームを組む。手はじめにカバン店を片っ端からチェックする。写真に写っている死体の当人か、その知り合いが買っているかもしれない。それから公開捜査をする。捜査対象は二〇〇七年夏から二〇一一年夏のあいだに行方不明になった女性。年齢は？」ヴァルナーはヤネッテを見た。

「身長はおよそ一メートル七十センチ。成人ですね。髪型と服装から見て、三十五歳は超えないでしょう。もっと若いと思います。ハンドバッグもどちらかというと若い人向きですし」

「よし。オーバーバイエルン南部の地方紙すべてに通達してくれ。仕事にかかってくれ」

17

クルッガーは足が凍えた。ローファーをはいてきたのは判断ミスだ。雪が積もったイザール川の川岸を長く散歩するのにはむかなかった。とはいえ、こんなに長い散歩になるとは思っていなかった。食堂か大きなホテルのロビーで会っていれば、暖かい環境でコーヒーを飲みながらしゃべれたはずだ。だがフランクは外で話をするといって譲らなかった。そこまで安全対策をすることはないとクルッガーは思ったが、それこそフランクがプロである証拠だろう。クルッガーのローファーに水分が染み込み、凍てつく風にあおられて、ときおり雪が顔に当たった。最低の日だ。

フランクはおそらく本名ではないだろう。それでいい。クルッガーは相手のことをとくに知りたいと思わなかった。フランクにも、自分のことをできるだけ知られたくない。それでもフランクに依頼を達成してもらうには、ずっと自分だけの秘密にしてきたものを含む必要な情報を伝えるしかない。フランクが依頼相手としていい選択だったことを祈るほかなかった。

「依頼の内容は知っているかな？」

「消えた金。それから、あんたにとって危険な存在になる連中」フランクの外見は古株の殺し屋といったところだ。一メートル七十センチ、小柄で体がしまっている。年齢は五十代か。顔は角張っていて、人生経験が豊富そうだ。青灰色の目からは冷徹で残酷な性格がうかがえた。だがバイエルン方言丸だしのしゃべり方がすべてを台無しにしている。これでは酒場の飲んだくれにしか思えない。それでもその青灰色の目は、だれかを手にかけようとするときには頼りになると思わせてくれる。

クルッガーは手にしている新聞を指差しながらいった。

「ヴァルベルクで死んだ女はたぶん奴らの仲間だ」

「死んだ女を知ってるのか？」

「知ってるとまではいえないが、まあ、ちょっとあってな。込み入った事情があるんだ。詳しいことはあとで話す。重要なのは他の連中を見つけだすことだ」

フランクはうなずいたものの、完全には理解できなかった。だが足りない情報はいずれクルッガーがだすだろう。フランクは根掘り葉掘り問いただすタイプではなかった。話すべきなのは、仕事を依頼する側だ。

「それで、どうするんだ？」

「まずは金を取りもどしたい」

「成功報酬は百万？　そうだったな？」

「そのとおりだ。だが楽にできるとは思わないことだ」

「それはやってみてのお楽しみだな」

「あとは連中の危険性を排除してほしい」

「いうのはたやすい。具体的にはどうすればいい？」フランクは足を止めて、あたりを見まわした。ふたりは打ち合わせの佳境に入った。だれにも聞かれないほうがいい。

「どうやるかは任せる。こういうことは慣れているのだろう。必要なことをしてくれ。具体的なことまで知る必要はない」

「金を取りもどせなかった場合はどうなる？」

「危険性の排除に対して対価を払おう。もちろん状況によって変わるがな。百万は成功報酬だ。金を取りもどせなければ、百万は払えない」

「いくらだ？」

「連中を始末してくれたら五十万」クルッガーはその瞬間、自分の言葉の冷淡さに怖気をふるった。そのことに気づき、一瞬我に返って、心臓がどきどきした。自分では制御できず、止めることのできないことに手をだすのだと自覚したからだ。

「百万はいただく」フランクはいった。「なにが必要になるかわからないからな。そのくらいはもらわないと」

「なにが必要になるか様子見ではだめかな？」

フランクはタバコの脂がまじった唾を新雪に吐いた。新雪にあやしげな穴が開いた。フランクは彫りの深い顔をクルッガーに向け、チャールズ・ブロンソンのような目で見つめた。

「なにが必要か知りたくないんじゃなかったのか」

クルッガーは大人に話しかけて、たじたじになっている生徒の気分になった。

「わかった。百万でいい。では詳しい話は車の中でできるかな？」

18

ミュンヘンのシュヴァービング区にある民族衣装専門店〈ディルンドル＝ラウシュ〉のオーナーは四十代半ばの女性で、ニッカーボッカをはき、鹿皮のビュスチェをつけて、よくしまった腹部をさらしていた。クリスマスまであと三週間という時期だったので、ヴァルナーとミーケは驚くと同時に興味を抱いた。オーナーの髪はふさふさで、金髪だった。といっても、本物かどうかはわからない。同じことはオーナーから「あなた」と呼ばれている男性スタッフにもいえた。革ズボンにゆったりしたリネンのシャツという出で立ちで、ダルタニアンに扮したハワード・カーペンデールといったところだ。

問題のハンドバッグがひとつだけ店に残っていた。ロングセラーとしていつか買い手の目にとまることを期待しているのだろう。だがヴァルナーとミーケは捜査目的でしか興味がなかった。実物は写真よりもはるかに明るい色だった。留め具はアンティーク加工した真鍮製で、本体はバックスキンにステッチが入っている。二〇〇七年のオクトーバーフェストで人気が出て、この店だけで四十四個売れたという。客の中には、ヴァルナーたちが興味を持つ者もいた。ヤネッテはふたりの捜査官の力を借りて販売記録を洗った。販売されて、メーカーに返品されなかった百三十二個のうち百二十九個はクレジットカードで支払われた。定価三百五十九ユーロなのでむりもない。警察にとっても好都合だった。総勢百十二人の女性客のうち百十人がまだ生存していた。ひとりは癌を発症し、グロースハーデルンのミュンヘン大学病院で亡くなった。もうひとりはランボルギーニに乗っていて、高速道路八号線で死亡した。生存している女性たちはひとりも行方不明になっていなかった。あまり使っていなかったが、全員がまだそのハンドバッグを持っていた。男性客は十七人で、そのうちの十二人はいまもバッグを買い与えた女性と暮らしていた。別の四人は当時ハンドバッグを受けとった女性の名をいうことができた。三人は元彼女で、もうひとりは別れた妻だった。ハンドバッグをプレゼントされたこの十七人の女性のうち十四人はいまもそのハンドバッグを持っていた。ひとりは二〇一一年のオクトーバーフェストで紛失し、もうひとりは今年の夏、アマー湖で落として沈めてしまった。現金で買われた三個を除くと、行方のわからないハンドバッグはひとつに絞られた。支払うのに使われたクレジットカードはローラント・ヘアブラントという名のコピーライターのものだった。電話で確認したところ、ヘアブラントにはそのハンドバッグを買った記憶がないという。しかも問題の時期、クレジットカードを盗まれ、盗難届もだしていた。ただ届けたときの書類はもう持っていないという。念のためヴァルナーたちは〈ディルンドル＝ラウシュ〉のオーナーと店員にローラント・ヘアブラントの写真を見せた。ふたりとも顔に覚えはなかった。購入したのが四年前とはいえ、ヘアブラントは眉毛がふさふさで、鼻が曲がった特異な顔をしている。会っていれば、覚えているはずだ、と店員はいった。

ヘアブラント家はアウ＝ハイトハウゼン区にある豪華に改修された古い集合住宅の三階に住んでいた。裏庭に面した小さなバルコニーがあり、廊下にある高級なデザイン家具が、ところ狭しと散らばった子ども服やスポーツ用具との戦いで敗北を喫していた。子どもの姿はなかったが、年齢をたずねると、ヘアブラントは九歳とだけ答えて、それ以上はなにもいわなかった。ヘアブラントはヴァルナーとミーケを書斎に案内して、カウチにすわるようにいって、自分はエルゴノミクス設計のオフィスチェアにすわった。

「あまりお役に立てないと思いますが」クレジットカードのことが話題になると、ヘアブラントはそう断って、手のひらでふとももをなでた。

「そうかもしれません」ヴァルナーは事情聴取をミーケに任せて、ヘアブラントのボディランゲージに注目した。

「クレジットカードをどこで失くしたのかわかるとありがたいのですが」

「それが問題なんです。気づいたのは二日後です。クレジットカードは出張先のホテルでしか使わないもので」

「しかしいつも携行していたのでしょう?」

「当時はね。最近は必要なときしか持ち歩きません」

「当時はクレジットカードをなにに入れていました?」

「財布です」

「その財布はまだありますか?」

ヘアブラントはジーンズの尻ポケットから古い財布をだした。よくポケットに入るなと思えるほど分厚かった。ミーケは、当時クレジットカードを差していたカード入れを見せてもらった。「これなら滑り落ちたりしませんね」

「それはないでしょう」ヘアブラントは相槌を打った。

「つまり、だれかが抜きとった。盗まれたということですね」

「ええ、おそらく。スリでしょうかね。いまでもいるんですか？」

「ええ、います。でも財布を盗んだら、中身を全部抜きとって捨てるものです」

「だとしたら、変ですね」

「クレジットカードを抜きとられる状況があったかちょっと考えてみてください」

「四年前のことですからね。もう覚えていません」ヘアブラントは足を引っ込め、ふとももをなでてから首に手を触れた。

「思いだしてみてください」ミーケはいった。

ヘアブラントは肩をすくめた。

「そうですね……フィットネススタジオかもしれません。やっぱりわかりません」

ミーケは黙って、ヘアブラントに時間を与えた。

「本当に申し訳ないです。わかっていれば申しあげるんですが」

ヘアブラント夫人が顔を覗かせた。夕食の買い物に出るが、なにか欲しいものはあるかとたずねた。ヘアブラントは首を横に振った。

「四年前、クレジットカードを紛失した件でたずねているところでして。奥さんはどこで盗まれたか覚えていますか？」

「なんか変だったんですよね。どうして失くなったのか、夫はまったく覚えていませんでした。クレジットカードはいつのまにか失くなっていたんです」

「わたしはよくものを失くすもので……」ヘアブラントは腕を組んで肩をすくめ、なにも知らないというそぶりをした。

　ヴァルナーとミーケはウィーン広場にあるカフェでカプチーノを飲みながらローラント・ヘアブラントを待った。ふたりは去りぎわに、十五分後にそこで会いたいといった。外のほうが話しやすいでしょう、といい添えて。ヘアブラントは嘘をついていた。事情聴取中のボディランゲージからはっきり読みとれた。それにミーケのしつこい質問にもいらつくことがなかった。なにも隠すことがなければ、そういう態度を見せるものだ。

　ヘアブラントはカフェに来て、なにもいわずヴァルナーたちのテーブルについた。

「なにか飲みますか？」とヴァルナーがたずねると、ヘアブラントは首を横に振った。ヴァルナーはそばを通りかかったウェイターに、カプチーノを二杯追加注文してからいった。

「本当のことをいいませんでしたね」

「どういうことでしょうか？」ヘアブラントは肩を落としてテーブルを見つめ、ヴァルナーと目を合わせなかった。

「クレジットカードが失くなった事情を知っているのですね」

「どうして隠しているというんですか？」

「だれかに知られるとまずいのでしょう。とりわけ奥さんに」ミーケが口をはさんだ。

ヘアブラントは顔を赤くした。だが口はひらかなかった。

「嘘はやめましょう。こちらも馬鹿ではありません。売春婦にでもクレジットカードを抜かれたのではないですか？」

ヘアブラントは唇を引き結んで、テーブルの下で両手をもんだ。ミーケは当てずっぽうにいったのだが、図星だったようだ。

「これはわたしたちにとってとても重要なのです。つまりあきらめないということです。公に捜査されるのがいやなら協力すべきです」

ヘアブラントは深呼吸した。

「うちの娘は重い病気にかかっています。ゾフィアは白血病なんです。闘病生活はすでに数年になります」

「お気の毒です。お嬢さんの全快を祈っています。ご家庭がうまくいっていないことは察します。しかしそこはわたしたちの出る幕ではありません。道徳的にどうかを判断する立場にもありません。わたしたちはクレジットカードがどこで盗まれたか知りたいだけなのです」

19

ローラント・ヘアブラントは二〇〇七年秋、ある売春婦のアパートにいたという。クレジットカードはおそらくそこで抜きとられたのだろう。ヴァルナーたちは、相手は街娼だろうと思っていた。アパートで客を取る売春婦の場合、客からなにかを盗むのはリスクを伴う。まず客を失うし、警察が動く恐れもある。窃盗の証拠をつかむのは容易ではないが、警察に目をつけられたというだけで、評判を落とす。もし他の客まで盗難届をだしたら、まずいことになる。

ヘアブラントは女の姓を知らなかった。「アマンダ」というのは本名ではないだろう。だが二〇〇七年秋、問題の住所にだれが住んでいたか特定するのは簡単だった。しかしその女はもうそこにいなかった。ヴァルナーは女の捜索をミュンヘンの警察に依頼した。

高速道路のサービスエリア、ホルツキルヒェンに近づいた。すでに暗くなっていた。電話の向こうで女性の声がした。いくらか東欧の訛があった。新聞記事に出ていたハンドバッグについて知っていることがあるのでヴァルナーに会いたいという。女性はいまテーゲルン湖にいるといった。女性の提案で、ゼーグラス水浴場で会うことになった。ゼーグラス水浴場はミュンヘンから来るとグムントのすこし先にある。トネリコの木立が影を落とす、日光浴用の大きな草地がそばにあり、桟橋と筏とグムント水難救助隊の監視塔に加えてレストランが併設されていた。そのレストランは夏場は水浴客に、それ以外の季節には地元の客に料理を提供していた。

電話をかけてきた女性はポーランド人で、ミュンヘンのホテルで客室係をしているといった。ロットアッハの美容室でたまたま手にした地元新聞で写真に写っているハンドバッグに気づいた。二、三年前になるが、同様のハンドバッグを持っている娘に会ったことがあるといった。ちょうどオクトーバーフェストに持っていくアクセサリーを探していたときで、そのハンドバッグが合いそうだと思ったからよく覚えているという。ヴァルナーたちはその女性の記憶力に舌を巻いた。ファッションのこととなると、女性はすごい能力を発揮するものだ。

「その女性はだれだったのですか？」

「わかりません。エリザベタという名でチェコ出身ということしか知りません」

「売春婦でしたか？」

「いいえ。出会ったのはディスコです。ナハトヴェルク・クラブです」

「どこで働いているかいいましたか？　なにをしているとか？」

「たぶんホテルで働いていたと思います。ミュンヘンです」

「ホテルの名前は？」

「ヒルトンだったと思います。あるいはフィアヤーレスツァイテン。とにかく大きなホテルでした」

「どの部署で働いていましたか？」

女は肩をすくめた。

「最後に会ったのは？」

「オクトーバーフェストのあとです」

「二〇〇七年？」

「ええ、わたしがここに来た最初の年です。二〇〇七年。十月か十一月。クリスマス前だったのはたしかです」

ヴァルナーたちがポーランド人女性と話しているあいだ、男がひとり席を立ち、エントランスのワードローブへ歩いていった。十着以上のコートやジャケットが重なるようにしてかけてあった。冬だったからだ。男は自分のジャケットかコートを探すのにもたついているようだった。別の客が同じフックに服を重ねてかけていればなおさらだ。だから客がワードローブでがさごそやっていても、だれも気にしない。男は刑事たちのすぐあとに店に入り、ヴァルナーがダウンジャケットをかけるところを見ていた。慣れた手つきでダウンジャケットの左の肩口を裏返すと、裏地をカッターで二センチほど切り、羽毛の中に盗聴器を入れて、ガムテープの切れ端で切れ目をふさいだ。三十秒もかからない早技だった。

グムントからハウスハムへ向かう途中、雪まじりの雨が降りだした。ミーケは時速六十キロで走った。ミーケは夜目が利かないが、この悪天候ではなおさらだった。

「エリザベタはハンドバッグを贈られたようですね」ミーケはいった。

「そうだな。それなら見つけだせるだろう。ハンドバッグの所有者全員をチェックするようヤネッテにいっておく。氏名は全員わかっているはずだ。現金で買った者以外はな。そっちのリストにいなければ、二〇〇七年にエリザベタというチェコ人の娘が働いていなかったかミュンヘン中のホテルに問い合わせる。だれかにいって、二、三日そっちに専念させてくれ」

「わかりました。さっきの話が本当なら、その方法で見つかるでしょう」

フランクはSUVに乗って、警察車両の二百メートル後ろを走っていた。警察が死体写真の件で袋小路にはまっていることがわかってしめしめと思っていた。フランクは後方にさがった。尾行に気づかれるのを心配したからではない。ヴァルナーのダウンジャケットに潜ませた盗聴器の有効範囲を確かめたかったのだ。五百メートル離れても、刑事たちの会話はよく聞こえた。フランクは日頃から、金をけちらず、最良のものを買うようにしている。今回もその甲斐があったようだ。

20

次の日の朝、ヴァルナーは積もったばかりの雪を踏みしめながらカール＝フォーア通りの警察署に向かった。十時にミーケ、ヤネッテ、ティーナがヴァルナーの部屋に集まって、打ち合わせをした。

「殺人だと断定できる新しい手がかりはあったか？」ヴァルナーが口火を切った。

「まだ断定することはできません」ティーナが不満そうに答えた。「ちゃんと調べるにはもっと人がいります」

「わかってる。だが特別捜査班を立ちあげるにはまだ迷いがある。いまのところ殺人よりは自殺に思えるんだ。問題は遺書がないことと、妹が自殺じゃないといっている点だ」

「ゾフィー・クラムのコンピュータで発見したものがあります。メールです。ゾフィー・クラムを訪ねてきたというスターリンから」

「見られるか？」

ヤネッテはヴァルナーのデスクのほうにオフィスチェアを動かして、モニターにメールをだした。ミーケ、ティーナ、ヴァルナーの三人がコンピュータのそばに集まった。メールの内容はこうだった。

ゾフィー、再会してから二、三日経った。わたしの提案をよく考えたと思う。すこしショックを受けたでしょうね。あなたたちの企み（たくらみ）を看破した。まったくお粗末よね！　わたしも分け前が欲しい。でも、言葉を飾っても仕方ないわね。資本主義のしみったれなんて糞食らえ（くそくらえ）。前はよくそういったものでしょ！　持てるものは分け与えるべき。あなたたちが命がけのことをしたのはすごいと思う。本当に死ぬこともあるわけだし。せいぜい気をつけなさい！　最後にお気に入りの文章で別れを告げる。「自分の状況について幻想を抱くのをやめるよう要求するのは、その幻想を必要とする状況を断念するよう要求するのと同義だ！」（カール・マルクス『ヘーゲル法哲学批判』出典はｍｅｗ1、三七八ページ）社会主義万歳！

「署名はないのか？」ヴァルナーはいった。「IPアドレスは？」

「インターネットカフェからの送信です。匿名のフリーメール。用心深いですね」

「ｍｅｗってなんでしょうね？」ティーナは質問した。

「マルクス＝エンゲルス全集の略だ、第一巻三七八ページ」ヴァルナーが即答したので、ほかの三人が呆気にとられた。

「いやあ、おみそれしました。どうですか、コーヒーをもう一杯？」

ヴァルナーはミーケにコーヒーカップを差しだした。

「俺がなぜボスなのか、これでわかっただろう」

「いわんこっちゃないわ、ミーケ」ティーナはいった。「下手に誉めちゃいけないっていってるでしょう」

「そういうことか！　この数年、みんな、よそよそしいから変だなと思ってたんだ」

「コーヒーを飲んでください。冷めてしまう。このメールをどう読みます？」ミーケは自分でコーヒーを注いだ。「他に欲しい者は？」

「殺しの脅迫状ではないですね」そういうと、ヤネッテはコーヒーを断った。「どちらかというと、偉ぶってる感じですね」他の者たちがうなずいた。「こういうことを口にする奴にかぎって、実際にはなにもできないものですよね」

「そうだな」ヴァルナーはいった。「それでも奇妙だ。ゾフィー・クラムはなぜ命の危険を冒したんだ。実際にそのあと死んだ。予言したみたいじゃないか。それから、メールの送信者は分け前を求めている。だれからだ？　文面からすると、相手はゾフィー・クラムだけとは思えない。『あなたたち』と書いている」だれにも答えられず、その場はしんとなった。

ヴァルナーは決断の重さを感じてため息をついた。「それに、掘りだされた死体の写真の件もある。なにかおかしい。どうする？　このまま調べるか？　特別捜査班を立ちあげるか、立ちあげないか？　どう思う？」

「意見を参考にします？」ミーケはたずねた。

「いいや、しない。どう考えているか知りたいだけだ」

ティーナは殺人捜査への切り替えに反対だった。自殺としか思えなかったからだ。ヤネッテは特別捜査班の設置に賛成した。ミーケはハンドバッグの捜査が進展するまで待つべきだといった。ヴァルナーはためらった。彼らしくなかった。だが特別捜査班は軽々しく設置していいものではない。みんなが考え込んでいると、電話が鳴った。ヴァルナーは受話器を取るべきか迷った。見ると、液晶画面にクロイトナーの携帯の番号が表示されていた。

「やあ、レーオ。病欠じゃなかったのか？」ヴァルナーはそのまま受話器を耳に当て、信じられないという顔をした。「例の写真に間違いないんだな？」

ヴァルナーは首を横に振って受話器をもどした。部屋にいたみんなが興味津々に説明を待っていた。

「特別捜査班を立ちあげる」ヴァルナーはいった。

21

ゾフィー・クラムが死んだという知らせに接して、ミュンヘンにあるプライベートバンクの執行役員イェルク・イマークネヒトは背筋が凍った。いままで自分の人生は順風満帆だと思っていた。ノーラのアルコール依存症を除けば順風満帆、スターリンがいってきたことにも、イマークネヒトはまったく動じなかった。それより本当に秘密を嗅ぎつけたのだろうか？　いや、信じられない。スターリンは当てずっぽうでいっているだけだろう。その山勘はたしかに当たっているが、証拠はない。絶対にないはずだ。証拠があるなら、それを使って責めてくる。

スターリンはゾフィーの死に関係があるのだろうか？　なんともいえない。本当になんともいえない。考えてみたら、あの女は昔から嫌なオーラを発していた。ある種のカリスマだ。いや、本当のカリスマじゃない。あの女にはカリスマなどなかった。ああやって他人の名前を騙るように、なにかを偽って生きているような気がする。本当の自分を頭の奥底に隠しているのだ。だがそれを見抜いた者はひとりもいない。いずれにせよ、イマークネヒトが知っている者の中にはいない。要するに、スターリンは信用できない。あいつは殺しに手を染めたのだろうか？　ここ数年、スターリンの人格は病的になっていた。いずれ刑務所行きになるだろう、とイマークネヒトは思っていた。

イマークネヒトはオッターフィングにある屋敷にいた（勤めている銀行があるミュンヘンのレンバッハ広場駅から四十五分のところ）。朝食をとりながら、地方新聞を読んでいて、ゾフィー・Kの謎の死を知った。妻のノーラは、夫が新聞を読んでいるのをいいことに、オレンジジュースにこっそりウォッカを注いだ。イマークネヒトの背後でしたことだが、廊下に通じるガラス扉にしっかり映っていた。ノーラはウォッカの瓶をまともにつかめないほど手をふるわせ、グラスの中身をこぼさないように身をかがめて口を近づけた。そこまで落ちたかと思って、イマークネヒトは胸が痛んだ。問題を解決するのではなく、成り行きに任せている自分が呪わしかった。なんとなく問題に面と向かい合うのが怖かったのだ。娘のレーアが顔をだし、学校へ行くといった。いつものように朝食はいらないという。娘は母親がどんなに深刻な状態かわかっているのだろうか、とイマークネヒトは自問した。もちろん娘もわかっている。若い子らしく無関心で、人を苛立たせることをするが、そのくらいはわかる頭をしている。たぶんイマークネヒトが気づく前から知っていたかもしれない。

とにかくゾフィー・Kはヴァルベルク山で死んだ。新聞記事を目にしたときは、それがだれなのかピンとこなかった。だが死体で発見された女性が動物シェルターを営んでいたというくだりで衝撃を受けた。パニックに陥って、安全策を講じることなく、ゾフィーの妹に電話をかけた。いまさらどうだっていい。知り合いなのはいずれ警察の知るところとなる。電話をかけて、お悔やみのひとつもいわなければ、かえって疑われることになる。

「イェルク?」ダニエラはいった。「どちらの……」

「ゾフィーとは学生のときからの知りあいだ」イマークネヒトは思いだせるように付け加えた。「きみにも何度か会っている。きみは十歳くらいだった。お悔やみをいいたい。それで……なにがあったんだ?」

ダニエラはことの顛末を話した。その内容に、イェルクは心穏やかではいられなかった。自殺のようだが、ダニエラはそう思っていなかった。イェルクにもそう思われた。しかも心穏やかでないのは明らかに彼だけではなかった。夕方、自宅の郵便受けにスキーへの招待状が入っていたのだ。待ち合わせ場所は非常識だが、意味深でもあった。いくつか話しあう必要があるのはたしかだ。郵便受けにメモを入れるのは、何年も前から実践している安全策だ。インターネットや電話を使ったのでは、永遠に証拠を残してしまう。本気で情報保護をするなら、昔ながらのメモが一番だ。読んだら焼却せよ!

朝から雪が降っていた。イマークネヒトはスキーがそれほど好きではなかった。もう長いこと滑っていない。急斜面を滑り降りては身も心もボロボロになりそうだ。だから直接待ち合わせ場所に向かった。木に巻かれた規制線の切れ端が風に揺れている。スキー板をはずして、ベンチにすわった。それにしても変な気分だ。ここを待ち合わせ場所にしてよかったか疑問が湧いた。だが、どうでもいい。どこであれ、会う必要がある。

イマークネヒトは待った。雪がしんしんと降っている。スキーがすぐ雪に埋もれた。スキーウェアの肩にも白い塊がのっている。あたりは静かだ。しんと静まり返っている。谷を走る車の音も聞こえないし、スキーヤーの声もしない。なにも聞こえない。

「死んだような静けさだ」とイマークネヒトは思った。「くそっ、死んだような静けさだなんてな。ゾフィーがここにいたときも、こんなに静かだったのかな?」

森の奥でがさごそ物音がした。トウヒの枝から雪が落ちた。スキーを滑らせてだれか来る。イマークネヒトは驚いた。約束した相手ではなかったからだ。

22

クロイトナーは〈ヴァルベルクハウス〉に立った。中年の女性十五人に囲まれていた。クロイトナーはストックを振りあげ、遅れてきた女性にグループの場所を教えた。

前の日、クロイトナーは射撃場に寄って、射撃協会員用の食堂に顔をだした(クロイトナーは会員ではないが、アイスストック(カーリングに似たウインタースポーツ)によく参加していた)。女性の夕べに来てくれとゼンライトナーに頼まれたのだ。ヴァルベルクで死体を発見した話を期待されてのことだった。この事件はすでに伝説と化し、信じられない尾ひれがついていた。死体は二体で、腹を切り裂かれていたとか。もちろんクロイトナーのせいではない。だがクロイトナーもあることないこと織り交ぜておもしろおかしく話したので、女性たちは大いに興奮し、その場にいなかったことを残念がった。そこで女性たちをオリジナルのルートを辿って事件現場に案内するという話が浮上した。その提案は熱狂的に歓迎され、一日自由になる者はクロイトナーといっしょにヴァルベルクでスキーをすることになったのだ。

「よし、じゃあよく聞いてくれ」クロイトナーはガイドらしく最初に声を発した。「ヴァルベルクのゲレンデは知ってるな。この先はお子さま向きじゃない。ゲレンデは整地されていない。旦那を家に置いてきたアンネリーゼ・ゼンライトナーみたいに熱いってわけだ」

「うちの人にいうわよ。覚悟なさい」

「口をはさむな。ここは地獄の一丁目だ。自信のない奴はここでお別れする」

ざっとみんなを見まわす。ひとり、ふたり、尻込みしている者がいた。二年前にザールラントから移ってきて、まだスキーに自信のない四十代の女性が参加を断念した。そのほうがいいと、みんなからいわれて、彼女はロープウェイで引き返した。

「次にいいにくいことだが、大事なことをいう。ガイド料だ」

「ガイド料？」アンネリーゼ・ゼンライトナーがぼそっといった。

「十ユーロでどうかな。妥当だろう。スキー帽をまわすから、入れてくれ。取るんじゃないぞ」

「ちょっと待ってよ」アンネリーゼはまだ納得していなかった。「お金がかかるなんて聞いてないんだけど」

「ただでやるといったか？　ただでガイドをしてもらったことがあるか？」

アンネリーゼ・ゼンライトナーはまだ一度もガイドツアーに参加したことがない。議論が経験のあるなしに向かうと分が悪いと思ったようだ。

「なんであんたに払わなくちゃいけないわけ？　なにも負担がかかっていないじゃない」

「なんだそれ？　第一に、俺はあんたたちのために一日休みをとった……」

「ふざけないで！　病欠したくせに」アンネリーゼがいった。クロイトナーと組んでいる夫からの情報があったのだ。

「第二に」クロイトナーは別の切り口で攻めることにした。「死体がどういうふうに発見されたか知っているのは俺だけだ」

「だからお金を取るというの？」

「まあ、そういうことだ。例を挙げよう。毎年ノイシュヴァンシュタイン城見学のため、数百万人のツーリストが結構な金を払っている。同じことをおじのジーモンから相続したぼろ家でやってもいい」クロイトナーは十字を切った。「だがだれも興味を持たないだろう。なぜだと思う？　ノイシュヴァンシュタイン城は唯一無二だが、ぼろ家ははいて捨てるほどある」

「つまりあんたはノイシュヴァンシュタイン城だといいたいの？」

「いかにも」クロイトナーは例えが適当だったかちらっと考えた。「警官の中のノイシュヴァンシュタイン城さ」

「誇大妄想もいいところね」

「料金が高いなら、参加しなければいい。だれも強制していない」

アンネリーゼに選択肢はなかった。おぞましい死体発見現場を見てきたという話題に入れないのはまずい。渋々金をだした。

整地されていない急斜面を滑りだすなり、参加者の数人が四苦八苦した。好奇心から勇んでみたが、スキーの技術がついてこなかったのだ。膝をがくがくさせながら、他人が滑ったあとをすこしずつ辿ってきた。幸いアイスバーンではなかったが、それでも一行が森まで下るのに四十分近く要した。このあと深雪をかきわけ、密生した森を抜けると知って、六人が脱落した。クロイトナーはガイド料の半分を返金し、残りのゲレンデも簡単ではないが、ずっと楽に滑れるといって励ました。アンネリーゼを含む残りの女性たちはクロイトナーに従って森に入った。

ここからも生やさしいものではなかった。女性たちは膝まである雪に隠れていた障害物に何度も行手を阻まれた。枝にスキー板を取られたり、穴にはまって、クロイトナーに引っ張りだしてもらったりした。だれよりも目が当てられなかったのはアンネリーゼだった。干上がった川床に落ちてしまったのだ。重さが百十八キロある体が若木にぶつかり、その反動でまわりの雪が崩れ落ちて、首まで埋まった状態になってしまった。悲鳴を聞いて取って返したクロイトナーはどういう状態か調べた。アンネリーゼは首まで埋まっているだけでなく、二メートル下の川床に落ちていたので、だれもそこまで行けなかった。しかも寒くてしかたがない、トイレに行きたいからすぐに谷まで下りると泣きだす者まであらわれた。

「なんとか手を外にだして這いだすんだ」クロイトナーはアンネリーゼに声をかけた。

「やってるわよ。ここからだして！」彼女の声は一オクターブはねあがった。

「普通ならそこまで下りていくんだが……」

「普通ならってなによ？　ここからだして！　助けてよ！」アンネリーゼはパニックになり、目をむいた。雪の圧がかかっていなかったら過呼吸になるところだ。

「落ち着いて、力を温存するんだ。助けるにはすこし時間がかかる。雪には断熱効果があるから凍えることはない」

「レーオ！　どうするつもり？　置き去りにするの？」

「だれが置き去りにするもんか！　他のみんなに責任があるから、そこに下りられないだけだ。わかるか？　俺まで雪にはまったら、だれもここから出られなくなる」その言葉に、疲れ切ったまわりの女性たちが、クロイトナーでさえぞっとするような表情を浮かべた。

「レーオ……」アンネリーゼは泣きべそをかいた。「置いていかないで。そんなことはしないで！」

「助けを呼ぶ。一時間我慢しろ。山岳救助隊を呼んでくる。だれかひとり残ってくれないか？」クロイトナーは女性たちを見まわした。買ってでる者はいなかった。寒い上、心細く、みんな、トイレに行きたかった。アンネリーゼに打つ手はなかった。ゲレンデから遠く離れた暗い森の中で、いまにも雪が降ってきそうな雲行きだ。どんなに親しい間柄でも、一時間も付き添う者はなかなかいないだろう。あいにくその場には、そういう友だちがいのある者はひとりもいなかった。もちろんアンネリーゼが好かれているかという問題もある。

雪が激しくなってきたので、クロイトナーと他の七人の女性は山を下ることにした。森を通して背後から聞こえる甲高い悲鳴に、みんな、背筋が凍った。聞きたくないがばかりに先を急ぎ、ヘッドホンをつけてiPodで曲をかけ、おぞましい声をかき消そうとする者もいた。

ようやく森が静かになると、クロイトナーは立ち止まっていった。

「せっかくだから事件現場を見ていくか？」

そうするという声がいくつかあった。これだけ苦労したのだから、無駄にしたくないのは当然だ。方向感覚にすぐれていたクロイトナーは難なくベンチがある空き地を見つけた。日中だったので、見た感じはずいぶん違った。クロイトナーはその空き地に出る前に、みんなを止めた。

「それじゃ、俺がどんな状況だったか想像してくれ。真っ暗な夜だった。見えるのは、ほんのり明るい小さな空き地だけだ。まさかあんなものが待っているとは予感すらしていなかった」

クロイトナーは女性たちを見た。みんな、興奮して、目を見開き、息づかいも速くなっていた。予期せず死体に遭遇するところを想像して、感極まった感じだ。

「あそこだ」クロイトナーは空き地の縁の小さな木を指差した。「規制線の残骸がはためいているところがあるだろう。あれは事件現場への立ち入りを禁止するテープだ」

みんな、ぞっとした顔をした。

「よし、雪だるまがすわっていたベンチに行こう」

「雪だるま?」女のひとりがたずねた。

「ああ、あれには肝を冷やした。最初はただの雪だるまだと思ったんだ」かすかに唸る声がつづいた。クロイトナーは気分が高まるのを待って、二回、三回とストックをついて、空き地へとスキー板を滑らせた。

雪が積もったベンチの前に立ったとき、クロイトナーは「信じられない」という言葉しか思いつかなかった。自分の頭がおかしいと思ってもいい瞬間だった。しばらくためらってから、クロイトナーはストックを雪だるまのほうへ伸ばして、すこしだけ雪を削った。このあいだとそっくりの雪だるまじゃないか。氷の彫刻のようにベンチにすわり、その姿勢まで瓜ふたつだ。右腕を前に伸ばし、頭は天を仰いでいる。すくなくともそう見えた。

そのあいだに七人の女性も近くに来た。それはなにか、とひとりがたずねた。クロイトナーは、あのおぞましい夜と同じに見えると答えた。

「だれがこいつを作ったのかわからないし、その理由も見当がつかない。おふざけにもほどがある」

クロイトナーはそのとき、ストックで削ったところが青く光っていることに気づいた。雪だるまに近づいて、さらに雪を払った。繊維だ。すぐに真新しい紺色の高級なスキーウェアであることがわかった。ただし右の袖が肘窩(ちゅうか)まで切り裂かれている。そして右前腕も。ベンチの下には大きな凍結した血だまりがあって、うっすら新雪におおわれていた。

女性たちも、さっきのクロイトナーと同じように信じられないという顔をしていた。

「それはなに?」ひとりがたずねた。

23

発見したのが日中ということを除けば、状況は先日と驚くほど似ていた。ヴァルナーは事件現場からすこし離れたところで待機した。ティーナやオリヴァーたち鑑識官が作業をしている。いまだに雪が降っていた。観測史上の記録更新になりそうだ。鑑識班はいつもの折りたたみテーブルを持ってきていた。そのうえに「冬の夢」というフルーツティーと紅茶をいれたポットが並び、二枚の皿にクリスマスのクッキーがのっていた。ひとつは市販のクッキー、もうひとつはマンフレート特製で、硬く焼きすぎてかみ砕けなかったので寄付したものだ。皿は雪が積もらないようにアルミ箔でカバーがしてあった。別のテーブルにはオレンジやミカンやパッションフルーツがのっていた。そのパッションフルーツは数年前からキブツ（イスラエルの農業共同体）で栽培されているものらしい。

ヴァルナーは日中の光の中、事件現場を見ていた。このあいだ変な気持ちがしたのは勘違いではなかったのだ。なんとなく自殺には思えなかった。現場があまりに作り込まれている。いや、そうでもないか。それでは自分に嘘をついていることになる。ヴァルナーは、ゾフィー・クラムが自ら命を絶ったことをほとんど疑わなかった。その確信を揺るがせたのは掘りだされた死体写真だけだ。あたりを見まわして、殺人がこの宇宙のことわりを捻じ曲げてできたカオスの波動がこの事件現場に残っていないか感じとろうとした（これがヴァルナーの十八番だ）。実際、悪の波動がはっきりと感じられる。といっても、犯罪行為が起きたとわかっていないと、そういう波動を意識できないのだが。だからヴァルナーのカオスの波動は眉唾ものとしてゴミ箱行きになっていた。

「ちょっと考えたんですが」ミーケがいった。

「くだらないことを考えたんだろう」ヴァルナーはいった。

「ええ、まあ、くだらないことですけど」そういって、ミーケは手袋に息を吹きかけた。

「なんでわかるんですか？」

「同じことを考えたからさ」

ティーナが透明のビニール袋を持ってやってきた。片方の袋にはカッターナイフ、もう片方の袋には写真が入っていた。

「ゾフィー・クラムのときと同じカッターナイフのようですね。犯人が複数購入しているなら、足がつくかもしれません」それからティーナはもうひとつの袋を持ちあげた。「それから、また写真です」

「同じか？」ヴァルナーはビニール袋を手に取って、その写真を見た。

「そのようです」ティーナは写真を取ると、ミーケに渡した。ミーケは啞然として首を横に振った。

「今回の自殺者が真似をしたんじゃなければ、殺人のようですね」ミーケは写真をもどした。

「冗談はさておき」ヴァルナーはいった。「連続殺人を前提にするほかないだろう。特別捜査班を立ちあげて、捜査官を総動員する。最初の死者の妹からもう一度話を聞く必要がある。なんという名前だっけ？」

「ダニエラ」

「ダニエラ・クラム……彼女のいうとおりだった。姉は他殺だ」

24

ヴァルナーは特別捜査班の設営に際してミーケにいくつか仕事を任せた。まずローゼンハイムのオーバーバイエルン南警察本部に了解を求める必要がある。特別捜査班には男女合わせて、三十人の捜査官が必要となるからだ。ミースバッハ刑事警察署自体の常駐刑事は十五人で、ひとりは病欠し、もうひとりは休暇中だ。

ヴァルナーはロープウェイの麓駅のそばにある食堂に向かった。この食堂の奥の部屋を臨時の捜査本部にしたのだ。クロイトナーといっしょに死体を見つけた女性たちはこの部屋で事情聴取を受けた。もっとも聴取できる心理状態の者だけだったが（三人はショック症状を起こしてアガタリート病院に運ばれていた）。ヴァルナーは事情聴取をヤネッテに任せた。たいした情報は得られなかった。

興味深いのはクロイトナーの話だった。数年前からクロイトナーは殺人被害者に妙に好かれていると噂になっていた。「死体のレーオ」というあだ名は伊達ではなかった。

「わけがわからない。なんでいつも俺なんだ。これは天分というしかない」クロイトナーは

ヴァルナーが指した椅子に股をひろげて、だらっとすわった。きょうの自分に満足しているらしい。

「たしかに驚きだ」ヴァルナーはいった。「うらやましくはないがな」

「どうしろってんだ。死体にぶち当たってしまうんだから仕方がない。ベンチに死体があるなんて思いもしなかった。本当は春になって見つかるはずだった。腐ってウジにたかられ、目にぽっかり穴が開いてな」

「かもしれない」ヴァルナーは食堂がだしてくれたてんとう虫柄の陶器のマグカップに魔法瓶のコーヒーを注いで、クロイトナーに差しだした。「ミルクは？ 砂糖は？」

「いつもので頼む」クロイトナーはいった。

「自分で入れろ。それじゃ話してもらおうか」

クロイトナーは角砂糖を三つ入れ、ミルクは入れなかった。ヴァルナーが招いた側なので、自分で質問をした。

「このあいだの夜と違うところはあったか？」

「死体のことかい？」

「ああ。おまえは第一発見者だ。鑑識にもわからないことに気づいたかもしれない」

クロイトナーは首を横に振った。

「あれは本当に唖然だった。最初のときとなにもかも同じだったんだ。同じ恰好でベンチにすわってた。姿勢も、ためらい傷も。クラムのときとそっくり同じだった。ただ今回の奴はスキー板をはいていた。クラムは靴だった」

「本当に妙だな。ためらい傷のことだ」ヴァルナーも魔法瓶からコーヒーを注いだ。ためらい傷は通常、自傷行為でできる。刃物を刺したときの痛みに驚いて、さっと身を引くからだ。死を決意した者はそれでも痛みに堪えて何度かむきになって刃物を刺す。

「犯人はなんで自殺に見せかけようとしたのかな？　最初の犯行のときはわかる。しかし二度目となれば、こっちは殺人であることを前提にする」

「どっちも自殺だったとか？　俺たちをからかうために同じ死に方をしたんじゃないかな？」

「自殺するのに、警察をからかおうなんて考えるかな？　それにここまで正確にやれるか？」

「まあな。それじゃ、犯人は自殺に見せかけたってことか。変な奴だな」

「そうだ。そうに違いない。犯人のシナプスは混線しているのかもしれない。だがそこに意味があるかもしれない。それが犯人に迫る手がかりだ」

クロイトナーは肩をすくめた。

「まだ初動捜査の段階だ。ところで、俺にはどうでもいいことだが、おまえは病欠じゃなかったか。問題だな」

「この殺人事件を調査したくて休みを取ったんだ。そして、ここを忘れないでほしいが、そのおかげで二件目の犯罪も発覚した。なんで非難されるのかまったくわからない」

「非難してはいない。俺はおまえの上司じゃないからな。友だちとして忠告してるんだ。それからもうひとつ。おまえが射撃協会の女たちを事件現場に案内しようとしたことは、みんながる知っている。おまえが病欠を申請する前から、ゼンライトナーが触れてまわっていた」

「ちくしょう」そういうと、クロイトナーは顔面蒼白になった。

「それはもういい」ヴァルナーはいった。「ところで顔が青いがどうした？」

クロイトナーは絶望したような顔でヴァルナーを見て、唾をごくんとのみ、ぽつりといった。「ゼンライトナーのかみさんを忘れてた！」

25

馬とロバを牧草地に放った。といっても、食べるものは見つからないだろう。雪が六十センチも積もっている。それでも馬もロバも喜んで、雪の中を転げまわっている。だがゾフィーはもういない。なにかというと目に涙が浮かぶ。ダニエラは姉のことばかり考えた。できることなら、二度とベッドから起きたくなかった。でも動物の世話をしなくてはならない。ダニエラに選択肢はなかった。だがかえってよかった。痛みを感じたり、落ち込んだりしないですむ。しかし仕事はきびしい。これまでふたりでやっていた作業をひとりでこなさなければならない。ときどきボランティアが来て、午前中手伝ってくれることがある。まる一日のときもある。だが作業は毎日つづく。やってもやってもきりがなかった。

ダニエラは家畜小屋の糞を片づけた。ニワトリと猫は馬房の柵に乗って、作業に勤しむダニエラを見ていた。ダニエラはそのあと、中庭に出て、四百キロごとに束ねたワラをひとつほどいて、馬房に敷いた。

そのとき、物音がした。音が雪に吸収されて、なんの音かよくわからないが、近づいてくるようだ。車らしい。ダニエラは二歩さがって、農場への進入路に視線を向けた。ゲレンデヴァーゲンがこっちへやってくる。来訪者かもしれない。国道の看板を見て、動物を見ようとときどきやってくる。

近づいてくる車には、男性がひとりしか乗っていない。子どもにロバを見せようとする観光客がよくいるが、そうは見えなかった。男性が車から降りた。思ったより小柄だが、たくましかった。五十歳にはなっているようだ。力強く歩き、顔がしわだらけだった。ダニエラはチャールズ・ブロンソンを連想した。そして一瞬、この男性にひとりで会うのはよくないと思った。男性は微笑みながらあいさつをし、ダニエラに手を差しだした。

「やあ」男性はバイエルン訛でいった。「俺はフランク」

「こんにちは」そういうと、ダニエラはおずおずとフランクを見た。「なにか用ですか?」

フランクはあたりを見まわした。

「動物シェルターか」

「ええ」ダニエラはいった。「見学はお断りしてます」

「いや、いや」そういうと、フランクは笑った。「見学じゃない。ここで働きたいと思ってね」

「どうしてまた?」

「経験がある。農家で育った。馬もいた。美しいハフリンガー種だった。レオンハルディといって、よく乗ったものさ。そして冬にはロットアッハの馬橇(ばそり)レースに出た」

「馬といっしょに育ったなんてよかったですね。でも、雇うのはむりです」

「賃金はいらないんだけど」

「ボランティアということですか?」

「そうそう」

ダニエラはしばらくその男性を見つめた。ボランティアをする人間には見えなかった。それに奥さんやガールフレンドに連れてこられたわけでもない。

「働いていないんですか?」

「ああ。なんでそんなことを訊くんだい?」

「勘違いしないでほしいんですが、ここで働きたいといってくる人には、問題を抱えている人がいるんです。自分のセラピーになると思ったりして。あなたがそういう人だとはいいませんが、ここで働きたい理由は知っておきたいんです」

「なるほど」そういうと、フランクは黙った。

「それで? 働きたい理由は?」

「動物が好きなんだ」

「でも生活があるんじゃないですか？」

「遺産を相続したんだ。一応、電気工事士の資格を持ってる。そのあと警備会社で働いた。いまは金に困ってないんで、好きなことをしている」

「電気工事士なんですか？」

「電気関係の仕事ならなんでもできる。電気の接続、配線の変更、コンセントの取りつけ……」

ダニエラの疑う気持ちが和らいだ。なんの問題も抱えていないボランティア、金に困っていなくて、電気工事士の資格がある。宝くじに当たったようなものだ。できすぎなくらいだ。

「いつから来てくれます？」

「いまからでも」フランクはいった。

26

ヨープスト・ティシュラー検察官はメディアが関心を持つ事件が起きると決まって捜査に出張ってくる。厳密には捜査の指揮を取るのは検察局だ。だがティシュラーの場合、組織と個人が不可分に融合していた。彼にいわせると、ドイツの法システムは報道陣の前で記者会見するときにはじめて機能するのだ。そして検察局の手足である警察がすべてのミスの責任を取る。ティシュラーはご多分に洩れず出世第一で、罪人を見つけだすことに血道を上げている。もちろんそれが検察官の本分ではあるが。

ヴァルベルク殺人事件特別捜査班の第一回会議は三時十五分にひらかれた。ティシュラーはテレビ俳優殺人事件の記者会見に出るのをやめて、ミュンヘンから飛んできた。どうせメディアに顔をだすのは上司である上級検事で、ティシュラーはその脇で、偉そうに書類をめくる端役を演じるだけだ。二件の奇妙な殺人事件のほうがはるかに惹かれる。

ヴァルナーがまず特別捜査班の面々、とくに郡の外から応援に駆けつけた捜査官にあいさつをした。すると、ティシュラーが話をさせろとしきりに合図した。

「ほとんどの者がわたしを知っている」そういうと、ティシュラーはジャケットの袖を引っ張りあげた。既成服の標準サイズよりも腕が短かったからだ。「わたしは大言壮語を好まない。いいたいのは、諸君と共に捜査ができてうれしいということだ。すぐに結果をだせるものと確信している。ヴァルナー君は優秀な刑事として知られている。今回は当初、自殺の線で捜査したが、そのために失った時間はすぐに取りもどせるだろう。わたしは最初の死体発見から犯罪の匂いを嗅ぎとっていた。しかしご存じのとおり、わたしはできるかぎり現場の判断に任せている。だから前々日は、懸念を口にしなかったし、別の方向で捜査するよう指示しなかった。もちろん最初の被害者が発見されたときは、ほとんどの捜査官が自殺だと考えた。そのことを非難しはしない。だが型にはめるのではなく、もうすこし直感を大事にすべきだという教訓にしてもらいたい。では諸君、気張ってくれたまえ！　時間がない。犯人は野放しだ。われわれが捕まえなければ、なにをするかわからない」

拍手はまばらだった。ヴァルナーがはたして黙っているか、みんな気になっていた。

「ありがとうございます、検察官。諸君、聞いたとおりだ。ティシュラー検察官は、また被害者が出るかもしれないとお考えだ。ぐずぐずしていられない。たしかにゾフィー・クラムはほぼ自殺に違いないとわたしはにらんでいた。だがあくまで、ほぼだ。そこで検察官に電話をかけて、特別捜査班を立ちあげるべきか相談した。ティシュラー検察官はこう申された。間違いのないように、電話での会話についてメモを取っておいた……」ヴァルナーは数枚の紙をめくって、手書きのメモを記した黄色い紙を取った。「ティシュラー検察官はこういった。『きみは正気か？　自殺のために特別捜査班は立ちあげないだろう』殺人事件かもしれないとわたしがいうと、検察官はこう答えた――文字どおり引用する――『これが殺人事件なら、チェコとの国境近くに異動を願いでる』」最後の言葉に、捜査官たちがにやにやした。もちろんティシュラー検察官を除いて。ヴァルナーは親しげに検察官を見た。「気にしないでください。そういうことは忘れることにしています。でも忘れていると、思いださせてくれるのが部下というもの。事件が解決した暁には、あなたがした約束をわたしが思いださせてさしあげます」

「そんなことをいったかな？」

「そうおっしゃると思いました。だからメモしておいたのです。でもご心配なく。約束を守れとはいいませんので。それにしても、型にはめるのではなく、もうすこし直感を大事にすべきだというのはいいですね。同感です」

ヤネッテが部屋に入ってきて、まっすぐヴァルナーのところに来ると、耳元でささやいた。

「すみません。来てください。ミーケが撃たれました」

「ミーケが？　なぜだ？　だれに撃たれた？」

「状況がよくわかりません。現地に行けますか？」

ちょうどその頃、山岳救助隊が雪の中からアンネリーゼ・ゼンライトナーを救いだした。待つこと四時間。アンネリーゼは下半身が凍傷しかかっていたが、それを押してクロイトナーにショートメールを送った。海千山千のジゴロでも当惑するような文言がつづられていた。

27

ヴァルナーが現場に到着したとき、複数の警察車両がオッターフィングの一軒家の前に止まっていた。現場は大騒ぎになっていた。なんで警官に向けて発砲がはじまったか見当もつかない状況だった。ミーケは左のふとももにかすり傷を負っていた。

「なんで撃ってきたのかわかりません」ミーケは説明した。「ベルを鳴らして、家を見せてほしいと丁重に頼んだんです。捜索令状も呈示しました。ところが、ちょっと待ってくれといって、そのすぐあと二階の窓から『失せろ』と叫んだんです。そういうわけにはいかない、家に入れるようにというと、いきなり発砲したんです」ミーケはジーンズの左脚の部分を指した。包帯を巻くために切り裂いてあった。

「酔っていたか？」

「そのようです」

ヴァルナーは二階の窓を見あげた。すこし開いているが、カーテンがしめてあった。警察車両は死角に止めてあった。「危機介入チームに連絡したか？」

危機介入チームは死亡報告を親族に伝えて精神的な問題が生じたときに対応する部署だ。危機介入チームのメンバーは研修を受けたボランティアで、子どもや親や夫婦の死および犯罪に巻き込まれた人のケアをする。ミーケはパトカーのそばにいる五十歳くらいの女性を指差した。名前はヴェロニカ・ケラー。数年前から危機介入チームのメンバーだ。

「ご主人が亡くなったと伝えたときは、呆然としていました」ヴェロニカ・ケラーがいった。「それから泣きだしたんです。号泣しました。こういう状況ではよくあることです。わたしは話しかけました。でも、聞く耳を持たなくて、立ち去るようにいわれました。打つ手がありませんでした。無理強いできませんし」

「酒を飲んだか？」

「わたしのいるところでは飲んでいません。しかしすでに酔っていました。酒臭かったですから。それに酒を注いだグラスが置いてありました。たぶんウィスキーです。娘さんに訊いてください」

「なんだ、娘もいるのか？」ヴァルナーは家宅捜索をするために待機している捜査官たちのあいだを歩いた。このあたりは規制するのにてんてこまいだ。ヤネッテが特別出動コマンドの出動要請をするかたずねた。物見高い野次馬が集まってきていた。

ヴァルナーは首を横に振った。まずは二階の窓辺で銃を構えている女性のイメージをつかみたかった。

午後四時をすこしまわったところで、日が翳っていた。暗灰色の曇り空、ちらちら雪が降りはじめていた。そのとき包囲された家でなにかが明滅し、あっというまに星に彩られた宮殿に一変した。クリスマスのイルミネーションが点灯したのだ。この家の主がけちけちしていなかったことは、だれの目にもあきらかだった。ドアや窓やバルコニーにはストリングライトがかけてあり、屋根からは雪が積もった庭まで届くナイアガライルミネーションが光の滝を演出していた。過剰なほどの豪華さに、その場にいた者たちはみな、感動した。ヴァルナーも一瞬、子どもっぽい感傷に浸ったが、すぐ気を取り直して、警察のボックスカーに乗り込んだ。ティーナとオリヴァーに付き添われたレーア・イマークネヒトがそこにいた。

レーアは十四歳だった。目を泣き腫らしていたが、気をしっかり保っていた。ヴァルナーは自己紹介して、父親が亡くなったことへのお悔やみをいい、質問に答えられるかたずねた。レーアはうなずいた。

「お母さんはどのくらい飲んでるかな？」

「ウィスキーを一本。家に来た人たちがいなくなってから」

「危機介入チームの人たちのこと？」

「はい」

「普段から相当飲んでいるようだね」

「はい」レーアは母親に怒りを覚えているようだ。母親が恥ずかしくて、アルコール依存症であることを話すのがつらいのだ。

「いつごろから？」

「あたしが学校に通うようになると、することがなくなって、お酒を飲むようになったんです」

「つらかっただろうね」

「わたしたち、共依存だったんです」レーアはセラピストのような口ぶりでそういうと、疲れたようにヴァルナーを見た。「わたしはお酒を隠して、母が酔っているときはだれもうちに遊びにこないようにしていました。母が依存症なのを秘密にして、何事もないように振舞っていたんです」

ヴァルナーはなにもいわず、娘の気持ちになるように心がけた。レーアは家族の中で機能しなかった父親の死を悲しいと思っていない。だがいまはクールに振る舞っていても、いずれ気持ちが堰を切ってあふれだすだろう。

「よし、それじゃ、血を見ずにどうやって終わらせられるか教えてくれないかな」

「いいアイデアです。いままでだれもその質問をしてくれませんでした。あたしをケアしようとするばかりで」

「いまは平気そうだが、いずれケアが必要になる。だが神経がまいる前に、わたしたちはどうしなければならないか教えてくれ」

「待つんです」レーアはいった。

「なにを?」

「わたし、バスルームに外から鍵をかけました。母は出られないし、お酒も飲めません。二、三時間で禁断症状を起こします。そうすればウィスキー一杯のためになんでもいうことを聞きます」

ヴァルナーは家のまわりを見て、レーアの提案どおりにすべきか考えた。イマークネヒト夫人がギブアップするまで、捜査官たちを無駄に待機させることになる。それに射線に入る住宅に住む人を避難させなくてはならない。だがだれも怪我をしなければそれに越したことはない。レーアのいうとおり、母親はおとなしく銃を手放すと思う。だが禁断症状を起こして逆上し、銃を乱射するかもしれない。

ヴァルナーは鑑識班に、死角にある勝手口から家に入り、家宅捜索をはじめるように指示した。これで時間を無駄にしないで済む。浴室のドアは二階の回り廊下にあった。念のため、ヴァルナーは捜査官ひとりに見張らせることにした。ドアは施錠されているとはいえ、なにが起きるかわからない。安全対策は大切だ。捜査よりも優先される。

28

浴室の見張りに、ヴァルナーはクロイトナーをつけた。クロイトナーは突然制服姿であらわれ、別の巡査と交代した。病欠を申請しながら勤務に出れば、評価されて、問題をうやむやにできると踏んだのだ。こうしてクロイトナーはドアのそばに立った。経験豊富だから、なにかあっても沈着冷静に対応するだろう、とヴァルナーは思った。その一方で、クロイトナーが鑑識班にくっついて、捜査の状況を訊いたり、昔取った杵柄（きねづか）を吹聴（ふいちょう）したりされるのはたまらないと思ったからでもある。

ヴァルナー自身はヤネッテとレーアのふたりと台所で待機した。娘は頭が切れて、たいした観察眼の持ち主だった。そのことをすこしでも知っていたら、父親は落ち落ちしていられなかっただろう。

「お母さんが使った拳銃はどうしたの？　銃砲所持の許可は取っていないわよね」ヤネッテはいった。

「父の拳銃です」レーアはため息をついた。いろいろな思い出が脳裏に蘇るのだろう。「ずっと前から持っていました。そのことで両親はよく口論をしてました。母は捨ててほしいと思っていたんです。父はそれはできないといってました。思い出の品だったんだと思います」

「なんの？」

「学生時代の」

「拳銃が？」

「当時は反資本主義活動をしていたそうです。とても分別があったと思います」

「お父さんは銀行の役員で、かなりの高級車に乗っていたわよね」

「父は矛盾を感じていませんでした。アンドレアス・バーダーだって速い車に乗っていたといってました。でも父は資本主義を廃絶する気はなくなっていたと思います。なにもかもが金儲けのためではなく、なにかを変えることが大事だと考えていました。この世界になにかいいことを残したいと」

「それで、残したの？」

「第三世界でのプロジェクトを支援していました。かなりの額を投資していたと思います」

「どんなプロジェクト？」

「ニカラグアでの共同開発とか、現地の人が自立して、資本主義者から自由になるようなものです」

「ご両親はどうやって知りあったの？」

「ヴァッカースドルフ。八〇年代の終わり」

「使用済み核燃料再処理施設建設計画反対デモか？」

「そうです。サツと本格的な乱闘になったといっていました。すみません」

「サツでかまわないわ。だからお母さんは警官に敵意を剝きだしにしたのかしら？」

「母は当時、ゴム製警棒で警官に顔を殴られて、小さな傷が残ったんです。それで警察を恨んでるんです」

「そうか」そういうと、ヴァルナーは開け放ったドア越しに書斎を見た。鑑識班がイェルク・イマークネヒトを殺した犯人の手がかりを求めて作業をしている。二階ではクロイトナーが手すりに肘をついて、鑑識官たちを見ていた。

「おい、ちゃんと浴室を見張ってろ」ヴァルナーがクロイトナーに声をかけた。

レーアは捜査官たちのためにコーヒーをいれ、盆にカップとスプーンとミルクと砂糖をのせた。ヴァルナーは彼女が盆を台所から運びだすところを見ていた。レーアの仕草にはぎこちないところが一切ない。十代とは思えなかった。とても大人っぽかった。

レーアがもどってくると、ヴァルナーは質問した。

「お父さんを殺した犯人に心当たりは？」

ちょうどオレンジジュースを冷蔵庫からだしたレーアは黙って首を横に振った。

「最近、知らない人間が訪ねて来たことはあるかな？　たとえばスターリンというあだ名の人物とか」

「スターリン？」その名に覚えがあるようだった。「二、三週間前のことですけど、遅く帰宅したことがありました。女友だちのところに寄ってたんです。そのとき、だれかがうちから出てくるのを見ました。顔はわかりませんでした。背が高くて痩せていました。年齢は両親と同じくらいでした。だれだったのか訊いたのですが、昔の知り合いだとしか教えてくれませんでした。両親はいらついていました。ふたりだけで話していたとき、スターリンという名を聞いた気がします」

「お母さんはその女性についてもっと知っているかな？」

「話すかどうか」

「それはこちらでなんとかする。ところで、お父さんはゾフィー・クラムという女性と知り合いだったかな？」

レーアに心当たりはなかった。

「リーデルン在住だ。グムントの手前のモースラインのそば。動物シェルターをやっている」

「聞いたことがありません。だれなんですか？」

「一昨日、ヴァルベルクで遺体で発見された女性なんだが」

「それって」レーアはいった。「でも、知りません。父の知り合いかもしれませんが、聞いてません」

「お父さんはスキーをしにいくといってたかね？」

「いいえ。きょうは休むと銀行に電話しているのを聞きました。今朝のことです。変だなとは思ったんです。でも、朝はあまり話さないんです。あたし、低血圧で」

「わかるよ」そういうと、ヴァルナーは時計を見た。「お母さんがまた酒を必要とするまであとどのくらいかな？」

「そろそろだと思います」レーアはいった。

そのとき一発の銃声が聞こえた。

29

ノーラ・イマークネヒトは浴室のドアノブをつかんだ。施錠されていることを再確認しただけで終わった。つぎにドアを開けろと大声で叫んだ。自分を家に閉じ込める権利はだれにもない、と。ドア越しにそう叫びながら、合間に十一回「サツのくそったれ」と怒鳴った。

心配になって集まってきて、二階を見あげた捜査官たちに、クロイトナーは回り廊下から心配ないと合図した。

「大丈夫だ。作業をつづけてくれ」そういうと、クロイトナーはノーラ・イマークネヒトにいった。「拳銃を窓から捨てたらドアを開けてやる」

ノーラ・イマークネヒトがそんな要求をのむはずがなかった。

「家中にサツのくそったれがいるんだから、そんな選択肢はありえないわ」

クロイトナーはドア越しに酒が欲しくないかといった。ノーラ・イマークネヒトはかんかんに怒って、ドアに体当たりしたが、浴室のドアは内開きだったので、肩をしたたかに打っただけだった。うめき声を聞いたクロイトナーは、銃を渡せばビール、ウィスキーなんでも好きなものを持ってくるし、ついでに鎮痛剤もやろうといった。だがそのあと、度肝を抜かれることになる。

いきなり銃声がして、ドアの錠が吹き飛ばされ、ドアが開いた。クロイトナーは拳銃に手を伸ばしたが、あるはずの腰の銃がなかった。ドアの錠を吹き飛ばした銃弾がクロイトナーの腰をかすめ、拳銃のホルスターをはじき飛ばしたのだ。こうして丸腰のクロイトナーは、機嫌を損ね、後には引かない決意をしたノーラ・イマークネヒトと対峙することになった。

「武器を捨てろ！」クロイトナーは巡査らしい威厳を持っていった。

ノーラ・イマークネヒトは返答の代わりに天井のシャンデリアを撃った。床に落ちたシャンデリアが粉々になり、捜査官たちがあわてて飛び退いた。

「そっちへ行きなさい」汗をかいて神経質になっていたノーラ・イマークネヒトが拳銃で近くのドアを指した。クロイトナーはドアを開けて、中に入った。そこはレーアの部屋だった。

「人質をとったわ！」ノーラ・イマークネヒトは一階の捜査官たちに向かって怒鳴ると、レーアの部屋に入った。「ベッドの下！」

クロイトナーはそれが命令なのかどうかわからず、呆然としていた。

「ほら、早く！　そこにあるものをよこしなさい」

「なにがあるっていうんだ？」クロイトナーは質問した。

「どうでもいいでしょ。早く！」

クロイトナーがためらっていると、ノーラ・イマークネヒトは天井に向けて発砲して、ドアに向かって叫んだ。「こいつはまだ生きてる。騒ぐんじゃないよ！」

クロイトナーはあわててベッドの下にもぐり込んだ。酒瓶が大量に並んでいた。「ウィスキーか？　ウォッカか？」クロイトナーはたずねた。

「ウォッカよ。頭をすっきりさせないと」

クロイトナーは中身が半分に減っているウォッカの瓶を持って、ベッドの下から這いだした。「あんたの娘も飲むのか？」

「ちがうわ。あたしから奪って隠しているのよ。開けて」

クロイトナーはキャップをまわして開けた。ノーラ・イマークネヒトは震顫がひどくなっていて、自分では開けられなかったのだ。拳銃を持ったまま両手で瓶を持つと、ノーラ・イマークネヒトはぐびぐびとウォッカを喉に流し込んだ。そのあとはひと息ついた。クロイトナーはじっとその様子を見ていた。

「じろじろ見ないで。女が酒を飲むところを見たことがないの？」

「酒のことはわかってるさ」

外からミーケが叫んだ。

「大丈夫か、レーオ？」

「ああ、俺に任せろ」クロイトナーは返事をした。「騒ぐんじゃない」

クロイトナーはベッドにすわり、ノーラ・イマークネヒトは娘のデスクチェアに腰かけた。ふたりはしばらくなにもいわなかった。ノーラ・イマークネヒトはウォッカを飲み、クロイトナーはそれを見た。そのうちノーラ・イマークネヒトがクロイトナーに瓶を差しだした。クロイトナーはひと口飲み、もうひと口飲んでから彼女に返した。

「なんでこんなことしたんだ？」クロイトナーは拳銃を指差した。

「家を守るためよ」

「俺たちはあんたの旦那を殺した犯人を探さなくちゃならない。そのために家宅捜索が必要なんだ」

「冗談じゃないわ」ノーラ・イマークネヒトはウォッカを飲んだ。瓶を置くと、顎がふるえだした。泣いていた。はじめは目に涙をたくわえただけだったが、やがて堰を切ったように涙をこぼし、体をふるわせ、涙で濡れた顔を両手でおおった。それでも拳銃は放さなかった。クロイトナーはふと壁に視線を向けた。レーアの勉強机の横の壁に郡の道路地図が貼ってあった。泣いている女を前にクロイトナーは途方に暮れ、不必要に目が合わないようにした。ノーラ・イマークネヒトは苦痛に浸って、まわりに気を使っていないようだった。

「もうひと口いいかな？」クロイトナーはなにかいわずにいられず、しばらくしてそういった。実際に飲みたくもあったからだ。瓶がクロイトナーの手に渡った。「旦那を殺した奴に心当たりはあるのかい？」そうたずねてから、ウォッカをあおった。

ノーラ・イマークネヒトの涙は涸れていた。クロイトナーの制帽を見ながら答えた。

「わからないわ。この数年、夫とはまともに話をしてないから。夫のことがわからなくなってた」彼女は急に寒くなったかのように腕組みした。「とっくの昔に夫婦じゃなくなっていた。その上、あの人は死んだ。そして娘はわたしを軽蔑してる」自分を嘲り笑おうとしたが、それさえできない状態だった。「こういう結末を迎えるとはね。わたしたちは世界を変えたかったのに。本気だった。ヴァッカースドルフ。あのころはすごかった。あなたもあそこにいた？」

「あれは俺が警官になる前のことだ」

「あそこで会っていたら、あなたはゴム製警棒であたしの顔を殴ったでしょうね」

「そうかもな。だけど俺はそこにいなかった」

「わかった。いなかったのね。だけど違いはある？」

クロイトナーは肩をすくめた。相手がなにをいいたいのかわからなかった。ノーラ・イマークネヒトは酒に酔って、意識が朦朧としているようだ。

「違いはない。もううんざり。わかる？　人生に失敗した。じゃあね、おまわりさん。おしまいにする」

ノーラ・イマークネヒトは拳銃を持ちあげ、一瞬クロイトナーを狙うそぶりをしたかと思うと、銃口を上に向け、口にくわえた。

クロイトナーはちらっと考えた。本気にしていいかわからなかったのだ。

「なにしてるんだ！　馬鹿なことはよせ。酒を飲むのをやめろ」

ノーラ・イマークネヒトはその言葉にびっくりしたらしく、銃身を口からだして、かすれた声で笑った。

「酒をやめろというの？　信じられない！」

ノーラ・イマークネヒトは首を横に振って笑った。そして笑いながら泣きだし、洟をすすった。

「そうだな。俺も酒を飲む。だがやめる理由がない」

「あたしにはあるというの？」

「あんたには子どもがいる」

「なるほどね。あんたにも子どもがいたら、やめるわけね！」

「ああ、そうとも。一滴も飲まない。誓ってもいい」

ノーラ・イマークネヒトはうつろな目でクロイトナーを見つめて、かすかにゲップした。

「いいや、そうともいえないかな。俺にもわからん！」クロイトナーは立ちあがって、勉強机のところへ行って、さっきから気になっていた道路地図を見た。「だけど、俺なら試してみる」それから背後でいまだに拳銃を持っているノーラ・イマークネヒトにいった。「毎日。毎回挫折してもな！」

拳銃が床に落ちる音を耳にして、クロイトナーは振り返った。ノーラ・イマークネヒトはまたウォッカをラッパ飲みしてからいった。

「いっしょにゆっくり飲みましょう。そのくらいの時間はあるでしょう」

母親がクロイトナーを人質に取り、自分の部屋に立て籠もったとき、レーアは放心状態に陥った。十代とは思えないほど落ち着いていたのが、一瞬にして泣き崩れた。ヴァルナーはレーアをハールの精神科病院に連れていくように指示して、ヤネッテを同行させた。まだ完全に放心する前に、レーアは母親もハールの精神科病院に入れるように頼んでいた。アルコール依存症ですでに何度も通院していて、事情がわかっているからと。

しばらくして、ノーラ・イマークネヒトは娘を追うようにして病院に運ばれた。クロイトナーに伴われてレーアの部屋から出て、おとなしく警察車両に乗り込んだときは、多少ふらついていたものの、気をしっかり持っていた。クロイトナーにも役立つときがあることを、ミーケとヴァルナーは認めざるをえなかった。ノーラ・イマークネヒトを精神科病院に運んだのはクロイトナーだった。彼の制服の内ポケットには、レーアの部屋にあった道路地図が入っていた。その地図にだれかがルートを描き込んでいた。クロイトナーはそれに関心を抱いていた。

30

ギーゼラ・ブルガーは感じがよく、カーチャとすぐに仲よくなった。三十分後、ブルガーはカーチャを寝かしつけた。ヴァルナーとヴェーラは念のためカーチャの部屋を見にいった。なんの問題もなかった。カーチャは両親が留守のとき世話をしてくれる六十歳になろうとするおばさんに満足していた。

その夜の難題はこれからだ。祖父だ。ブルガーが来る直前、祖父は買いものに行くといいだした。ヴァルナーたち三人がカーチャの部屋から台所に移ると、テーブルについていた祖父が驚いてブルガーを見つめた。

「帰ってたのか」ヴァルナーはことさら機嫌よさそうにいった。「わたしの祖父だ。こちらはブルガーさん。話してあったよな」

祖父はきょとんとしてヴァルナーを見た。

「ブルガーさんだ」ヴァルナーは苛立ちを感じさせながらも、いたって機嫌よく振る舞った。「カーチャの世話をしてくれる人だよ」

「ああ、あの！」そういうと、祖父は目をすがめた。「まるでわからなかった。メガネをかけていないせいかな」

「だけどブルガーさんと会うのははじめてでしょう」ヴェーラもことさら親しげにいった。「だからメガネをかけていようといまいと関係ないんじゃありません？」

「ブルガーさんはわしの親戚じゃないのか？」

「どうして親戚だと思うんです？」

「最近、顔も知らない連中から親戚だといわれることが多くてな」祖父はブルガーのほうに身を乗りだした。「こいつも」といって、ヴァルナーを見た。「わしの孫だと、みんながいう。

青天の霹靂（へきれき）さ」

「じいさん！　なにをいってるんだ？」ヴァルナーは唖然としてヴェーラのほうを見た。ヴェーラも面食らっていた。

「前もっていっておいてくれたらよかったのに」

「きっと話を聞いたはずです。でも忘れてしまったのでしょう。そういうことはあります」ブルガーがいった。認知症患者との会話には慣れているようだ。「わたしの母も、わたしが娘だということを忘れました」

「母親にそういえば済むことじゃないか。帰ったら、そうするといい！」

「母は一年前に死にました」

「そうか」祖父はいった。「だれにだっていつかお呼びが来る。それより、メガネはどこだ？」祖父は立ちあがって台所中を探した。

「祖父がどうなったのかさっぱりわかりません」ヴァルナーはブルガーにささやいた。

「よくわかります」ブルガーがささやいた。「家族はなかなか気づけないものです。いっしょに暮らしていると、変化になかなか気づけませんから。母を診（み）てくれた神経科医の電話番号をお教えしましょうか」

「祖父はアルツハイマー症候群なんかじゃありません。信じてください」

「どうしてもとおっしゃるなら。あなたのほうがおじいさんをよくご存じでしょうから」ブルガーがヴァルナーに微笑みかけた。ヴァルナーは、現実を直視できない人間だと思われたような気がした。そのあいだも祖父はキッチンの引き出しを開けていた。

「最後にメガネをかけたのはどこだったの？」ヴェーラがたずねた。

「冷蔵庫からオレンジジュースをだしたときだ。まだ賞味期限内かパックを見た」

「それで？　賞味期限内だった？」

「いいや。過ぎていた。それでも飲んだがな」

「そのときはメガネをかけていたのね？」

祖父は肩をすくめた。ヴェーラは冷蔵庫を開けた。ソーセージのパックの横にメガネはあった。ヴェーラはさっと振り返って、ブルガーを見た。ブルガーもそれを見ていた。

「わしのメガネがどうして冷蔵庫に？」祖父はヴェーラにたずねた。

「自分で入れたんじゃありません？」

「わしが？　まさか！　きっとだれかが盗んで、冷蔵庫に隠したんだ。わしの耳を冷やそうとしたな。まったくけしからん！」

ブルガーは声をひそめて、ヴァルナーにいった。

「あの、いままでおじいさんがカーチャの世話をしていたんですか？　子どもとふたりだけにしていたんですか？」

ヴァルナーもさすがにうんざりした。

「ちょっと失礼」ブルガーにそういってから、ヴァルナーは祖父にいった。「ちょっと来てくれ！」

「さっきのはなんだ？」ヴァルナーは居間で祖父に食ってかかった。「アルツハイマーのふりをするなんて、ふざけるな」

「ふざけてなんかいないぞ。あれはテストだ」

「なんだって？」

「試しもしないで雇う気か？　わしがあの世に行ったとき、あの女がどうするか知っておかないとな。おまえだって、わしがぼけてきたといってるじゃないか」

「そうはいってないだろう」

「だがそう思ってる。実際そうなのかもしれない。フロッシュエーダーと同じようにな。この三年、あいつはすっかりぼけちまった。今度はわしの番だ」

「わざとメガネを冷蔵庫の中に置いたのか？」

「あれはいかしてただろう？」

「ああ、いかしてた。ブルガーは、俺たちが認知症のじいさんひとりにカーチャを押しつけていたとすっかり思い込んでいる。青少年局がなにかいってこなければいいがな」

「すまなかった。わしがわけを話す」

「そりゃ、楽しみだ」

祖父が台所にもどると、ブルガーは看護師のような笑みを作った。

「ブルガーさん、話さなければならないことがある」祖父は真剣な口調でいった。「わしは認知症じゃない」

「もちろんです」そういうと、ブルガーはマンフレートをキッチンスツールにすわらせた。

「だれもあなたが認知症だなんていっていません」ブルガーはヴァルナーとヴェーラに同意を求めるようにそっちを見た。ヴァルナーは口をだしたくなったが、我慢した。困った状況を作ったのは祖父だ。どうなるか様子を見ることにした。

「だけど、あんたはわしが認知症だと思ってる」

「そんなことありませんよ。それより気を鎮めてください。知らない人間が家にいると、だれだってすこし興奮するものです。でしょう？」ブルガーは祖父の手を取って、軽く叩いた。

「いやあ、もう勘弁してくれ！」祖父の声は苛立っていた。ヴァルナーはブルガーの背後で気持ちを抑えろという仕草をした。「わしがいいたいのは……」祖父は腹立ちを抑えようとした。「メガネを冷蔵庫に入れたのはわざとなんだ。認知症に見えるようにな。だけど認知症じゃない」

「あら！　わざとメガネを冷蔵庫に入れたんですか！」

「いつもはそんなことをしない。だけど、きょう、きょうだけ」

「もちろんです。あなたがいつもそうするなんていうつもりはありません」

「いいかい、わしはぼけていない。あんたが親戚だなんてちっとも思っちゃいない。それからそこにいるのは孫のクレメンスとヴェーラだ。全部知っている。わかるかね？」

「母も同じでした」ヴァルナーにそういうと、ブルガーは祖父の手を取った。「たまに鮮明に思いだすものです。そういう瞬間はだんだんすくなくなります。無駄にしてはいけません」

「いい加減にしてくれ！」マンフレートは手を引いた。「わしは認知症じゃない。そういうふりをしただけだ！　わからないのか？」

「騒ぎたてなくても大丈夫ですよ」ブルガーはまたヴァルナーのほうを向いた。「母も残念ながら最後には暴れるようになりました」

「本当に認知症じゃないんです」ヴァルナーは助けるしかないと思った。「そういうふりをしただけで、いまおじいさんがいったことは本当です」

ブルガーが目を丸くした。

「なんですって？　なんでまた？」

「本人が説明するでしょう」ヴァルナーは苦笑しながらいった。

「だから冗談だったといってるだろう。ちょっとユーモアのつもりだった。わかってくれ」

ブルガーはあきらかに理解できない様子だった。

「母は長年アルツハイマーでした。笑いごとじゃありません」

「そりゃそうだ。じつはその……自分でもどうしてこんなことをしたのかわからない。でもあんたの対応はすばらしかった。たいしたもんだ！　脱帽する」

ブルガーはあきれた顔をしながら帰っていった。

「あれはまずかったですね」ヴェーラはいった。

マンフレートはいった。

「すまなかった。だが冗談がわからないのでは、カーチャには向かないな」

31

精神科病院へ向かう途中、クロイトナーは娘の部屋にかかっていた道路地図が父親のものだったことをノーラ・イマークネヒトから聞きだした。彼女の記憶では、レーアが古紙を漁って見つけだしたらしい。レーアは何時間でも見ていられるほど地図や地図帳が好きだという。おそらく実人生の方向性をそこに見出しているのだろう。

テーゲルンゼーにもどる途上、クロイトナーはいいことを思いついた。酒をすこし飲んで、気分が乗っているといつもいいことを思いつく。ジーモンおじから相続した農家にはまだアルコール用果汁を貯めたポリ容器がいくつもあった。冬場に果実蒸留酒を作るためにおじが貯蔵しておいたものだ。クロイトナーは酒の密造をつづけるつもりはなかった。骨が折れるし、警官のクロイトナーが密造しているなんて噂が立ったらまずい。密造酒を買う連中は酒量が多く、その結果口が軽くなる。というわけで、果汁の使い道がない一方で、ダニエラには動物シェルターの動物たちに果物を食べさせる金銭的余裕がない。だからアルコール用果汁を動物シェルターに寄付することにした。

フランクはよく働いた。家畜小屋の糞を手際よく片づけ、馬とロバ用の飲料水が凍結しないよう水道管に電熱線を巻き、必要な機材を自腹で買ってきてくれた。彼は物静かで、酒も飲まない。ダニエラにとっては静かすぎるくらいで、なんとなく薄気味悪かった。それでもフランクがいてくれると、活気が湧く。働かないのもつまらないので、役立つことがしたいというフランクの言葉をダニエラは信じることにした。

フランクは、休憩も取らずに八時間ぶっつづけで水道管に電熱線を巻きつけた。外はだいぶ暗くなっていた。ダニエラはデュルンバッハまで車で行って、食べ物を買ってくるといった。ダニエラの車が見えなくなると、フランクは真っ直ぐ母屋に向かい、玄関で靴を脱いだ。ダニエラが潔癖症だからというのではない。家に入った痕跡を残したくなかったからだ。最初にゾフィーの部屋を覗いた。警察が徹底的に捜査したあとだった。だがなにかメモを見落としているかもしれない。鑑識が重要だと思わなかった電話番号をメモした紙切れとか。もしかしたら警察はそういうものを探さなかったかもしれない。カリブ海の島に開設した銀行口座なども、警察は探さなかっただろう。むしろそういう書類が出てきたら、警察は面食らったはずだ。だがめぼしいものはなにひとつなかった。コンピュータもなかった。警察が押収したのだろう。

だがダニエラの部屋は手つかずのままだった。捜索令状には記載されていなかったのだろう。コンピュータが一台あり、ファイルが並んでいた。どれもきれいな字でタイトルが記入されていた。フランクの関心を呼ぶものがきっと見つかるだろう。ファイルを順に見ていく。過去数十年分の書類がファイルされていた。だが欲しいものはなかった。つぎにコンピュータを起動した。最新のモデルではないが、動いた。パスワードの入力も必要なかった。人里離れたこのあたりでは、データを見られて困るのは姉くらいのもので、ダニエラはどうやら重要視していないようだ。コンピュータの起動を待っていると、玄関の鍵が開く音がした。

ダニエラは途中で考え直して、近くのハウザーデルフルに向かった。ベジタリアンの彼女はそこの精肉店を敬遠していたが、そこではチーズをはさんだパンを買うこともできる。ダニエラはそこでパンを買って、家にもどった。

玄関にフランクの靴があるのを見ても、はじめはなんとも思わなかった。寒くなったので家に入ったのだろう。ダニエラは台所を覗いてみた。二十四近い猫と犬以外、だれもいない。

フランクはトイレにもいなかった。ダニエラは一瞬動きを止めて、聞き耳を立てた。家の中は静かだ。そのとき音がした。コンピュータが起動したときの音に似ている。だが音の出所がはっきりしなかった。ゾフィーの部屋に行ってみた。部屋の前のマットがずれている。だれかが乗った証拠だ。自分だったら直している。ダニエラはドアを開けた。だれもいない。隣はダニエラの部屋だ。フランクはそこだろうか？

フランクはコンピュータの起動を止めることができなかった。思いがけない状況にストレスがかかった。電源を抜けばいいと思いついたときにはすでに起動音が鳴ってしまった。ダニエラの足音が近づいてくる。彼女が部屋に入ってきたら、どう言い訳をしたらいいか必死に考えた。これで動物シェルターに出入りすることができなくなるだろう。ダニエラの部屋にはなにもなかった。もしこのまま逃げれば、ダニエラは安全対策をするだろう。そうなったら万事休すだ。こうなったら奥の手だ。つまり暴力に訴える。だが困ったことに、ダニエラがなにを知っているかがわからない。そもそもなにか知っているかどうかもあやしい。ダニエラは死に、わからずじまいになる。いたずらに警察の目を自分に向け、問題をこじらすだけだ。フランクは刃渡り二十五センチのサバイバルナイフをベルトから抜いた。その瞬間、ドアハンドルが下がった。

32

光が台所をよぎった。光は外から射し込んだ。車が中庭に入ってきたのだ。ダニエラはドアを閉め、だれが来たのか見にいった。

クロイトナーだった。古いパサートはトレーラーを牽引していて、そこに白いポリ容器が六個のせてあった。放し飼いになっていた動物が、なにごとかと集まってきた。

「やあ」クロイトナーはいった。「いいものを持ってきた」

「それはどうも。でも、それはなに?」

「果物さ」

「果物?」

「相続した。おじのジーモンからな。生きてたらこれで果実酒を蒸留していただろうな。馬にやろうと思う」

「動物には毒じゃない?」

「馬鹿な。果物は果物だ。毒なら、飲まないさ」クロイトナーはポリ容器をひとつコンテナーから降ろした。相当重いらしく、雪の地面に置いたときドスンと音がした。「じゃあ、早速試してみるか」

「いいこと！ もし動物になにかあったら、ただじゃおかないから」

「平気、平気！ なんでいつもそう警戒するかな？」

「わたしは用心深いの」ダニエラはポリ容器を見つめた。「ねえ、やっぱりよしてくれない？」

「なにをいってるんだ！ 動物はビタミンを摂取しないと壊血病で死ぬんだぞ」

「やめてといったら、やめて。ここはわたしの動物シェルターなんだから、決めるのはわたしよ」

クロイトナーは応えようとしたが、そのときだれかが母屋から出てきたことに気づいた。そいつがダニエラの後ろに立っていった。

「もめごとかい？」男がにらみを利かせた。テーゲルンゼー谷では向かうところ敵なしのクメーダーと比べると背丈はないが、はるかに場数を踏んでいるように見えた。シャーフコップフで負けたあとのクメーダーでもこれほど危険を感じない。

「いいえ。大丈夫よ」ダニエラは背後の男を指差した。「こちらはフランク。ここを手伝ってくれているの。こっちはレーオ」

「俺もできるときには手伝おうと思ってる」クロイトナーはいった。

「家の中にいたの？」ダニエラはフランクにたずねた。

「ブレーカーを探してた」フランクはクロイトナーに視線を向けた。相手がどういうつもりかわからないが、とにかく邪魔だった。

「俺はそろそろ行くよ」

「あなたの分もパンを買ってきたんだけど？」

「じゃあ、もらっていく」

クロイトナーはカーブでテールランプが見えなくなるまでゲレンデヴァーゲンを見ていた。

「あいつ、気に入らないな。どこから来たんだ？」

「不意に来て、手伝いたいといったの。よくあることよ」

クロイトナーはなにもいわなかった。普段から法に触れることをしている奴の目つきなら知っている。フランクはそういう目つきをしていた。

「ところでこうしちゃどうかな？　果汁をバケツに入れて、動物が好むかどうか様子を見るんだ」

ダニエラは躊躇(ためら)いがちにいった。

「まあ、いいわ。でも、すこしだけよ」

カスパーは去勢された雄馬で、ここでは一番体が大きい。馬房を閉めるとパニックを起こすので、いつも開け放っていた。カスパーはクロイトナーが持ってきた果汁を気に入った。バケツにすこし入れてだすと、あっというまに飲んで、もっと欲しいとでもいうようにバケツをなめた。これでダニエラも、動物たちが果物に飢えていると確信した。こうして果汁をどんどんバケツに入れて、動物たちに飲ませた。だがその甘酸っぱい匂いを発する液体を貪るように飲んでいる馬たちを見て、ダニエラは警戒すべきだった。

33

ダニエラは紅茶を飲まないかといって、クロイトナーを家に誘った。フランクが忘れていったパンも、クロイトナーがありついた。

「なんで肉を食わないんだ?」クロイトナーはパンをかじりながらたずねた。

「動物が好きだからよ」

「俺も動物が好きだ。だけどローストポークも好きだぞ。どこかで目をつむらないと」

「わたしにはむり。ここにいる動物と同じだと思って……喉をとおると思う? このあいだ読んだことだけど、インターネットで豚を一匹選んで、成長していくのを確認しながら、最後に肉にするなんてことができるんですって。異常だと思わない? その豚のことを知って、泥の中を転げまわるのを見て楽しみ、元気なことを喜んで、その上で殺すっていうんだから」

「俺の母親はウサギを飼っていた。名前もつけていた。それでそのウサギを殺して、冷凍庫に保存するとき、その名前をラベルに書き込んだ。そして俺にいうんだ。レーオ、ゼッピを地下室から持ってきておくれ、あるいはリザをとか」

「ショックじゃなかった？」

「変な気分ではあったな」クロイトナーは紅茶をすすった。「ビールはないのか？　あれは菜食だろ」

ダニエラは冷蔵庫のところへ行った。

「ところでゼッピだが」クロイトナーはつづけた。「冷凍庫から出した時は複雑だった。個人的に知っていたからな。だけどうまかった。ウサギのシチューになれば、ゼッピには見えない。わかるか？　インド人と同じさ」

「インド人？」ダニエラは冷蔵庫からビールをだし、クロイトナーの目の前にコースターを置いてからその上にのせた。

「死んだら牛に転生するんだろう。運が悪いとミミズになるとか。とにかく前とはぜんぜん違うものになる。それならゼッピがシチューになったっておかしくはない。ゼッピではあるけど、別物だ」

「わたしにとっては、生きていたときのゼッピね」

「馬鹿なことをいうな。クリスマスはどうするんだ？　クリスマスにガチョウがないなんて話にならない」

「クリスマスは楽しいわ。多くの人にとって、一年で一番すばらしいときよ。でも楽しむために、動物を殺さなくてはいけないの？」

「ううむ」クロイトナーは考えながらビールをぐいっと飲んだ。「昔からそうしてきたじゃないか。聖書の中でも動物は生贄に捧げられたり、食べられたりしてるぞ」

「聖書に問題がある証拠よ」

「まあ、たしかにいろいろだめなところがある。水をワインに変えるしな！　そりゃだめだ。ビールに変えるんならいいけど。ワインなんて！」ビール瓶を置いて酒の匂いを嗅ぐと、クロイトナーはノーラ・イマークネヒトのことを思いだして、動きを止めた。「そうだ、大事なことを忘れてた。イェルク・イマークネヒトを知ってるか？」

「イェルク……おととい電話をかけてきたわ。姉のことを新聞で読んだといって」

「あんたも知ってるのか？」

「知ってるといったら大げさね。ゾフィーの知り合いよ。大学時代からの。どうして？」

「死んだんだ」

「えっ？」

「あのときと同じベンチで……ヴァルベルクで腕を切られていた」

　ダニエラの両手がふるえだした。ティーカップをテーブルに置いた。言葉が出ず、愕然として、問いかけるようにクロイトナーを見つめた。

「これではっきりした」クロイトナーはいった。「これは殺人事件だ。問題はあんたの姉とイェルク・イマークネヒトのあいだになにがあったかだ」

「知らないわ。ふたりは同じときに大学に通ってた。ミュンヘンの大学。わたしは十歳くらいだった。何度か会ったけど、ろくに覚えてもいない。二十年以上も前だもの」

「なんでイェルクとあんたの姉は殺されたんだろうな？」

「わからない。知ってるのは、数年前になにかあったってことだけ。でも姉は話してくれなかった。イェルクと関係していたのかも。そしてスターリンとも」

「最近、ここに来たって女だな？」

「ええ。その人も昔の知り合い。でも、昔なにがあったのかわからない。姉は話してくれなかった」

クロイトナーはレーアの部屋から持ちだした道路地図を脳裏に浮かべていた。ゾフィー・クラムに会ったことがあると確信していた。あれは地図に描かれたルート上だった。

「なにがあったか、俺が突き止める」クロイトナーはいった。ダニエラは、クロイトナーがどうするつもりか気になった。だがたずねるタイミングを失した。外が騒がしくなったからだ。

34

カスパーはうつろな目をして家畜小屋の入口にもたれかかっていた。カスパーのゲップでニワトリが数羽吹き飛ばされた。斑のポニーは馬房の中でよろけ、互いにぶつかり合っている。他の馬房もおかしなことになっていた。二頭のコールドブラッドがオットセイのように体を揺らし、何度も隔壁に体をぶつけている。X脚の栗毛はダニエラとクロイトナーをにらみつけ、ロバたちも暴れている。かみつき、脚で蹴飛ばしている。いつもは大人しいというのに、いまは酔っ払いがくだをまいているような感じだ。といっても、被害はそれほどではない。歯をむいても、宙をかむばかりで、まるでスローモーションを見ているようだ。頭を傾けると、ゆっくりと口を開け、別のロバの後ろ脚に食らいつく。だがたいていは的をはずし、後ろ脚にかみつけたら幸運といえた。後ろ脚で蹴るのも、いつものようにはいかなかった。すぐにバランスを崩して倒れ込み、やっとの思いで起きあがるという有様だったからだ。この末期的な状況の中で最初に犠牲となったのはオンドリのヘンリーだった。といっても、卵を四個抱いていたので一見メンドリのように見えたが。ヘンリーは暴れるロバの体に潰されて、こと切れていた。

「どうなってるの?」ダニエラは愕然とした。「あなたが持ってきたもののせいよ。なにを入れたの？」

「なにも入れてない。あれはただの果汁だ」クロイトナーは考えた。「もしかしたら果汁がすでに発酵してたのかもしれない」

「どういう意味？」

「酒になってたんだ」

「じゃあ、酒を飲ませたってこと？」

「まあ、そうなる」クロイトナーは愉快そうにいった。「だからあんなにがぶがぶ飲んでたんだな。だけど、心配はいらない」

「心配するでしょ。みんな、病気になっちゃう」

「馬鹿な。病気になんてなるもんか。浮かれてるんだ。あいつなんかめちゃくちゃ上機嫌だぞ」クロイトナーは栗毛を指差した。「ハッピーなんだ。俺を信じろ。経験者だからな」

「オンドリはどうなのよ。あれがハッピーなわけ？」

「気の毒なことをした。だけど、酒癖の悪い奴もいるからな。すぐに暴れだす。ロバにはやらないほうがいい。あいつらはまだ酒との付き合い方ができていない」

その瞬間、メンドリが一羽、隔壁から濡れた袋のようにどさっとロバのいるところに落ちた。メンドリたちも、隔壁に止まっていられない状態だったのだ。

「なんてこと！　メンドリたちまで口にしたのかしら」

「体重が軽い分、アルコールの効き目も大きいようだ。だけど気にするな。夜が明けたら、二日酔いになるくらいが関の山だ。そうしたらすこしだけあの果汁をやるんだ。夜通し飲んで朝を迎えたら、白ビールで迎え酒っていうだろ。すぐ元気になるさ」

ダニエラはクロイトナーをじろっとにらんでいった。「出てって！」

35

翌日の午前中は真っ黒な雲に覆われ、街灯がともっていた。一年でも日照時間が一番短い時期だ。昼の光がフォアアルペンラントからすっかり消え去ったような印象を受ける。雪は降っていないが、風が強く、零下七度になっていた。

ヴァルナーは特別捜査班の様子を見てまわった。多くの捜査官が電話口でヴァルベルクでの目撃情報に対応している。通報者をリストに記載し、証言を記録する。手がかりになりそうなら、さらに調べる。

ヤネッテが指揮するグループは、ふたりの被害者に接点があるかどうか調べるのが任務だ。コンピュータ専門家がふたり、押収した被害者のコンピュータのハードディスクを分析している。

十一時にヴァルナーは部下のミーケとヤネッテを部屋に呼んだ。今回は鑑識課のティーナとオリヴァーにも声をかけた。

「急がなくては」あいさつもそこそこにヴァルナーはいった。「どうやら連続殺人のようだ。その場合、困ったことにいつ終わるかわからない。解剖所見は届いているか？」

　オリヴァーは解剖所見をヴァルナーに渡した。

「驚きです！　ゾフィー・クラムのときと同じでイェルク・イマークネヒトの血中からもγ－ヒドロキシ酪酸が検出されました。右腕の切開もプロはだしの切り方だそうです。犯人は同一人物でしょう」

「ありがとう、オリヴァー。きみの意見を聞いて、肩の荷がだいぶ軽くなった。犯人がこのふたりに的を絞った理由に思い当たる者はいるか？」

「死んだ女の写真が関係している可能性がありますね。ふたりの被害者が写真の女を殺害したのかもしれません。だれかがその復讐をしているとか」ヤネッテはもう一度、ファイルに収まっている写真を見た。

「銀行の役員と動物シェルターを営む福祉教育士がいっしょになって人殺しをしたというのか？」だれも答えなかったので、ヴァルナーはヤネッテのほうを向いた。「いいだろう。ヤネッテ、あとで動物シェルターに行って、ダニエラ・クラムにイェルク・イマークネヒトのことを訊いてくれ」それからヴァルナーはティーナに顔を向けた。「コンピュータになにか手がかりはあったか？」

「だめです。ふたりはメールを交わしていません。フェイスブックでも友だち登録していません。しかしイェルク・イマークネヒトのデスクの引き出しに十五年ものの卓上カレンダーが入っていました」

「もう調べたのか？」

「家に持ってかえって、ざっと目を通してみました」ティーナはプリントしたリストをヴァルナーに渡した。「ゾフィーと会ったというメモがこれだけありました。もちろんこれがゾフィー・クラムかどうかは不明です。こっちのリストは『アネッテ』と会ったと書かれていた日付です。スターリンとも三回会っていますね」

「スターリン！」

「クラムの農場とイマークネヒト家にあらわれたスターリンを名乗る女性です」

「なるほどこれでつながりが見えてきたな」

「どういうつながりかは見えてないですよ」オリヴァーが口をはさんだ。「名前が書かれているだけだし、本名がわかっていません」

「ダニエラ・クラムとレーア・イマークネヒトは、スターリンが被害者の古い知り合いだといっていた。おそらく学生時代だろう。ふたりがどこの大学に通っていたかわかっているか？」

ヤネッテが書類をめくった。

「ゾフィー・クラムはミュンヘンです。イェルク・イマークネヒトは、ちょっと待ってください……」書類をさらにめくった。「同じくミュンヘンです」

「そうか。それでもまだ決定的ではないな。ゲッティンゲンのような小さな町の大学ならまだしもな。当時、ふたりに接点があったかもっと調べてくれ。とくにふたりがどこに住んでいたか。学生寮か、ルームシェアか。スターリンのメールからゾフィー・クラムは政治活動に参加していたと思われる」

「具体的には？」

「社会主義万歳、それからマルクス＝エンゲルス全集からの引用。それにイマークネヒトの娘によれば、父親は左翼的な理想を持っていたらしい」

「銀行の役員が？」

「目標達成のためにあえて就職したのかもしれない。とにかくこの方向で調べを進めるべきだ。ローゼンハイムの刑事第五課にも問い合わせよう」

「それはなんですか？」異動してきて日の浅いオリヴァーはオーバーバイエルン南警察本部の組織の略号がまだ頭に入っていなかったのだ。

「国家保護課だよ」ミーケが説明した。「連邦憲法擁護庁（ドイツ連邦共和国内務省に属する、反憲法活動を調査する情報機関）の依頼で昔、左翼学生の動向を探っていたんだ。ドイツ赤軍がまだ活動していた頃のことさ。イマークネヒトとクラムが大学にいた時期と重なる」

「調べてみます」ヤネッテがいった。

「他にも卓上カレンダーに興味深い点があります」ティーナはヴァルナーの手の中にあるリストを指した。「ゾフィーに会った日付が二〇〇八年で終わっているんです。最後は二〇〇八年九月です」

「それを最後に会っていないということか？」

「そのようです」

「二〇〇八年九月、なにがあったかな？」

「銀行の経営破綻。リーマンショック」オリヴァーが記憶を辿った。

「リーマンショックは二〇〇八年九月？　確かか？」

オリヴァーはヴァルナーのコンピュータのキーボードを叩いた。グーグルで検索したのだ。

「二〇〇八年九月十五日です」オリヴァーは自慢しているように見せまいとして笑みを浮かべた。

「お前、子どものときに友だちはいたか？」ヴァルナーがたずねた。

「友情がなんですか！　不合理だし、嘘だらけですよ。友情を評価しすぎです」

「ありがとう、オリヴァー。リーマンショックはともかく、二〇〇八年九月に他になにかなかったか？」だれも思いだせなかった。「死体の写真だよ！　秋に撮影されたことがわかっている。写真に写り込んでいるハンドバッグは二〇〇七年夏から販売された。一方、死体は数ヶ月埋められていたわけだから、写真が撮影されたのは早くても二〇〇八年秋ということになる」

「被害者、写真の死体、二〇〇八年に接点があるということですね。ふたりが写真の女性を二〇〇八年九月に殺したということでしょうか？」ティーナが推理した。

ヤネッテはファイルを閉じて首を横に振った。「いいえ、殺されたのはもっと前よ。死体は数ヶ月埋められていたんだから」

「どうも辻褄(つじつま)が合わないな」ヴァルナーはコンピュータに向かって受信したメールをひらこうとした。「写真はおそらく二〇〇八年九月に撮影された。それを前提にしよう。今回の被害者が撮影したことも前提にする」

「撮影したのは別のだれかかもしれませんよ。犯人の遺留品かもしれません。被害者は写真のことも、死体のことも知らない可能性があります」

「そうかもしれない。だが気になるのは、ふたりの被害者が接触を絶った点だ。しかもそれは写真が撮影された時期に当たる」ヴァルナーはメールをひらいた。「ミュンヘン警察からメールだ。売春婦の現住所がわかった」

ほとんどの者がきょとんとした。

「コピーライターからクレジットカードを盗み、それでハンドバッグを買った可能性のある女性だよ」そういうと、ミーケはヴァルナーのほうを向いた。「住所は墓地ですか？」

「いいや」ヴァルナーはいった。「生きている」

「それは残念」ミーケはいった。「それじゃ写真の女性じゃないってことですね」

「ヴァッサーブルク在住で、タトゥースタジオを経営している」

「いいでしょう」ミーケはいった。「では楽しみと実益を両立させましょう」

ヴァルナーが解散しようとしたとき、クロイトナーが顔をだした。

「やあ、みんな。俺を呼ぶのを忘れたみたいだな」

「これはうっかりしていた」ヴァルナーはいった。「忘れたのはだれだ？」

「まあいいさ、クレメンス。どうせ俺は、あんたたちに死体をもたらすくらいが関の山だもんな。ところで、きのうはダニエラ・クラムのところにいた。姉とイェルク・イマークネヒトは大学時代にいっしょだったらしい」

「それはたしか？」ヤネッテはたずねた。「イマークネヒトの専攻は法学で、クラムは福祉教育よ」

「それはともかく」ヴァルナーはドアロにいるクロイトナーのところへ行った。「事情聴取は俺たちに任せてくれるとうれしい。誤解しないでくれ。何度も事情聴取しては、証言者の神経を逆撫でする。それに俺たちはここで全体を見渡し、証言者がなにをいって、なにをいわなかったか把握しておきたい」

「ああ、せいぜいここに陣取ってればいいさ。なにが起きてるのか、おまえたちはまったくわかっていない。俺が突き止めたことを、自分で見つけたいならそうしろ。俺がなにを知ってるか、見当もつかないくせに」クロイトナーはふてくされて立ち去った。

「また余計なことをしてますね」

「ミーケ、あいつはいつも余計なことをする。それより車を前にまわしてくれ。ヴァッサーブルクに行くぞ」

36

ヴァッサーブルクは蛇行するイン川に沿って広がっている。ローゼンハイムの北三十キロほどのところにあり、ほぼ一年を通してじつに牧歌的な風情を漂わせている。川が大きく巻いて島のようになったところが中世を偲(しの)ばせる旧市街で、狭い路地が張り巡らされ、尖頭(せんとう)アーチのアーケード、ゴシック様式の市庁舎、複数の古い教会があり、その上に城が聳(そび)えている。いまはちょうどクリスマスマーケットがひらかれていた。ヴァルナーとミーケは橋の手前の立体駐車場で車を降りた。そこから五分以内で旧市街のどこへでも行くことができる。

路地からちょっと入った古くて薄暗い中庭にタトゥースタジオ〈ボーン・トゥ・ビー・ワイルド〉はあった。ミーケとヴァルナーが店に入ると、女店主はがりがりに痩せた若者にタトゥーを施していた。

「三十分待ってちょうだい。そのあいだに図柄を選んでいて。カタログはそこのテーブルにあるわ」

「ありがとう」ミーケはいった。「二、三質問があるだけなんだ」

シュテファニー・フスフォーゲルは三十歳くらいで、魅力はあるが、すこし生気のない表情をしている。指にはたくさんの指輪をはめ、顔にいくつもピアスをつけ、腕にタトゥーを入れていた。髪は長くて黒く、生え際が白かった。シュテファニーは相手がだれかすぐに気づいた。「警察？」

ヴァルナーはうなずいた。シュテファニーは施術をやめて、若者を帰した。若者の前腕には「リジー」と刻まれていた。

「恋人かい？」ミーケは気分を和ませようとしてたずねた。

「おふくろさ」そうつぶやくと、若者は薄手のコートを羽織って出ていった。それを見ただけで、ヴァルナーは鳥肌が立った。

「どうぞ、すわって」シュテファニーは古ぼけた革装のカウチを指差した。ヴァルナーとミーケはいわれたところに腰かけ、シュテファニーはキャスターつきのオフィスチェアを引き寄せた。

「いい店だね」ヴァルナーは心にもないことをいった。「暮らしは順調かい？」

「ええ。三年になるわ。ところでわたしはなにも悪いことをしてないんだけど」

「それはどうかな」ヴァルナーはダウンジャケットのファスナーを下ろした。シュテファニーはそのとたん緊張した。

「ドラッグだったら、とっくに卒業したわ。なんだっていうの?」挑発するような鋭い目つきだった。

「こういうハンドバッグを持っていないかな?」ミーケは〈ディルンドル＝ラウシュ〉で撮影したハンドバッグの写真をジャケットのポケットからだして見せた。シュテファニーは写真を見て、そのハンドバッグに見覚えがあるかどうか本気で考えているようだった。

「知らないわね」

「本当に? このハンドバッグはクレジットカードで支払われた」

「わたしの?」シュテファニーは信じられないというようにたずねた。

「違う」ミーケはいった。「あなたのお客のクレジットカードだ。二〇〇七年秋のことで、お客はあなたを訪ねたあと、クレジットカードがないことに気づいた」

「その人どうかしてない? クレジットカードを盗んだことなんてないわ。そもそも客のものなんて絶対に盗まないし。わたしは馬鹿じゃないわ」

「それは変だね。しかしそういうこともあるだろう。このケースでは可能性はひとつしかない」

シュテファニーが妙な表情をした。本気で怒っている、とヴァルナーは思っていたが、勘違いだったようだ。シュテファニーはなにか思うところがあり、罪の意識を覚えているようだった。

「でもいまごろになって蒸し返すなんてどうしてなの？」

「殺人事件に関係している」

シュテファニーの表情からあわてているのが読みとれた。まあ、殺人事件に巻き込まれるのは、だれだってごめんだろう。深刻な話になる。

「わたしはクレジットカードを盗んでないわ。仮に盗んだとして、それを証明できるの」

「それはまだ様子見だ。まだ本格的に捜査をはじめていないので。それに目的はあなたが窃盗したことの証明ではない。このハンドバッグが問題でね。あなたがこのハンドバッグを買って、そのあとどうしたか知りたい。そのことを教えてくれれば、それ以上詮索しない」

シュテファニーは自分の手にはめたたくさんの指輪を見つめた。ヴァルナーは彼女に時間を与えた。

「わかった。クレジットカードでそのハンドバッグを買ったわ。これで満足？」

「まだ持っているかね？」

シュテファニーは一瞬ためらった。

「いいえ」

「だれかに渡したのですか？」

「捨てたわ。引越しのとき。ゴミに出した」

「ハンドバッグは三百五十ユーロもしたんですよ。それを捨てたんですか？」ミーケは信じられないというように首を横に振った。

「自分で払ったわけじゃないもの」

「ハンドバッグを粗大ゴミにだしたんだね？」

「そうよ。なんで？」

「本当にコンテナーに投げ捨てたのかな。売ったんじゃないか？　いい品物は中古でも売れる」

「だれかが拾って売ったかもしれないわね」

ヴァルナーとミーケはがっかりして、寒々とした路地を歩いた。歩道は薄汚れた雪に覆われていた。ローストアーモンドとグリューワイン（ワインと香辛料で作るホット・カクテル）の匂いがする。粗大ゴミを拾った人間を見つけ、だれに売ったか突き止めるなんて、まずむりな相談だ。写真のハンドバッグが粗大ゴミ置き場から拾われたものだとしたら、信じられない偶然でもないかぎり捜査はここで行き止まりだ。ヴァルナーは立ち止まって、帽子を目深にかぶった。

「ミスをした」ヴァルナーがだしぬけにいった。

「というと？」

「あいつを観察していたか?」

「なにをですか?」

「はじめの反応はどうだった? クレジットカードを盗んだはずだといったときだ」

「かなり腹を立てていましたね」

「そうだ。不当に罪を着せられたときの反応だ」

「でも盗んだことを認めましたよ」

「だからミスをしたといってるんだ。認めれば、それ以上詮索しないとこっちはいった」

「まあ、そういったほうが早道でしたからね?」

「まあな」ヴァルナーは考えた。そのとき、グリューワインの匂いが鼻をくすぐった。「いや、まだなにかある。俺たちが殺人事件のことをいったとき、焦っていた」

「たしかに最初の反応と合いませんね」

「ということは?」

「そんな馬鹿な話はないって思ったんですかね?」

「ちがう。事情聴取のあいだになにかあった」

「なにがあったというんですか?」

「あいつはなにか思いついたんだ。そういうことはないか? だれかから、落ち度があったことを責められたとする。そんなはずはないと自分では確信している。だが、もしかしたらってなにか思いついたってことはないか？」

「なるほど。あの女がクレジットカードを盗んでいたら、そのことはわかっていたはずです。客からよく盗んでいたら、後ろめたく感じていたでしょう。一度しかしたことがないなら、絶対に覚えているはずですね」

「そのとおりだ。だがべつの可能性があるかもしれない。ちょっと考えてみよう」

「グリューワインでも飲みながら考えませんか？」

ヴァルナーは首を横に振った。ふたりはまた歩きだした。だが十歩も行かないうちに、ミーケが立ち止まった。

「最近、隣人から敷地に車を止めたと苦情を受けたことがありました。うちの隣にそいつの牧草地があるんです。だけど、自分じゃないことははっきりしていました。その隣人が口うるさいことを知っていましたから、そこに車を止めたりしません。だからそういい返したんです。嘘をいいふらすなら勘弁しない、眼科にでも行ってみろとね。でもそのとき、しまったと思ったんです！」

ヴァルナーはじっとミーケの唇を見つめた。「どうして？」

「二日前、友だちに車を貸したんです。そして隣人の敷地に駐車したんですよ」

ヴァルナーはダウンジャケットのポケットから紙を一枚だした。シュテファニー・フスフォーゲルに関する情報が書かれていた。ヴァルナーは紙の下のほうを叩いた。

「見ろ。弟がいる」

ヴァルナーたちがタトゥースタジオの前までもどると、シュテファニーの声が聞こえた。

「なんて馬鹿なの？　いつまであたしに尻拭いさせる気？」

電話の相手は答えなかったようだ。

ヴァルナーたちは電話を終えるのを待った。

「電話をかけていましたね？」ヴァルナーは店に入るなりたずねた。「弟さんとですか？」

シュテファニーはなにもいわなかった。

「クレジットカードを盗んだのはあなたではなく、弟さんですね？　お客があなたのところにいる隙に」

シュテファニーはそれでもなにもいわなかった。だが表情を見れば、ヴァルナーの勘が正しいことがわかった。

「罪を被る(かぶ)なんて弟さん思いですね。仮釈放中ではむりもないですが」

「黙秘する。出ていって」

「選択肢はふたつです。われわれが独自に真実を突き止めれば、弟さんには不利な状況になるでしょう。どんな結果が待っているか、われわれにはわかりません。もしあなたが本当のことをいえば、私たちは捜査をつづける必要がありません。弟さんがクレジットカードを盗んで、ハンドバッグを買ったんですね。だれに買い与えたのですか？」

シュテファニーは一瞬考えてからいった。

「弟は当時、ストリッパーと付きあってた。そいつにハンドバッグをやったんでしょうよ」

シュテファニーの弟は電話に出て、二〇〇七年の秋にフランツィスカ・ミハルスキーという女に民族衣装店でハンドバッグを買ったことを認めた。だがその女がいまどこにいるかは知らないという。とっくに別れていたからだ。フランツィスカ・ミハルスキーは別の男ができたといったという。有頂天で、高級な服を着て、スポーツカーを乗りまわしていた。そのあと、連絡をとってみたが、電話に出ず、音信不通になった。二〇〇八年の初夏のことだという。

ミーケは通話中にフランツィスカ・ミハルスキーの電話番号をインターネットで検索してみた。一件だけヒットした。ミュンヘン在住ではなかった。

「電話してみろ」ヴァルナーが指示した。

電話口に若い女性が出たが、名前はミハルスキーではなかった。最近脳卒中を起こした年老いたミハルスキー夫人の世話をしているという。ミーケはそれ以上は聞かず、電話を切った。

ヴァルナーは電話口で待たせていたシュテファニーの弟にいった。

「二〇〇八年を最後にその女性からは連絡がなくなったんだな？」

「二〇〇八年夏が最後でした。電話もメールも応答なし。あいつの女友だちに偶然会ったけど、そいつも消息がわからないといってました。本当にどこに行ったのやら」

ヴァルナーはその女友だちの名前を教えてもらった。

37

警察署のエントランスホールでクロイトナーはゼンライトナーに会った。

「やあ」そういうと、クロイトナーは手にしていたコーヒーをすすった。ゼンライトナーはうなずいただけで、なにもいわなかった。ヴァルベルクの一件以来、ふたりの関係はぎくしゃくしていた。「あのなあ。ずっとアンネリーゼに連絡してるんだが、電話をくれないんだ」

「むりもないさ」

「なんだよ……ヴァルベルクの一件か」

「当分、顔を合わせないほうがいい。すごい剣幕で食ってかかられるぞ」

「すまない。しかし死体に遭遇しちまったんだから、しょうがないだろう」

「四時間も雪に埋まってたんだ。四時間！　長かったはずだ」

「わかった、わかった。花でも贈ることにする。だけど話をする必要があるんだ。クリスマスパーティのことでな」

クロイトナーは毎年、クリスマスパーティの幹事をしている。店からピンハネしたりして、いつもなにかしら甘い汁を吸っていた。今年はカトリック教会の集会所を使う予定だった。ただ教会と関係が深いアンネリーゼ・ゼンライトナーがあいだに入ったため、クロイトナーの思うようにいかないところがあった。それでも酒の納入では知り合いの酒店を絡ませて、最近相続したばかりの四百リットルの果実醸造酒でひと儲けしようと企んでいた。

「ああ、そうだ！　いってなかったね」ゼンライトナーは前屈みになって首を引っ込めた。なにをいってなかったのか知らないが、明らかに縮こまっている。

「なんだ？」

「集会所は……なしになった」

「なしになった？」

「俺にはどうしようもなかった。理由はいわなくてもわかるだろ」

「なんなんだ！」復讐心に駆られた妻を御せないとは。クロイトナーはゼンライトナーに腹を立てた。ゼンライトナーは申し訳ないとでもいうように肩をすくめた。

「それじゃどうする？　いまさら食堂とかに掛け合っても無理だぞ。クリスマスパーティまで日がない」

ヴァルナーのすげない態度に、クロイトナーはむかついていた。コーヒーカップを持って駐車場に立ち、雪が舞う中、タバコをふかしながら考えた。道路地図のことが頭を離れなかった。当時、地図に描かれたルート上で、青いBMWを追った。ナンバープレートは偽物だった。クロイトナーでなかったら気づけなかっただろう。それに森の中の工事現場の様子がおかしかった。クメーダーがうるさくせず、自分が金に困っていなかったら、真相を突き止めたはずだ。そうすればゾフィー・クラムとイェルク・イマークネヒトは命を落とさずにすんだかもしれない。だが全体がどう絡んでいるのか、皆目見当がつかない。二つの殺人事件を阻止することができたかもしれないのだから、自分を責めてもいいところだが、クロイトナーはそういうタイプではなかった。人を殺したのは他のだれかだ。だから責任はない。だが運命のいたずらに感心した。

どうすればいいだろう？　この切り札をヴァルナーに見せるか? あんなあしらわれ方をしたばかりで? 裏になにがあるか、他の奴に探られる? いや、それはお断りだ。クロイトナーは携帯電話をだして、土地登記所で働く女の知り合いに電話をして、うまいことをいって、十分後、土地台帳を見せてもらった。道路地図に記されたルートの出発点はどの敷地かはっきりしなかった。ミースバッハの町外れで、一九七〇年代には一戸建てが何軒か建っていた。終着点はミースバッハの北東で、未開地で終わっていた。いずれにせよ集落はなかった。だが地図をよく見ると、そのあたりに一軒だけ家が建っている。その家は二〇〇七年からバプティスト・クルッガーの所有になっている。しかもクルッガーの現住所はこのルートがはじまるあたりだ。

38

クルッガー・ロウソク工場は二〇〇八年以降の金融危機をなんとか潰れずに乗り越えた。ヨアヒム・クルッガーのコネで司教区が貸付をしてくれたからだ。息子のバプティスト・クルッガーは大学卒業を待たずに経営に携わった。従業員からは殻に閉じこもって、話が通じない奴とみなされた。会社の決定事項はEメールを通じて従業員に伝達され、再建計画による解雇については、ヨアヒム・クルッガーが対象者や経営協議会との交渉にあたった。バプティスト・クルッガーはそういう交渉が苦手だった。ひとりでノートパソコンに向かい、会社をコンピュータゲームでもするように運営しているときが、一番ほっとする。バプティスト・クルッガーの働きかけで、製品の一部は東欧に輸出された。教会が持つポーランドやスロヴァキアとのネットワークを利用したのだ。会社の経営状態はまたたくまに改善され、数年つづいていた赤字が嘘のように黒字会計となった。もちろん大幅改善とまではいえなかったが。四年前まで手作りロウソクの原料ステアリン酸の価格もエターナリーキャンドルランプの販売期待値も知らなかった。だがそれから彼の世界は一変した。ものを作る会社を持つことには、とくに刺激はないが、受け入れられる選択肢に思われた。

クロイトナーは自宅で着替えて、クルッガー家のベルを鳴らした。六十歳くらいの女性が玄関を開けた。クロイトナーが首席警部だと名乗り、身分証を呈示したので、女性はすこし驚いた。本物の刑事の身分証との違いはちらっと見ただけでは素人には見分けがつかない。

「どのような御用でしょうか？」クルッガー夫人は不安そうにたずねた。

「息子さんと話したい。入ってもいいかな？」

クルッガー夫人はクロイトナーを居間に通した。タイル貼りのストーブが心地よい温もりを発していた。クリスマスの飾りつけがしてあり、たくさんの礼拝用具が並んでいる。礼拝用具の方はもう何年もそこに置かれているようだ。そして無数のロウソク。蜜蠟の甘くねっとりした匂いが家の中に充満していた。

「息子を呼んできます。すこしお待ちください」

しばらくしてクルッガー夫人が息子のバプティストと夫のヨアヒムを連れてもどってきた。ヨアヒムはクロイトナーの来訪を喜んではいなかった。警察の来訪はただでも喜ばしいものではないし、おまけに来訪が午後二時だったからだ。クルッガー家では昼休みを自宅で過ごすのが慣わしで、これは神聖なものだった。この時間帯の来訪も電話も歓迎されなかった。

「どのようなご用件ですか？」ヨアヒム・クルッガーは不快感をあらわにしてたずねた。

「息子さんと話がしたい。息子さんの家の件で」

「この家は息子のものではありません。妻とわたしの所有です」

「この家じゃなくて、タウベンベルクにある家のことだ」

ヨアヒム・クルッガーは意表をつかれたが、すぐに険しい顔になった。

「それはなにかの間違いでしょう。息子は家を所有していません」バプティストのほうを見ようともしない。そのくらい自信があったのだ。

「土地台帳によると違うんだな」

ヨアヒム・クルッガーは信じられないという顔をして、今度は息子に視線を向けた。息子は困って肩をすくめた。

「刑事のいってる家ってのはなんだ？」

「ちょっとした誤解さ。あ……あとで説明するよ」息子はクロイトナーのほうを向いた。

「わたしの部屋で話せますか」

「いや、ここで話せ！　気に入らんな。うちでは隠しごとをしない」

「その家というのはなんなの？」クルッガー夫人が小声で夫にたずねた。

「おまえは口をだすな。いいな？　それからおまえ」ヨアヒム・クルッガーはふたたび息子のほうを向いた。「ここで説明しろ。いますぐにだ。わたしたちが知らない家をおまえが持っているというのはどういうことだ？」

「質問はわたしにさせてもらおう、クルッガーさん。息子さんは成人している。家を買うことになんの問題もない。内緒で買うこともな。あなたの部屋に行こう」

「どこにも行かせはしないぞ！　ここはわたしの家だ！　だれがどこへ行くかは、わたしが決める！」

「もうすこし言葉に気をつけてもらおう。殺人事件の捜査で来ているんだ。クルッガー家が事件に関係しているという新聞記事を読みたくなかったら、つべこべ言わないことだ」

ヨアヒム・クルッガーは呆気に取られてクロイトナーを見つめた。背後でクルッガー夫人がすすり泣いた。

「いったいどういうこと。わけがわからないわ」

「殺人？」ヨアヒム・クルッガーが小声でたずねた。

「ああ」相手の目に不安がよぎるのを見て、クロイトナーはしめしめと思った。

バプティスト・クルッガーの部屋には黒いリボンをかけたスティーブ・ジョブズの大きなポスターがかかっていた。デスクと床にはプリントしたさまざまなチャートが置いてあった。マグネットボードに貼ってあるものもある。香港ハンセン株価指数や有機パームオイル価格の変動図などありとあらゆるチャートだ。

「あんたは二〇〇七年からこの敷地の所有者だね？」クロイトナーはプリントした測量図をクルッガーに見せた。測量図には敷地の境界が青いボールペンで示されていた。クルッガーはうなずいた。

「どうしてこの敷地を？」

「友人が遺産相続したけど、金に困っていたんです。そこでわたしが買いました。本当は抵当のようなもので、友人があとで高い金額で買い取ってくれることになっていました。けれども金融危機になって、友人は破産しまして」

「なぜ親に黙っていた？」

「つべこべいわれたくなかったので」

「だがあんたはここで暮らしている。あっちの家に住んではいない」

「それがどうかしましたか？」

「住むわけでもないのに家を買うとはな」

「以前は日中そこで過ごしていました。どうしてそんなことを訊くんですか？」

「イェルク・イマークネヒトという男を知っているか？」

「いいえ」クルッガーはいった。

「その男の家に、あんたのその家に印をつけた道路地図があったんだ」

「印を？」

「ここ、つまり両親の家からタウベンベルクの家まで。変だよな？」

クルッガーは肩をすくめた。

「変ではありますが……わたしにはまったくわかりません」

「残念だ。あんたに会えば、なにか教えてくれると思ったんだが。ちなみにそのイマークネヒトは死んだ」

「まさかヴァルベルクの?」クルッガーは考えるふりをした。「新聞で読みました。ふたり目の死体なんですよね」

「そのとおりだ」クロイトナーはクルッガーを焦らすために、わざと部屋を見まわした。「株取引をやっているのか?」

「ええ。それが仕事です。というか、仕事の一部です」

クロイトナーは床に置いてあったチャートを持ちあげて、クルッガーを見つめた。

「見覚えがある」

クルッガーは黙った。

「二、三年前になるかな。あんたの車は?」

「ボルボです。燃費がいいし、車内が広いので。よくロウソクの納品をするのに使います」

「ボルボにはいつから乗ってるんだ?」

「いつからですかね。それがどうかしたんですか?」

「二〇〇八年九月に乗っていたのはボルボじゃなかったな?」

「ええ、たしかに」

「古いゴルフだったか？」

クルッガーははっきりと不安を覚えた。なぜ刑事がそんなことを知っているのだろう？　山勘かもしれない。ゴルフはたくさん走っている。それとも調べたのだろうか？　警官ならなんの造作もないだろう。だが何でそんなことを調べたんだ？

「ええ、ゴルフに乗っていました。当時はまだ学生でした」

「古いゴルフにそういうプリントがのっているのを見たことがある。車の中にわんさかとな。なんで三年ものあいだ記憶していたと思う？」

クルッガーは押し黙った。

「乗っていた奴はゴルフには合っていたが、株取引をしているようには見えなかったからだ。ちょっと妙だった。二〇〇八年の九月末。週末にオクトーバフェストの『イタリア人の週末』（オクトーバーフェスト二週目の週末のこと。その頃が特にイタリア人で賑わうことから）に行ったから覚えている。あんたは当時のことを覚えているかい？　二〇〇八年九月だ」

「金融危機。リーマンショック」

「他には？　個人的なことだ」

クルッガーは肩をすくめて、首を横に振った。

「すみません。思いだせません」

クロイトナーは札入れから小さなカードをだしてクルッガーに渡した。そこにはクロイトナーの携帯の番号が手書きで書いてあった。警察の名刺もあるにはあるが、刑事を騙っている手前、だすわけにいかなかった。

「きっと思いだすはずだ」

39

ヴァルナーはヴァッサーブルクへ行く途中、警察本部の国家保護課に電話をかけていた。事件のあらましを説明し、ふたりの被害者がそちらでマークされていなかったかたずねた。国家保護課で応対した者はすぐ連邦憲法擁護庁に連絡すると約束した。ヴァルナーとミーケが立体駐車場へと歩いていると、国家保護課から電話があり、午後ミュンヘンで担当者と会う段取りができたといわれた。この時間帯なら、ミュンヘンまでは一時間あれば着ける。

連邦憲法擁護庁バイエルン州局は牧歌的な環境と一見の価値がある建物で、州の他の官庁と一線を画している。ミュンヘンの北部に位置し、工場やオフィスビルと幹線道路をつなぐ幅広い道路が周囲を走っている。庁舎ビルはレンガ造りの正面壁にブドウのツルが這わせてあり、数年前からだれからともなく「ミュンヘンのレンガ」と呼ばれるようになっていた。そして平面図を見ると、一風変わったS字形をしていて、そこに高いアンテナマストが聳えている。

ベルント・ハウザーはすでに六十歳を超え、年金生活を間近に控えていた。その時代、左翼運動の情報提供者を指揮していた。ドイツ赤軍が一九八八年に解散したあと、活動は自然に下火になった。その後、どういう任務を帯びているかははっきりしなかった。ミーケとヴァルナーにそれを明かすつもりもないようだった。ハウザーが悠然とした性格なのがその仕草からわかった。面談用テーブルにはコーヒーとクリスマスのクッキーが用意されていて、ヴァルナーたちはそこに席をすすめられた。コーヒーを注いだあと、ハウザーはヴァルナーのここ数年の成績を祝福して、諜報部員らしく情報通なところを見せてから、用件をたずねた。

「ふたりの人物が奇妙な形で死んだ。名前はゾフィー・クラムとイェルク・イマークネヒト。ふたりともヴァルベルク山の同じ場所で腕を切られ、血中から麻酔薬が検出された。ふたりには接点があるとにらんでいて、それが犯人を突き止める手がかりだと考えている。いまのところ、ふたりが同じ時期にミュンヘンの大学に通学していたことまではわかっている。女性は福祉教育専攻、男性は法学専攻。それから同じ時期の共通の知り合いがいる。その謎の人物はマルクス＝エンゲルス全集から引用をし、メールを社会主義万歳という言葉で締めくくっている。ふたりが左翼学生として活動し、こちらの局で捕捉していたのではないかと思っている」

「そういってくれるのはうれしいが、中距離核ミサイル配備反対デモ（一九七九年にドイツへの中距離核ミサイル配備決定に対して起きた一九八〇年代の大規模なデモ活動）に参加した学生を片っ端から監視するのはむりだ。全員監視しているといいたいところだがね。ところで、そちらの事件を解明するのに、うちにどんな貢献ができるのかいまだにわからないのだが。仮にふたりに関する資料があったとしてね」

「そちらがだす情報による。こちらとしては理由はともかく、だれかが政治活動をしていた人間を狙っているとにらんでいる。場合によって、さらなる殺人を阻止するか、狙われている者に警告することができると思っている。しかしそのためには、クラムとイマークネヒトにどんな接点があったか知る必要がある。だれも知らないことを、おたくらなら知っているんじゃないかと思ってね。殺人の動機になりうることだ。だれかが起訴されたことへの復讐をしているとか、刑務所行きになったことへの報復とか」

「そういう情報を提供できたらいいのだがね。裏切りの話なら山ほどある。二十年後に刑務所から出て、卑怯な裏切り者を誅殺する。ないとはいえないが、うちで扱っているのは普通の人間で、重犯罪者ではない。人殺しまでするのはよほどだ」

「爆弾テロを起こした連中もいるだろう？」ミーケが口をはさんだ。

「ああ、あの連中のことを考えていたのか！」

「ええ」

「それはちょっと大げさだな」

「かもしれない」ヴァルナーはいった。「だが男性の被害者の家で拳銃が見つかっている。しかもそれは一九八〇年代に連邦軍の武器庫から盗まれたものだった。たしかドイツ赤軍の仕業だった」

「そういう中枢の連中を捜査したいのなら、あいにくあまり協力できないだろう」

「連中を監視していたはずだが」

「できるならな」

ヴァルナーはすこし面食らった。「どういうことだ？」

「ドイツ赤軍のコマンドレベルまで浸透してはいなかったということだ」

「じゃあ、おたくの情報提供者はなにをしていたんだ？　なにかしていたんだろう？」

ハウザーは紙とボールペンを取って、三重の円を描いて、中心の円にKと書いた。「この一番中の円がコマンドレベル。ここについてはいまでもあまりわかっていない。逮捕したテロリストはなかなか口を割らない」

「情報提供者はそこまで入れなかったということか？」

「クラウス・シュタインメッツは九〇年代のはじめにうまく入り込んで、ビルギット・ホーゲフェルトやヴォルフガング・グラムス（共にドイツ赤軍第三世代の中心メンバー）に接触した。バート・クライネンの事件（一九九三年六月二十七日に起きたドイツ連邦警察官と赤軍派メンバーによる銃撃事件。双方に死者が出た）はその結果だ。だがそこまでだった。連邦憲法擁護庁はその前も後も、そこまで中枢に入り込めたことはない」

「その情報提供者はそこまで行くのにどのくらいかかったんだ？」ミーケは質問した。

「バート・クライネンの事件は一九九三年だ。シュタインメッツは八〇年代の半ばから情報提供者として働いていた。およそ八年かかった」

「あんたも隠密捜査をしていたのか？」

「いいや。バイエルン州には隠密捜査官はいなかった。警官を左翼学生に仕立てるのは難しい」

「ということは素人を使っていたのか」

「ああ、そうだ。非常に優秀な者もいた。女性と法学部学生はとくに有能だった」

「情報提供者になるのは祖国愛からか？」ヴァルナーはこの話題に魅せられていた。

「そんな殊勝な者はいないはずだ」

「ではなぜ？」

「金だよ。じつにシンプルだ」

「いくらもらっていたんだ？」ミーケは興味を抱いて身を乗りだした。

ハウザーはミーケに微笑みかけた。

「いうと思うかね？」

「連邦憲法擁護庁はゾフィー・クラムかイェルク・イマークネヒト、あるいは両方を監視していたのか？　もしそうなら、情報が欲しい」

ハウザーはうなずいた。ヴァルナーにどこまで提供できるか考えているようだった。

「ふたりに関するデータをすべてメールで送らせよう」ハウザーはいった。

「ありがたいが、その必要はないだろう」ヴァルナーは驚いてハウザーを見た。

「ゾフィー・クラムとイェルク・イマークネヒトは一九八四年から一九八九年までルームシェアしていた。我々はそのアパートを監視していた。ドイツ赤軍のシンパと目されていたんでね」

いきなりそういうことを明かされて、ヴァルナーとミーケはびっくりした。ハウザーはさっき描いた三重の円の一番外の円を指した。

「これがドイツ赤軍のシンパだ。ここは比較的浸透しやすかった。ルームメイトとしていっしょに行動することが多かったんでね」

「武器や身分証明書の調達や、自動車の窃盗とかか？」

「いいや、とんでもない。そういうことはコマンドレベルの仕事だ。せいぜい身分証明書の盗難届をだして、それを偽造したり、デモを組織したり、政治的な広報活動をしたりするくらいさ」

「ドイツ赤軍との接触はなかったということか」

「直接はなかった。そのために連絡係がいた。いなかったらまわらない。コマンドレベルとシンパをつないでいたのがこれさ」ハウザーは中心から二番目の円を指差した。

「そこを通してコマンドレベルに迫ることはできなかったのか？」

「だれが連絡係かわからなかったからな。そういう奴がいることはわかっていた。連中はシンパと交流していた。だが、自分が連絡係だと名乗る奴はいない。そうにらんでいた奴は数人いた。ときどき姿を消したり、会議にあらわれない奴がいた。そしていなくても、だれも気にしなかった。そういう奴はオーラを放ってもいた。なにをしているかわからないが、なにかとんでもなく重要なことをしていることはわかるわけさ。そういう連中と接点を持つことは、一般の左翼学生にとっては勲章みたいなものだ。われわれの情報提供者にとってもな」

「じゃあ、なんでそいつらを監視しなかったんだ？」

「したさ。そいつらがコマンドレベルのメンバーに接触する状況にも遭遇したことがある。というか、遭遇したと思われる状況だがな」

「なんでそこ止まりだったんだ？」

「監視は数百メートル離れたところでやっていたし、目立つところではできなかった。それに相手はフードをかぶり、サングラスをかけていて、すぐに姿をくらます。監視に百人くらい動員できたら別だがな。映画なんかじゃ、スパイはつねに衛星中継で同時に大画面で追跡しているように描かれるが、あれは夢物語さ。オサマ・ビンラディンを捕捉するまで、なんでＣＩＡが十年を要したと思うんだ？　しかも最新の技術を使ってだ。それと比べたら、一九八〇年代なんて石器時代だ」

「わかった。話をもどそう。ふたりの被害者はルームシェアしていたが、ドイツ赤軍のメンバーではなかったということだな？」

「ああ。シンパだ」

「他にだれがルームシェアしていたんだ？」

ハウザーはファイルを手にした。ルームメイトについては相当報告が上がっていたらしく、ファイルは分厚かった。ハウザーはすこし書類をめくったが、氏名は記憶しているとヴァルナーは確信していた。

「ルームメイトはよく入れ替わっていた。全員は把握していない」

ヴァルナーは信じられないと思った。

「いずれにせよ、その者たちに会う必要がある。協力してくれないか？　その者たちに警告しなくては」

「住所を提供する。とくに興味を引くのはアネッテ・シルトビヒラーだろう。この人物は最初から最後までクラムとイマークネヒトとルームシェアしていた。福祉教育を専攻して、ゾフィー・クラムといっしょに卒業している。卒業後は別の道に進んだ」

「その後も監視しているのか？」

「そういったら大げさだ。気にかけているという程度だ。ドイツ赤軍が解散宣言をしたあと、警戒は緩和された。あれは、ええと、一九九八年のことだ」

「当時、ルームメイトを監視していたのは？」

「それも調べておこう」そういうと、ハウザーはファイルを閉じた。

「いいかい。こっちはスパイごっこをする気などない。二件の殺人事件を解決し、さらなる殺人を阻止しなければならないんだ。当時の監視役がだれか、おたくは知っている。情報提供者として働いていたのがだれかも知っているはずだ」

「そちらから照会されたのはついさっきだ。こちらも調べる時間がいる。そして関係者を保護しなければならない。本当にそちらの事件に関わっているのでなければ、情報を開示するわけにはいかないんだ。いまのところ、事件に政治的背景があるというのは推測の域を出ない」

「ルームメイトに情報提供者がいたんだな？」

「すこし時間が欲しい。いたずらに正体をばらせない。もっと手がかりが欲しい」

「いいだろう。もうひとつ質問がある。スターリンという名に聞き覚えはないか？」ヴァルナーはハウザーの顔になにか反応がないか読みとろうとした。だがハウザーは四十年間、嘘をつくことを仕事にしてきた男だ。表情は一切変えなかった。

「知っていないといけないかね？」

「被害者の共通の知り合いだ。しかも学生時代の知り合いらしい。そしてスターリンはふたりが死ぬ前に訪問し、ふたりに不安を与えた」

「調べてみよう。ただのスターリン？　あだ名だね？」

「ハウザーさん」ヴァルナーはいらついていた。「本名を明かしていいか、さっさと上司にたずねたらどうだ？」

「そうしよう」そういうと、ハウザーは微笑みを浮かべた。

40

ヴァルナーは電話で三十分後にミュンヒナー・フライハイト地区のクリスマスマーケットで会う約束をした。電話口の女性はティファニーと名乗った。彼女の電話番号は、ヴァッサーブルクのタトゥーアーティストの弟から教わった。ティファニーは、音信不通になったフランツィスカ・ミハルスキーの友だちだった。被害者が持っていた写真の死体はおそらくフランツィスカ・ミハルスキーだろう。

ヴァルナーたちの二台後ろにいたフランクは、ヴァルナーたちの目的地がわかると、車を止めて、地下鉄で移動することにした。シュヴァービング区で駐車スペースを見つけるのは至難の業だ。尾行に気づかれる恐れもある。電話の女性か刑事が待ち合わせ場所を変更したら、運がなかったと思えばいい。だがその可能性は万にひとつもないだろう。

「あいつ、なにか隠してますね」ミーケがいった。連邦憲法擁護庁のベルント・ハウザーのことだ。

「間違いない。問題はなにを隠しているかだ」

「ほかにもだれかルームシェアしていましたね。間違いないです」

「俺もそう思ってる。なぜそいつのことを隠しているのかもわかる気がする」

ミーケがうなずいた。同じことを考えていたのだ。

「情報提供者？」

「それなら合点がいくよな？」ヴァルナーはもう一度、携帯電話をダウンジャケットからだして、ヤネッテの番号を打ち込んだ。アネッテ・シルトビヒラーのデータを伝えると、連絡をとって、できるだけ早く刑事警察署へ来るよう要請するように頼んだ。アネッテ・シルトビヒラーはヘルシング・アム・アマーゼーに住んでいて、特別支援学校で働いていた。

ティファニーは二十四歳だった。オーバープファルツ森林地帯のレッツ出身で、そこではアニカ・プルンガウアーという氏名で知られていた。ミュンヘン東駅のそばにあるポールダンスバーで働いていて、なかなか美形だった。長い金髪をポニーテールにし、口が大きく、にこやかな目つきをしていた。着ている服は高級だ。ミーケはティファニーが気に入ったようだ。彼女がストリップショーをしているところを想像したのか、そわそわしている。だがあいにくティファニーはヴァルナーに気があるようだった。はじめからヴァルナーにしきりに笑いかけ、見つめている。三人はクリスマスマーケットでグリューワイン（ティファニーとミーケ）と紅茶（ヴァルナー）を飲んだ。ヴァルナーは暖房機のすぐそばに陣取った。

「フランツィね」ティファニーがいった。「きれいな子だった。最後に会ったときはＢＭＷに乗ってた。それもカブリオレ」

「いつのことですか？」

「数年前。何年だったかなあ」

「二〇〇八年？」

「かもね」

「消えたときのことを覚えていますか？」

「あの子もポールダンスバーで働いていた。でもやめるといいだしたの。もっといい話でもあるのって訊いたら、そんなところって答えた。あの子は北ドイツの出身なの。ブランデンブルク州だったかな」

「家族は？」ミーケが口をはさんだ。

ティファニーは考えながら熱いグリューワインに息を吹きかけた。

「家族……家族なんていないわ。たしか孤児院育ちよ。ノイルピン、そういう名前の町ある？」

「ああ。ブランデンブルク州の町だ。その店の電話番号はわかるかい？」

「もちろん」そういうと、ティファニーはヴァルナーに微笑みかけ、ハンドバッグから店の名刺をだして、テーブル越しに差しだした。ティファニーの爪はカラフルなマニキュアをしてあり、小さなビーズがきらっと光っていた。ヴァルナーは笑みを作って、その名刺をテーブルに置いた。

「店をやめるとき、なにかいっていましたか？」

「男と知りあったっていってた。すてきじゃない、こんど連れてらっしゃいよといったけど、そうはならなかった。忙しい人らしくて」

「彼女に車を買ったのはその男？」

「そうみたい。他にそんな大金の出所はないでしょ」ティファニーはヴァルナーのティーカップを指差した。「お酒を飲まないのは勤務中だから？　いいわね」そういうと、ティファニーはヴァルナーににこっと笑いかけた。

ヴァルナーは、ことさら称揚することでもないというような仕草をした。

「事情聴取が終わっても、勤務中ってことになるの？」

「なぜそんな質問をするんです？」ヴァルナーは面白がった。

「このあとうちの店に来たらどう？」ティファニーはヴァルナーの前にある名刺を指差した。

「ティファニーの友だちだっていえばお金はかからないわ」

「それはご親切に。だがあいにく家に帰らなくちゃならない」

「俺が行こうかな」ミーケはいった。

ティファニーはびっくりしてミーケを見た。すげなくはしなかったが、うれしそうでもなかった。「いいわよ」ティファニーはいった。「構わないわ。ちょっと失礼」ティファニーは近くにあるカフェのトイレに向かった。

「信じられない！」ミーケは腹立たしげにいった。

「なにがだ？」

「ボスに気があるみたいじゃないですか。それもボスだけに」

「お前向きじゃないか。悪い子じゃないが、俺には妻子がいる」

「どうですかね。ボスがいなければ、俺なんかに目もくれないでしょう」

「まあ、魅力というものは持って生まれたものだ。学習できるものじゃない」

ミーケはヴァルナーの上腕を叩いて微笑んだ。ヴァルナーはその笑みを見て、かすかに嘲られているのを感じた。

クリスマスマーケットの端のアパートの玄関に氷雨に濡れながら男がひとり立って、ヴァルナーたちの様子をうかがっていた。男はイヤホンをつけていた。通行人に遮られることはあったが、ずっとヴァルナーとミーケを見ていた。男はイヤホンをつけていた。イヤホンのケーブルはコートのポケットに忍ばせた小さな受信機につながっていた。男は苛立っていた。寒いうえにずぶ濡れだ。やはり車で尾行すべきだった。そこから十メートルと離れていない進入路に駐車することができた。だれかに注意されれば、動かすだけで済んだ。なのに、寒さにふるえながら、刑事の色恋沙汰を聞かされることになるとは。警察が行方不明の女の身元を突き止めるのは時間の問題だ。ポールダンスバーに電話をかけるだけで済む。といっても、警察はそれ以上、捜査を進められないだろう。ティファニー以上に事情に通じているものはいないはずだ。

ティファニーはトイレで口紅を塗り直していた。ほんのすこし厚化粧だった。

「思いだしたことがある」ヴァルナーたちのところに来ると、彼女はいった。「トイレに入ると、大事なことが思い浮かぶことって、あなたたちにもある？　たとえば名前を思いだせないとき、トイレに行くでしょ。すると、ぱっとひらめくの」

「ええ、そういうことがありますね」

「そうよね？」そういうと、ティファニーはヴァルナーに向かってにこっとした。ミーケは近くの屋台で売っているクリスマスツリーのオーナメントボールを見ていた。

「いいですか」ヴァルナーは愛想よくしようとしたが、若く美しい女性に笑いかけるのはむずかしかった。「あなたはとても人懐こいのだと思いますが、ずっとわたしに笑いかけるなんてよくできますね」

「そんなことしてる？」

「してるとも」ミーケがいった。「数ヶ月は自信喪失しそうだ」

「ごめんなさい。あなたを構ってあげなくて」

「いいさ。にこにこするくらい」

数秒のあいだ、だれひとりひと言もいわなかった。ティファニーはなにか考えていた。ヴァルナーは邪魔をしないようにした。ヴァルナーは十五分前にコーヒーに入れた砂糖の空袋をていねいにたたんだ。

「あなた、わたしが大好きだった人に似てるのよ」

「あなたの父親だったりして」ヴァルナーは半ばふざけながらそういった。ティファニーは返事をしなかった。きまずい雰囲気になった。ミーケは顔をしかめ、ヴァルナーは笑うのをやめた。「そうなのか」

「四年前に死んだわ。メガネのいじり方がそっくり。同じようにどっしり構えていて、なにごとにも動じなかった。父さえいれば、安心だった。子どものとき、泣きたくなると、決まって懐に飛び込むのは父で、母じゃなかった。いつもパパだった。父があたしを見て、笑う。そうすれば、なんでも平気だった。どんな波も跳ね返す岩だった。なにがあっても揺らぐことはなかった」

「本当に双子の兄弟みたいだ」ミーケがそういって、ヴァルナーを見た。

「でも癌には勝てなかった」ティファニーはクリスマスツリーのオーナメントボールを見つ

めた。

「父親が亡くなったことには、お悔やみ申しあげる」そういうと、ヴァルナーはすこし間を置いてからいった。「ところで、トイレでなにを思いついたんだ？」

「ああ、そうそう！　たぶん重要なこと！」

ティファニーはヴァルナーの前腕に手を置いた。

「フランツィから連絡先の電話番号をもらったの。固定電話の番号。そのとき住んでいるところは携帯電話がつながらないところだからって」

「その番号を覚えていますか？」

「覚えてないわ。まず探す必要がある。引っ越したばかりで、いろんな書類といっしょに箱に詰めたの。今夜ステージが終わって帰宅したら、探してみる。あした電話をする。電話番号をもらってもいい？」

「もらえるでしょう」ミーケはいった。

41

高速道路のサービスエリア、イルシェンベルクのマクドナルドは黙っていても儲かる。どんな季節でも店は一日中、混んでいる。それでもクリスマスを目前にし、天気が悪く、午後八時半のいまは比較的空いていた。バプティスト・クルッガーは、フランクとの待ち合わせにはうってつけだと思った。この界隈の知り合いがわざわざここに立ち寄ることはないだろう。それにこの人混みなら人目につきづらいし、二階の隅に陣取れば、だれにも邪魔されずに話ができる。フランクはビッグマックのメニュー、クルッガーはチョコレートケーキとコーヒーを注文した。

「それで？　どんな感じだ？」クルッガーはたずねた。

「うまくいってる」フランクはハンバーガーにかぶりつき、フライドポテトを数本口に入れた。

「ヴァルベルクでまた死体が発見されたと新聞に出ていた」

「ああ。まいったよ」

「警察はどう考えているかつかめたか？」

フランクはハンバーガーを盆に置いて、口の中のものをコーラで喉に流し込んだ。「連続殺人と見ている」フランクはケチャップの袋を破って、中身をフライドポテトにかけた。

クルッガーはうなずいて、ビッグマックをがつがつ食べるフランクを見た。

「死体で発見された男……そいつもこの件に絡んでいるのか？」

「当時、そいつも一枚かんでいたようだな。そいつとゾフィー・クラムは大学時代にいっしょに暮らしていたらしい」

「社会主義者か？」

「いいや」

「違うのか？」

「銀行の役員だった」

「銀行の役員？　本当か？　なんでそんな奴が？」

「さあね。かなりいかれてる」

「どこの銀行かわかってるのか？」

「どこかにメモをした。南バイエルンなんとかっていうミュンヘンのプライベートバンクだ。店舗はレンバッハ広場にある」

クルッガーは顔をハンマーで殴られたかのように呆然とした。

「ちくしょう！　わたしの銀行じゃないか！　だからわたしのことを知ってたのか……」クルッガーはチョコレートケーキを脇に押しやった。食欲が失せたのだ。

「世も末だ」珍しく思うところがあったのか、フランクがいった。「自分の口座がある銀行も信用できないとはな」

「くそっ！　信じられない。理解に苦しむ」

「理解する必要はない。これでまた相手はひとり減った」

「ああ。またひとり減った。気の毒とは思わない。あんたにもわからないんだな？」クルッガーは一瞬ためらった。「どうしてそうなったかまでは？」

ハンバーガーをかみながら、フランクは真向かいにすわっている褐色の目の男を見つめた。まるで相手がひどくつまらないことをいったとでもいうように。

「まあいい。知りたくはない。それで、三人目は？　あいつらは三人組だった。その銀行の役員だったという男も一味だったのなら、あとは女がふたりだ」

「アネッテ・シルトビヒラーという名の女がいる。ふたりとルームシェアしていた。一九八〇年代のことだ。もうひとりの女はたぶんそいつだろう」

「それで、金は？」

「調べているさ」フランクは窓から外を見た。観光バスから若者の一団がぞろぞろと出てきた。こんな季節にどこへ行くんだろう、とフランクは思った。おそらくオーストリアのスキー場でプレシーズンの割引でもやっているのだろう。

「きょう、刑事がうちに来た」クルッガーがだしぬけにいったので、フランクははっと我に返った。「クロイトナー警部と名乗った。タウベンベルクに家があることを知っていた。それから奇妙な質問をされた」

「どんな？」

「二〇〇八年九月になにかなかったかっていうんだ」

フランクは驚いた。

「どうやってあんたの家を知ったんだ？」

「さあな。しかしまいったよ。親にはいってなかったのに、知られてしまった」

「親にはなんていったんだ？」

「友だちに頼まれて、表向きにはわたしが買ったことになっているが、実際には友だちが金をだしている。税金対策だといってある」

「税金対策？　まあどうでもいい。その刑事はなにを質問したんだ？」

クルッガーはそのときのことを話した。イマークネヒトの家でクルッガーの親の家からタウベンベルクまでのルートが描かれた道路地図を見つけたといわれたことも。

「まずいな。だが警察にはなにもかぎつけることはできないだろう。それよりその刑事の名前は？」

「クロイトナー」

「ミースバッハ刑事警察署の刑事は十五人だ。その中にクロイトナーなんて奴はいない」

「だが身分証を呈示したぞ」

「特別捜査班の奴かもな。ローゼンハイムから応援が来ている。調べてみよう。それにしても妙だな」

「たしかに」そういうと、クルッガーは深呼吸した。「ちょっと不安になってきたぞ」

フランクはビッグマックを食べ終えた。冷めたフライドポテトが半分ほど残してあった。

「まあ、そう焦りなさんな。だがひとつだけ確かめたいことがある」

「なんだ？」クルッガーは泣きそうな声でいった。

「フランツィスカに自宅の固定電話の番号を教えたか？」

「なんだって？」

「バーのダンサー仲間に教えたようだ。他にも教えている奴がいるかもしれないが、そこまではわからない。だれか電話をかけてきたことがあるか？」

「覚えていないけど。電話番号はだれにも教えるなといったのに」クルッガーは思案しながら観光バスを見下ろした。その前に人影はない。ぼたん雪が降っている。本格的な雪模様になった。イルシェンベルクの標高はミュンヘンよりも百五十メートル高い。「警察がそれを知ったら、わたしに目をつけるな」

「警察は固定電話の番号が漏れていることをすでに知っている」ぎょっとしたクルッガーを見ながら、フランクはつづけた。「だが番号はまだ手に入れていない」

「ということは……？」

「べつに。ただあわてず、騒がず、俺に任せてくれ。そのために雇われているんだからな。ああ、ところで、ギャラのことを自分からいうのは気がひけるが」

「すまない。いろいろあって忘れていた」クルッガーは小さな白い封筒を上着からだしてテーブルに置いた。フランクはろくに見もせず封筒をコートのポケットにしまった。若者が数人、階段を上がってきて、わいわいしゃべりながら空席を探した。フランクは立ちあがった。

「じゃあ、行く。すこし時間をくれ」フランクはトレーを持ち、そばを通るときにクルッガーの肩を押さえた。もうすこしすわっていろという合図だ。そして、若者たちをかき分けながら姿を消した。

クルッガーはほとんど手をつけていないチョコレートケーキを見つめた。腹にずっしり重いものを感じていた。不安だった。それにフランクが盗まれた金を取り返したとして、本当にこっちに渡すかわかったものではない。雇い主に嘘をつけば、評判を落とすだろう。だがあれだけの額を手にしたら、評判などどうでもよくなるはずだ。はじめからそういう問題があることを、クルッガーはもちろん認識していた。だが、フランクなら間違いないとその筋から太鼓判を押された。本当に金を手に入れたら、フランクはどうするだろう？　取りもどしたといわなければいい。すまない、うまくいかなかったといえば済むことだ。

ケーキの甘い匂いをかいで、クルッガーは吐き気を覚えた。トレーをそのままにして立ち去った。雪が舞う入口で立ち止まって、夜の駐車場を見た。結局、これしか方法はなかった、祈るしかない、と自分にいいきかせた。

42

バプティスト・クルッガーはおびえている。必要以上に。クルッガーが金を払うかぎり、どうでもいいことだ。だがそう簡単なことではない。フランクは、クルッガーを警察から守るために最善を尽くすつもりだ。しかし流れが変なほうに向かっている。ヴァルナーはティファニーを通して、問題の娘の手がかりをつかんだ。そして謎の刑事クロイトナー（何者なのか突き止める必要がある）はなぜか二〇〇八年九月の出来事に目をつけている。このままではまずいことになりそうだ。さてどうする？　クルッガーがぺらぺらしゃべるのは千里眼でなくてもわかる。なんとしても警察の手に落ちないようにしなければ。状況の変化に目を配り、自分の手に負えなくなる前に手を打たなくてはならない。残された時間はあまりなさそうだ。

そんなことをあれこれ考えているうちに、ホルツキルヒェンの高速道路出口に近づいた。動物シェルターへ行くなら、ここで降りなければならない。金はすぐそこにあるはずだ。そう感じていた。ダニエラは金のありかを知っているはずだ。だがそれを吐かせれば、危険な証人になる。ダニエラが気に入っていたフランクは、殺さずに済む方法を考えた。だがなにも思いつかない。フランクは今夜、ホルツキルヒェンで高速道路を降りるのをやめた。

赤いパサートが中庭に入ったとき、雪はすでにやんでいた。家畜小屋の人感センサーが点灯した。クロイトナーはまず台所の窓を覗いてみた。だれもいない。次に家畜小屋のほうを向いた。そこも静かだ。ニワトリは馬房の柵にとまってじっとしている。猫が飼い葉の中や上にいる。タキトゥスは開け放った馬房の前に横になり、クロイトナーのほうをちらっと向き、すぐに前脚に頭をのせた。クロイトナーの来訪などどうでもいいようだ。ニワトリが数羽、地面を引っかく音しか聞こえない。馬も馬房でじっとしている。クロイトナーが馬房の近くに行くと、ダニエラの頭が見えた。ダニエラが振り返った。疲れた顔をしている。

「あら、あなただったの」ダニエラはいった。非難がましいところはなく、すこし驚いているようだった。「獣医かと思った」

クロイトナーはそっちへ歩を進めた。ダニエラはしゃがんで、膝にカスパーの頭をのせていた。カスパーは荒い息遣いをし、うつろな目で天井を見つめている。

「どうしたんだ？」クロイトナーはたずねた。

「なんでもないわ。臨終なの」ダニエラはカスパーの濡れた首をなでた。

「まさか……あの果汁のせいで？」クロイトナーは馬房に入って、ダニエラの隣にしゃがんだ。

ダニエラは首を横に振った。

「もう歳なのよ。いつか終わりが来る」カスパーの体がぴくっと動いた。「わたしの携帯電話を持ってきてくれないかしら？　玄関の横のテーブルにのってるわ」

クロイトナーは携帯電話を取ってきた。ダニエラはなかなか到着しない獣医に電話をかけた。獣医の車が新雪にはまって、トラクターに引っ張りだしてもらったところだという。あと五分で着くらしい。

「何回か電話をしたんだが」

「わかってる。留守番電話にもメッセージを残していたわね。でも、電話をする気になれなかったの」

「きのうはすまなかった」

「もういいわ。動物たちは喜んだみたいだから」ダニエラは馬を軽く叩いた。「はじめて酔っ払ったのよね、カスパー。体験できてよかったわね」ダニエラは深呼吸した。

「何歳なんだ？」

「四十。はじめてうちに来た馬だった。何年も前になる。馬小屋が火事になったとき、担当者がいなくて、この子は火の中に取り残されたの。どうでもいい馬だったのよ」

「でも、生き延びた」

「ええ。でも燃え盛る梁（はり）が腰に当たったの」たしかに長さが五十センチほどの火傷痕がある。

「傷がぱっくり開いていた。焼死させるところだったのだから、謝るべきなのに、持ち主は殺すことにした。もう乗れないからって。姉がたまたま見かけて、買い取ったのよ」

ダニエラの話を聞いて、カスパーは元気が出たのか、頭をもたげて立ちあがろうとしたが、途中で頭を落とし、また頭を上げようとして落とした。

「助け起こしてあげないと」カスパーが三度目も失敗するのを見て、ダニエラはいった。クロイトナーはダニエラとふたりでカスパーに肩を当てて押しあげた。すこし支えただけで、カスパーは立ちあがった。うなだれながら馬房に立ち、汗びっしょりになって脚をふるわせた。

「どう？」ダニエラはカスパーにいった。「すこしは歩ける？」

ダニエラはロープを引いた。カスパーが一歩わきに動いてバランスを崩したので、また支えてやらなくてはならなかった。

「また元気になると思うか？」

「むりね。死ぬのは外にしないと。でなきゃ、皮なめし業者は家畜小屋から引っ張りださないといけなくなる。そんなところは見たくない」

クロイトナーはカスパーの頭に手を置いた。

「皮なめし業者に渡すのか？」

「ただの亡骸（なきがら）だもの。カスパーは馬の天国に行く」

ダニエラはカスパーの首にブラシをかけた。外で車が走ってくる音がした。

獣医のケルスティンはこれまでたくさんの動物を天国に送ってきた。それでもカスパーには思うものがあったらしい。すてきな生涯だったが、いつかは終わりを迎えるもの、元気をだして、と小声でダニエラにいった。それから注射器をだして、覚悟はいいか、とたずねた。ダニエラはうなずいた。獣医は、薬がよく効くように馬が横たわるのを手伝ってくれ、とクロイトナーに頼んだ。クロイトナーもうなずいた。ケルスティンが注射をすると、カスパーの体がぐらっと揺れ、脚から力が抜けた。三人はカスパーを支えながら、横たわらせた。ダニエラは、カスパーの心臓が止まるまで頭の下に手を添えた。獣医は必要ないといったが、ダニエラはいった。

「なにも感じないことはわかってる。でも、このほうがカスパーにとって楽だと思えるの」

ふたりは台所に移った。クロイトナーはビール、ダニエラはジーモンが遺したキルシュヴァッサーを飲んだ。獣医のケルスティンは帰っていった。クロイトナーとダニエラはカスパーに掛布をかけた。皮なめし業者はあす来ることになっている。

「悲しくないのか？」クロイトナーはたずねた。ダニエラが泣かないことが不思議だったのだ。

「ここは動物シェルターよ。毎週、動物が死ぬわ」

「でも、ここの古株だったんだろう？」

「そうね」そういうと、ダニエラは膝に乗っているノルウェージャンフォレストキャットのトロルをなでた。「カスパーはうちに来た最初の動物だった。いい子だった。でも、これでいいのよ」

「馬の天国に召されたってことか?」

「そう願ってる」ダニエラは喉を鳴らすトロルを膝から下ろして冷蔵庫に行き、ピクルスをだした。「あなたも食べる?」

「遠慮する。ビールに合わない」

ダニエラはピクルスのガラス容器を持ってテーブルにもどり、ピクルスをかじった。

「カスパーはいまごろ、あんたの姉貴に会ってるかもな。姉貴はきっと、会いたい馬が地上にいるとか神様にいったんだ。そして神様がいったのさ。死神よ、黒馬を連れてくるのだ。他の者が来るまで、ゾフィーが寂しくならないようにってな」

ダニエラは微笑んだ。目のまわりに小さなしわがより、そのしわが深くなって、影を作った。

「そうかもね。姉さんはカスパーを駆って、太陽が輝き、花が咲く草原を走る。そこはいつも春なの」

「春はいい。あるいは夏かな。いつも冬なのは天国らしくない。秋がなくて、二ヶ月冬ってのがいいかな。そしてすぐ夏になってまたすぐ冬になる。春も秋もない。一日で三十度から零下十度に真っ逆さま。ヴァルベルクのような感じだ。夜中に雪が一メートル降り積もって、日中は太陽がさんさんと照ってパウダースノーを楽しむ。そして二ヶ月経つと一気に気温三十度の夏にもどる」クロイトナーはもう一本ビールを取ってきた。天国を想像して、いい気分になっていた。「楽園があるなら、そんな感じだろう。きっとそうだ」

「でも楽園なんてないわ」そういうと、ダニエラはピクルスをかじった。

「そうなのか？」クロイトナーは驚いてダニエラを見た。「カスパーは馬の天国に行くからか？」

「そうね。でも人間には楽園なんてない」ダニエラの子どもっぽい黒い瞳はうつろだった。

「動物にはあって、人間にはないっていうのか？」

「私たちは死んだら、それまでだと思うの。その先にはなにもない」

「その先になにがあろうが、俺にはどうでもいいかな。俺もその先にはなにもないと思ってる。だけど、なんで馬には天国があるんだ？」

ダニエラは肩をすくめた。

「動物には天国に行く権利があるからよ。なにも悪いことをしていないから」

クロイトナーは考え込み、ビールをラッパ飲みして、首を横に振りながら瓶を置いた。ダニエラがすかさずビール瓶の下にコースターを置いた。

「うちの猫は死ぬ前、毎日ネズミを殺していた。リスをやったこともある。猫は天国に行けないのか？」

そのときふたたびダニエラの膝に乗っていたトロルが伸びをして、喉を鳴らすと、テーブルクロスを払って、テーブルの脚を引っかこうとした。

「家具を引っかく猫は行けないでしょうね」そういうと、ダニエラはトロルを膝から追い払った。「動物は一度も戦争を起こしたことがない」すべての問いの答えになるとでもいうような表情で、ダニエラは酒をグラスに注いだ。「天国に行けるとしたら、動物だけ。わたしたち人間は神の被造物としては道を外した醜い存在よ。人間なんて天国に迎えられるわけがない。皮なめし業者に引き渡されて、石鹸（せっけん）になるのが関の山。あの世でね。あくまでイメージだけど」

「それは残念だ。俺はてっきり、おじのジーモンが遺言どおりにされたか見ていると思ってた」

ダニエラはキルシュヴァッサーを飲んだ。

「おじさんが好きだったの？」

「まさか。ろくでなしだ。口が悪かった」クロイトナーはビール瓶の中を覗いた。「まあ、いないと寂しいかな。近所で家が解体されたり、木が切られたりしたときと同じだ。俺は物事が変わるのが好きじゃない。俺自身が変わるのはいいが、まわりが変わるのは。わかるか？ だれかが断りなく俺の世界を変えるのは我慢ならない。長く付きあったものほど、失くすときは辛い。カスパーと同じだ。あいつはここに二十年いたんだろ。いなくなれば、心にぽっかり穴が空いて当然だ。そしてあんたの姉貴はもっと長い付き合いだったわけだからな。辛くてあたりまえだ」

「そうね」そういうと、ダニエラはクロイトナーと同じベンチにすわった。「姉さんがいなくて寂しい」ダニエラはいった。「すこし離れて」

クロイトナーはわきにどいた。ダニエラはクロイトナーの膝を枕にして横になり、目を閉じた。

「姉さんがいなくなってから、ひどく疲れを感じるようになった。ものすごく疲れる」

クロイトナーはふともに彼女の頭の重みと温もりを感じた。ダニエラのまつ毛がときどきふるえている。クロイトナーは彼女のホワイトブロンドの髪と、心なしか開いた口を見た。

ダニエラは眠っていた。

43

その女性は弁護士事務所のエントランスで椅子にすわっていた。ときおり秘書が書類を持って音もなくその前をとおり、部屋に入った。たまにだが弁護士が通ることもあった。それ以外、ドアが開くことはなかった。ニュンフェンブルク通りにあるそのビルはモダンで、まわりを古い建物に囲まれ、すぐそばにキリスト教社会同盟（ドイツのバイエルン州を地盤とする地域政党）の地区本部がある。夏になると、その通りは緑でいっぱいになり、活気があるが、いまは雪におおわれていた。

「もうすこしお待ちください。シュペルバー弁護士はまだ電話での相談を受けていますので。でももうすぐ終わるはずです」

「かまいません」女性はいった。急に訪ねて、弁護士が時間を作ってくれただけでも幸運だ。エントランスは全体に白いトーンでまとめられ、飾り気がなかった。おそらくスタッフが古風な家具や木目に気を取られたりしないようにしているのだろう。実際、目にとまるのは、白い受付カウンターの上の小さなクリスマスツリーくらいのものだ。さすがにツリーを排除するのはためらわれたようだ。女性はおびえていた。そこにいたたまれないほどおびえていた。命が危険にさらされているのに、だれにも助けを求められない。

「どうぞ、シルトビヒラーさん。シュペルバー弁護士に時間ができました」受付嬢が突然、目の前に立って微笑んだ。アネッテ・シルトビヒラーは、受付嬢がやってくることに気づかないほど、不安に苛（さいな）まれていたのだ。

シュペルバー弁護士は四十代の終わりだ。体つきはしまっていて、髪はグレーで、とても背が高い。アネッテ・シルトビヒラーに面談用テーブルの椅子をすすめ、自分もそこの椅子に腰かけてから、インターホンで受付嬢にコーヒーを頼んだ。
「予定をひとつずらしましたが、あまり時間が取れません。イェルク・イマークネヒトさんの件で来られたそうですね」
「そうです」そういうと、アネッテ・シルトビヒラーは深呼吸して、ジャケットから小さな封筒をだして弁護士に渡した。中にはマルティン・シュペルバー宛の手紙が入っていた。

親愛なるマルティン、わたしが死ぬか、考えを表明できないか、判断を下すことができないとき、二〇〇八年十月六日にきみに預けた封筒をこの手紙を持ってきた人に渡してほしい。アネッテ・シルトビヒラー（一九六二年七月三十一日生まれ）かゾフィー・クラム（一九六四年二月四日生まれ）が来るはずだ。学生時代のルームメイトできみも会っているから、顔を知っているだろう。この手紙がきみに届けられた時点で、どちらかひとりが生きていない場合、残ったほうに預けた封筒を渡してくれ。いろいろと疑問に思うだろうが、アネッテあるいはゾフィーが答えられる。ただし答えるかどうかは、ふたりの判断に任せたい。ふたりがきみを信頼して秘密を打ち明けたときは、どうかできるだけ支えて（ときに法的に）やってほしい。きみを友に持てたことがうれしいよ。いつかまた、別の人生で。

イェルク

シュペルバーは手紙から目を上げた。すこし血の気が引いていた。深呼吸して、手紙を面談用テーブルに置いた。

「あなたにすぐ気がつかずすみませんでした。二十年ぶりですね」

「当時めったに会いませんでしたから。正直いって、わたしもあなたがほとんどわかりませんでした」

「イェルクは死んだのですか？」シュペルバーはしばらくしてからたずねた。

アネッテ・シルトビヒラーはうなずいた。

「ええ、昨日」

「残念です。もう三年会っていません。あまり接点がないもので。でもメールのやりとりはしていました。病気だったのですか？」

「いいえ。彼は……」アネッテはためらってから、窓から雪の積もったニュンフェンブルク通りを見た。「殺されたんです」

シュペルバーがびくっとした。

「なんですって？」

「だれかに殺されたんです。じつは……ゾフィーも」

シュペルバーはしばらくぽかんと口を開けていた。なにをいえばいいのかわからなかったようだ。

「犯人はわかっているのですか？」シュペルバーはかすれた声でたずねた。

「いいえ」

「一体どうしてですか……？　じゃあ、ゾフィーは……？　彼女の死も関連があるのですか？　わけがわかりません。いったいどうなっているのですか？」シュペルバーは手紙を指差した。

「いまはまだいえません。わたしもショックで、まずよく考えないと。じつをいうと、次はわたしの番ではないかと怖いんです」

「なんですって？　信じられない。あなたのルームメイトを消し去った、いかれた奴が野放しだというのですか？」

「いかれた奴かどうかはわかりません。心当たりはありますけど、確証はありません」

「警察に行くべきです。あなたが思っていることを伝えるんです。警察は本当かどうか確認することになります。とにかく警察に行ってください。そのあいだはホテルに泊まりなさい。なんなら、うちに泊まってもかまいません。ガーデンハウスがあります」

「ありがとうございます。でもどうするか、自分で考えてみます」窓から見える街路樹の枝にのった雪が落ちて、ほかの雪の塊を道連れにし、ツグミが飛び立った。「警察へ行くなら、弁護士が必要になります。わたしを助けてくれますか？」

「もちろんです。イェルクは手紙の中でそのことを頼んでいます。もちろん事情をよく理解してからですが。たぶんイェルクの家族の面倒も見ることになるでしょう。利害が衝突することはないと思いますが」

「専門は刑法ですよね？」

「そうです」シュペルバーはアネッテを見た。「彼がどうして封筒をわたしに預けたのかずっと不思議に思っていました。遺産相続はわたしの専門ではないので。たぶんなにか訳があるのでしょう」

アネッテは唇をかんで、秘密を明かすべきか考えた。

「ちょっと外で待っていてくれますか？　何箇所か電話をしなければならないのです。事件を捜査しているのはどこの刑事警察ですか？」

「テーゲルンゼーだと思います。ふたりはヴァルベルクで発見されましたから」

「それならミースバッハの管轄ですね」シュペルバーはためらいを見せた。「では外で待っていてください。そのあいだ話すかどうか考えてみるといいでしょう」

シュペルバー弁護士は、ゾフィー・クラムとイェルク・イマークネヒトがもう生きていないことを電話で確認した。事務所のパートナーごとにボックスが収められている金庫に行った。シュペルバーのボックスに、収監中だったり、別のだれか宛に託されたクライアントの書簡や小包が保管されている。シュペルバーは中身には興味がなかった。なまじっか知ってしまったら、犯罪の片棒を担ぐことになりかねないからだ。イェルク・イマークネヒトの封筒は普通サイズで、蠟で封印されていた。

アネッテはその封筒をじっと見つめ、重さを量るかのように手のひらにのせた。封筒はとても薄く、おそらく紙が一枚、多くて二枚入っているだけだ。アネッテは中身を確かめずに手紙を上着にしまった。シュペルバーは彼女にコーヒーをすすめながらいった。

「無理強いするつもりはありません。しかしあなたから聞いたことを考えると、警察に行ったほうがいいでしょう。具体的なことは知りませんが、あなたがどんな危険に晒されているか、警察ならわかってくれるはずです。事態を甘く見ないことです。ふたりを殺した者なら、三度目も平気なはずです」

アネッテはうなずいた。

「この封筒の中身がなにか話しても、あなたは信じようとしないでしょう。あまりに無茶苦茶な話なので」アネッテは部屋を見まわした。「弁護士とクライアントの話は外に出ませんよね？」

「当然です。漏らせば、わたしは罰を受けます」

アネッテは考えた。話せば胸のつかえが取れるはずだ。もうこれ以上隠しては置けない。

アネッテが深呼吸したとき、携帯電話が鳴った。アネッテはきょとんとして、シュペルバーを見た。

「わたしのではありません」彼はいった。

アネッテはすぐに自分の携帯電話をジャケットからだした。画面に表示された電話番号に覚えがなかった。

「シルトビヒラーです」彼女はいった。「ええ、かまいません。ミュンヘンで会いましょう。……いまニュンフェンブルクにいます。自由広場のカフェではどうですか？　……わかりました。では」彼女は電話を切った。シュペルバーはけげんそうに彼女を見た。「警察でした。あしたまた連絡します」

44

クロイトナーは上機嫌で警察署に出勤した。前の夜はたいしたことは起きなかった。ダニエラが膝に頭を乗せて寝ただけだ。しばらくしてクロイトナーは彼女の頭をそっと横にやって、ベンチの空いているところで自分も横になった。朝、クロイトナーは火をつけて、コーヒーをいれた。そのあいだにダニエラはシャワーを浴びた。ふたりはいっしょに朝食をとった。パンとジャムのベジタリアンだった。そのあと家畜小屋の糞をいっしょに片づけて、皮なめし業者がカスパーを引き取りにくるのを待った。凍てつくような寒い朝だった。空は晴れ渡り、南東の地平線に顔をだした太陽が大地を明るいパステルカラーに染めた。ヴァルベルク山が見えた。その横にはゼッツベルク山。そしてその奥には、はるかに高いグッフェルト山の山塊。そしてゼッツベルク山の西には、ロスシュタイン山とブーフシュタイン山とヒルシュベルク山のなだらかな稜線が見える。昨夜の雪ですべてが真っ白に雪化粧をしている。クロイトナーは湯気を上げるコーヒーを持って、放牧場の柵にすわった。隣にはダニエラがいた。ふたりはろくにしゃべらず、南のほうを見ていた。雪野原の向こうに湖があるが、氷河期の堆石が邪魔して見えなかった。馬とロバは白い牧草地に散って、白い息を吐いている。動物も冷たい空気に包まれたこういう日が好きだ。全てが澄みわたり、空には雲がほとんどない。クリスマスを間近に控えた十二月ののどかな朝。「死ぬのにもってこいね」ダニエラはさっきそういって、カスパーを悼んだ。

「ああ、死ぬなら十二月だな」とクロイトナーも答えた。

帰りがけに、クロイトナーはダニエラに、警察署のクリスマスパーティを動物シェルターでやりたいといった。金が入るし、動物シェルターの宣伝にもなる。うまくいけば、動物の里親が見つかるかもしれない。驚いたことに、ダニエラはあっさり了承した。もちろん条件があった。だれも母家に足を踏み入れない。散らかすかもしれないから、家畜小屋にも入ってほしくない。ダニエラは整頓好きだったからだ。動物、とくに馬とロバを放牧しておいたらどうか、とクロイトナーは提案した。ロバはクリスマスと聖家族のイメージにつながるから、雰囲気が出るというのだ。寒くならなければいい、とダニエラは受け入れた。

ヴァルナーはその朝、朝一番のコーヒーを手にしながらアネッテ・シルトビヒラーに電話をかけ、会う約束をした。ところがヴァルナーがミュンヘンに向かおうとしていたとき、彼女が電話をしてきて、キャンセルした。

「ちょっと大事な用事ができたんです。あした、うちにおいでください」アネッテはいった。

「イェルク・イマークネヒトとゾフィー・クラムが殺されたことはご存じですね？」

「ええ、知ってます。わたしに関係しているというんですか？」

「その恐れがあります。あなたをパニックに陥れるつもりはないのですが、危険にさらされている可能性があるといわざるをえません。ですので、気をつけてください。百パーセント信用できる人以外とは決してふたりだけにならないようにしてください」

「脅かさないでください」アネッテの声はかすれていた。

「申し訳ないです。しかしそういうほかありません。あすは何時に会えますか？」

「本当は仕事があるんですけど」

「会うことのほうが重要です」

アネッテはすこし考えた。

「朝、わたしの家においでください。住所はご存じですよね？」

ヴァルナーは知っているといって、受話器を置いた。あまりいい気がしなかった。ヴァルナーは次にストリッパーのティファニーに電話をかけた。ところが彼女の携帯電話は切られていた。固定電話にかけても出なかった。ヴァルナーは胸騒ぎがして、定期的に連絡してみるようにヤネッテに頼んだ。

フランクはひと晩中、ティファニーの住まいの前で待ち伏せしたが、むだに終わった。ティファニーは帰ってこなかった。バーは朝の五時に閉まる。五時から六時の間にもどってくるはずだった。だれかに誘われたのかもしれない。まったく腹立たしい。フランクは彼女の家に入り込もうかとも考えたが、リスクがある。彼女の住居がどんなに雑然としているかわかったものではない。おまけに問題の電話番号がどこにあるかもわからない。数年前、依頼人に頼まれて、ある住居に忍び込んで、コカインを探したことがある。三時間かけて家中ひっくり返してから、住人が穴あけパンチをたくさん持っていると話していたことを思いだした。探すと八個もあった。コカインは紙屑の受け皿に隠してあった。二度とあんなことはしたくなかった。いずれ女は帰ってくる。フランクはアパートの玄関から目を離さずに、すぐそばのパン屋でコーヒーを買い、車にもどってタバコに火をつけ、コーヒーを飲みながら待った。それが仕事だ。

ティファニーは朝の五時に仲間のダンサーふたりとディスコに行き、若い男に声をかけられた。男は中古携帯電話の売買をやって大儲けしているという。大音響の中、男はダンスフロアの脇でティファニーの耳元でそう大声でいった。若い男はハンサムで自信に溢れていて、ティファニーの好みだった。しかし若すぎた。まだ三十にもなっていなかった。前の晩に会った刑事と比べたら、やっぱり年配のほうが魅力がある。ひとりで自宅に帰る、とティファニーがいうと、男は喧嘩腰になった。男の沽券に関わると思ったようだ。男は相当酔っていたので、ティファニーはディスコのすぐそばに住んでいる仲間のところに泊めてもらうことにした。そのおかげで、フランクと遭遇せずに済んだが、運命の時が数時間遅くなっただけだった。

十時にヴァルナーは給湯室でクロイトナーに会った。クロイトナーはヴァルナーを待ち構えていた。毎朝十時に三杯目のコーヒーを注ぎに来ることを知っていたからだ。ヴァルナーはダウンジャケットを部屋に置いておくかすこし迷った。給湯室まではたかだか二、三メートルだ。しかし廊下を横切る。管理人がコーヒーのにおいでむせかえるといって、空気を入れ替えるためによく廊下の窓を開けているから。防寒の用意をせずにそこを通ったら、とんでもなく寒いはずだ。念のためヴァルナーはダウンジャケットを着た。といっても、室内でダウンジャケットは大げさに見えるので、ファスナーは開けたままにした。

「それで？　捜査はどうなってる？」

「順調だ。いまは連邦憲法擁護庁とやり合っている。被害者たちが学生時代に暮らしていたアパートは監視されていたんだ。どうやらルームメイトの中に情報提供者がいるらしくて、詳しいことを教えてくれない」ヴァルナーはクロイトナーに捜査の進捗状況を訊かれて素直に答えた。クロイトナーは特別捜査班のメンバーではないが、死体を発見し、イマークネヒト夫人を正気にもどした。それにクロイトナーが事件の解決にどんな貢献をするかわかったものではない。

「ふたりが殺された理由はまだわからないんだよな？」

ヴァルナーはコーヒーの最後の残りを飲み干すと、ガラスのポットをすすいだ。

「写真の死体が絡んでいるとにらんでる。だが正直なところ雲をつかむような状態だ」

「俺には思い当たる節がある」

「なら、教えてくれ」ヴァルナーはコーヒーメーカーに水を貯めた。

「まだ具体的じゃない。もうすこしわかったらいうよ」

「馬鹿なことはするな。いいな？　なにかわかったらいうんだ。だれかの命を救うことになるかもしれない」

クロイトナーはためらった。

「レーオ。おまえは頭が切れるし、勘が鋭い、発想もいい。評価している。本当だ。しかし何度か失敗をやらかしていることも事実だ。もう一度いう。なにか知ってるなら教えろ」

「いつ時間が取れる？」

ヴァルナーは時計を見た。

「十二時はどうだ？」

「わかった。オフィスに顔をだす」

「それで、クリスマスパーティはどうする？」

「そうだった。すこし変更がある」

ヴァルナーはけげんそうな目をした。

「教会の集会所はだめになった。ゼンライトナーの嫁が裏で手をまわした」

「ヴァルベルクの件でか？」

「信じられないが、そうなんだ。俺にはどうにもならない」

「おまえは彼女を忘れた。何時間も雪に埋もれたままにした。俺だって腹を立てる」

「俺はショック状態だったんだ。同じベンチにふたり目の死体を見つけて、冷静でいられる奴がいたら教えてほしいもんだ」

「俺に弁解してもしょうがないだろう。俺の問題じゃない。だがアンネリーゼの気持ちはわかる」ヴァルナーはコーヒーメーカーにコーヒーの粉をセットして、スイッチを入れた。そして黙ってコーヒーがはいるのを待ち、マグカップにコーヒーを注いで、給湯室から出ながらいった。「じゃあ、十二時に俺のところで」ヴァルナーが廊下に出たところで、クロイトナーがいった。

「待った！　そりゃなんだ？」

「なんのことだ？」ヴァルナーは振り返った。

「肩のところだ」クロイトナーがヴァルナーのところに来て、ダウンジャケットに触った。

「ちょっとこっちを向け」袖の肩に近いあたりになにか入っている。小さな棒のようだ。ヴァルナーはダウンジャケットを脱いで、その場所を見つめた。

「羽の中軸かな」

「馬鹿な。小さな羽毛しか入っていないはずだ」クロイトナーはボールペンの芯くらいの太さのその異物を手探りして、その下にもっと大きななにかがあることを突き止めた。ヴァルナーも触ってみた。

「本当だ。なにか入ってる。どういうことだ？」ヴァルナーはダウンジャケットを調べた。まずは外側から。だがそこに穴は開いていなかった。つづいて内側を見てみると、袖に小さなガムテープが貼ってあり、生地を切った跡が見つかった。指でたぐって、その切れ目から物体を外にだした。黒くて四角い塊から太めの線が出ていた。クロイトナーはその物体に目が釘付けになった。クロイトナーがなにかいおうとすると、ヴァルナーが口に指を当て、それから冷蔵庫に歩いていって、黒い物体を冷凍室に入れた。

そのすぐあと盗聴器のスイッチが切られた。その手の盗聴器についてオリヴァーが詳しかった。ベルリンの連邦憲法擁護庁に勤務した経験があるからだ。

「いつからつけられてたんです?」オリヴァーは小さな盗聴器を手のひらにのせながらいった。

「おそらくミュンヘンの連邦憲法擁護庁を訪ねたときからかな」

「まさか。第一にそんなことは許されていません」

「笑わせる。で、第二に?」

「これはイスラエル製です。連邦憲法擁護庁ならドイツ製を使うでしょう。ベルリンではそうでした」

「ちくしょう。いつから盗聴されていたかわからないじゃないか」

「とにかくダウンジャケットに盗聴器を仕込むとはうまくやられましたね。これで四六時中盗聴できますから」オリヴァーはにやっとした。クロイトナーも笑いが込みあげた。

「おまえらが普段から俺のダウンジャケットのことを笑っているのは知っている。俺は気にしない」

「ボス、勘違いしないでください。ボスにはダウンジャケットが付き物です」オリヴァーは盗聴器を指差した。「そういうことをやられた後でも」

「本当にずっと盗聴されていたのか?」

「有効範囲は三、四百メートルってところです。天気にもよります。下の駐車場でも、ボスの部屋で話されたことは筒抜けでしょう」

「じゃあ、ヴァッサーブルクやミュンヘンに行ったときも……」

「そうですね。車の中での会話も聞きとれます」

「連邦憲法擁護庁でもか」

「ええ。しかしプロのスパイが盗聴器を探知できなかったなんて、お笑いですね」

ミーケが口をひらいた。

「最悪のケースはなんでしょうね？」

「なにが言いたい？」

「外に漏れた一番微妙な情報はなにかなと思いまして」

「ふたりの被害者とルームメイトだったのがアネッテ・シルトビヒラーで、俺たちが連絡を取ったことだな」

「今回の事件が本当に当時のルームシェアに関係するなら、犯人にそのことを知られたってことですね。シルトビヒラーが三人目のルームメイトだと」

「そうだ。だが犯人が彼女を殺すつもりなら、あまり時間がないと気づいたはずだ」

「しかしボスはシルトビヒラーに警告しましたよ」

「本気にしてくれるといいんだが」

「連邦憲法擁護庁の情報提供者はどうなんだ?」クロイトナーが口をはさんだ。

「ルームメイトが監視されていたというのは、犯人も寝耳に水だったはずだ。そして、場合によって俺たちに情報を提供するかもしれないということもな。ハウザーが名前をいわなかったのは不幸中の幸いだ」

「しかし犯人はあたりをつけるかもしれません。俺たちよりも当時の人間関係に詳しい可能性がありますから」

「いくら考えたってしかたがない。それより犯人がボスに盗聴器を仕掛けたことを前提にしていいのかな?」ミーケはいった。

「他にだれがこんなことをする?」

「わかりません。しかし盗聴器を使うなんてプロの手口ですね」

「なにがいいたいんだ?」

「いいたいのは、殺人犯はサイコパス特有の一定の儀式をしています。プロの殺し屋とは違うでしょう。しかし盗聴した奴はプロとしか思えません」

「犯人が盗聴した奴を金で雇ったのかもしれない」クロイトナーが口をはさんだ。

「ありうるな」ヴァルナーはいった。「あるいは犯人は非常に慎重にことをなしているといえるかもしれない。そうでなければ、あれほどそっくりな犯行はおこなえないだろう。それができる奴なら、盗聴器を仕掛けることだってできるんじゃないか?」

「そうかもしれませんね」とはいったが、ミーケは完全には納得していなかった。「そういえば、きのう会ったストリッパーですが、電話しましたか?」

「いいや……」ヴァルナーの顔が曇った。「なにを聞かれたというんだ?」

「例の写真に写っている娘を俺たちが追っているってことです」

「そしてティファニーがその娘から固定電話の番号を教わっていることとか。まずいな」ヴァルナーは財布からティファニーの携帯の番号をメモした紙をだし、電話に手を伸ばした。今度も留守番電話だった。ヴァルナーは、すぐに折り返し電話が欲しいとメッセージに残した。受話器を置くと、ヴァルナーはミーケと目を合わせた。「嫌な予感がする。どう思う?」

「同感です」ミーケはいった。

45

ティファニーは十一時ごろ、ダンサー仲間の住居を出て、スマートフォンの電源を入れた。留守番電話にヴァルナーからのメッセージが入っていたが、家に帰って、フランツィスカ・ミハルスキーから教わった電話番号を見つけてから返事をすることにした。

二時間前からフランクは、ここはあきらめて、ダニエラ・クラムのほうを先に片づけようかと考えていた。ティファニーは一日帰ってこないかもしれない。だがきのうはクリスマスマーケットから直接ポールダンスバーに出勤した。旅行カバンなどは持っていなかった。着替えをせずにどこかをほっつき歩くとは考えられない。フランクが知る女はみんなそうだ。それにポールダンスバーの女たちは午前四時か五時まで働く。当然、起きるのは遅いはずだ。フランクはもう数時間粘ることにした。十一時半ごろ、我慢した甲斐があった。ティファニーがあらわれて、家に入った。フランクはタバコを消して、車を何本か先の通りまで走らせた。

ティファニーのアパートは広くなかった。それでもどこにしまったか忘れたメモを探すとなったら大変だ。しかも最近引っ越したばかりで、まだ荷を解いていない段ボール箱もある。子ども時代から使っている古いデスクにはなかった。古紙を順に積んであるトレーがあるが、もしそこにあるなら、かなり下のほうだろう。だがそこにもメモはなかった。ティファニーは古紙を一枚一枚手に取った。

ベルが鳴った。ティファニーはむしゃくしゃしながらドアのところへ行き、インターホンの通話ボタンを押した。

「こんにちは、プルンガウアーさん。ミュンヘン刑事警察署のグリーザーといいます」

「なんの用?」

「ミースバッハの同僚に頼まれて、電話番号のメモを預かりにきました。そういえばわかると同僚にいわれましたが」

「いま探しているところ。もうすこしかかるわ。待ってくれる？」

「かまいません。お宅にお邪魔してもいいでしょうか？」

「一階よ」

ドアが開く音がした。

ティファニーはカウチにすわってくれと刑事にいって、コーヒーを飲むかとたずねた。刑事は丁重に断った。

「なんか顔に見覚えがあるんだけど」ティファニーは古紙の束を調べながらいった。

「会ったことがあるとは思えませんね。ただチャールズ・ブロンソンに似ているとよくいわれます」

「そうかもね。だから顔を知っているような気がしたのかも」

「ところでなんの電話番号なんですか？」フランクは話題を変えるためにたずねた。じつは一年前、ティファニーが勤めるポールダンスバーのオーナーに頼まれて仕事をしたことがある。盗みを働いた（オーナーはそういいはっていた。オーナーの主張を疑うのはフランクの仕事ではない）元従業員の頬骨を依頼どおりに折った。非常に痛いし、なかなか治らない。そして、いい見せしめになった。この鉄槌についての打ち合わせはバーの店内でおこなった。ダンサーが数人、そばを通ったり、遠巻きにしてフランクを見たりしていた。オーナーがよからぬことを企んでいるのは一目瞭然だった。そのとき、ティファニーもいたかもしれない。

「昔のダンサー仲間の電話番号。数年前に行方不明になって、どこにいるかだれも知らないの」

「電話番号は記憶していないんですか？」

「記憶してるわけないじゃない。三年も前のことよ。なんかのときに電話番号をもらったの」

「なるほど。住所に記憶はあります？　市内局番とか」

「ごめんなさい。メモはもらったけど、ちゃんと見ていないの」

フランクは、そのまま知らずにいればいいと思った。もしメモを見つけて、長く見てしまったときは、残念だが……いや、どのみちやるしかない。顔を覚えられてしまった。顔立ちに特徴がある。警察はすぐ偽警官の捜索をするだろう。彼は依頼主のクルッガーを呪った。こんな余計なことをする羽目に陥るとは。警察がかぎまわりだした時点ですでに厄介なことになっていた。フランクは古紙をめくるティファニーを見ながら、クロイトナーのことを考えた。調べたところ、ミースバッハ刑事警察署の人間ではあるが、刑事ではなく、上級巡査だった。写真を見て、動物シェルターで会った奴だとピンときた。

電話が鳴った。ティファニーは探すのを中断して、ソファに置いたハンドバッグのところへ行って、スマートフォンをだそうとした。ところがフランクが先に手を伸ばし、スマートフォンのディスプレイを見た。そして、彼の前でびっくりして立っているティファニーに顔を向けた。

「ねえ、なんでわたしのスマートフォンを取るの？　返して。きっとミースバッハの刑事さんだわ」フランクは伸びてきたティファニーの手をうまく避けた。表示されている電話番号を知っている。やはりミースバッハの刑事だ。

「先に電話番号を見つけないと」

「冗談じゃない。もう探さないわ。出てって」

「そう騒ぎなさんな。電話番号を見つければ、スマートフォンを返す。いい取引だろ」

「これはどういうこと？　身分証を見せて？」ティファニーはおどおどしながらいった。

「いいとも」そういうと、フランクはジャケットからサバイバルナイフを抜いた。ティファニーはあとずさり、玄関に走った。だがフランクのほうが速かった。ドアに達する前にティファニーの腕をつかみ、顔を殴った。たった一度だが、狙いすました痛烈なパンチだった。すぐにティファニーの左目のまわりに血腫ができた。「電話番号を探せ！　十分、時間をやる」

ティファニーは愕然として、フランクが手にしているナイフを見つめた。

ティファニーは紙をかきまわし、本やガラクタを入れた箱の中を探した。必死で探したが、息が浅くなり、怖くてしかたがなかった。電話番号のメモが見つかれば、警官でないこの男はきっと立ち去るだろう。だがその忌々(いまいま)しいメモが見つからない。腹立たしくて涙が出た。絶対ここにあるはずだ。メモは捨てなかった。捨てるはずがない。フランツィに電話をかけようと思っていたのだから。すっかり時間が経ってしまったが、そのうちにとずっと思っていた。

カウチにすわっている男は目の前のローテーブルにナイフを置いている。鋭く固い刀身には穴が空いていて、一部がノコギリ状に刻まれている。電話番号のメモが見つかったら、どうなるだろう？　殺される？　顔を傷つけられる？　だが見つからないうちは殺さないだろう。でなきゃ、男は自分で探さなくてはならなくなる。そんなリスクを冒すだろうか？　ティファニーは六角形の小箱の中身を床に広げた。鍵、期限切れの切符、同じく有効期限の切れたクレジットカード、どこで手に入れたかも覚えていない黄色いプラスチックのホイッスルがふたつ、〈ブロイシュトゥーベル・テーゲルンゼー店〉のコースター、インラインスケート用のハンドガード、引越し業者からもらったメモ用紙のブロック……ビールのコースター！　フランツィはビールのコースターに電話番号を書いた。コースターを裏返してみる。そこに書いてあった。電話番号だ！　ティファニーは心が軽くなり、体をふるわせ、うれし泣きした。泣きべそをかきながら、カウチへ歩いていって、男にビールのコースターを渡した。男はそれを見つめてうなずいた。

フランクは電話番号を確認した。たしかにタウベンベルクにあるクルッガーの家の番号だ。これが警察の手に落ちれば、万事休すだった。これでなんとかなった。

「よし。よくやった」そういうと、フランクはティファニーが安心するようにやさしい目をした。「いいか！　後ろを向いて百数えろ。それで解放する。だがもしこのことを警察に漏らせば、俺はまた来る。そのときはどうなるかわからないぞ。わかったか？」ティファニーはうなずいた。「よし、じゃあ後ろを向いて壁のそばに立ったら、目をつむれ」

「わかったわ。さっさと行ってちょうだい」

「電話番号のことを刑事に訊かれたら、どう答える？」

「見つからなかったという」

「それでいい。じゃあ、おさらばだ。二度と会うことはないだろう」

ティファニーもなにかいいたくなったが、黙っていることにした。フランクはローテーブルからナイフを取って腰を上げると、女の背中を見つめた。空色のカシミアセーター越しに、背骨の線が見えた。肋骨や小刻みに動く胸郭が見えるようだ。ティファニーの額を左手でつかんで後ろに引き、ナイフで喉を切り裂く。ティファニーには抵抗する間もないはずだ。理論的には簡単に思えるが、フランクはあまり慣れていなかった。それに女を手にかけることに抵抗があった（フランクはそのことをすこし誇りに思っていた）。それにどんなに稽古をしていても、猿が木から落ちることはある。フランクは腹式呼吸をして意識を集中させると、ティファニーのほうに足を一歩だし、左手を伸ばして、迷わずしっかりと彼女の額をつかんだ。だがそのとたん、予想外のことが起きた。ティファニーが悲鳴を上げてしゃがんだのだ。フランクは頭を押さえようとしたが、彼女は必死に首を振り、両手を振りまわした。仕方なくフランクは彼女の肋骨に膝蹴りをした。彼女はバランスを崩し、倒れまいとして本棚に手をついた。本棚がぐらついたことに気づくと、ティファニーはわざとしっかりつかんで押し倒した。フランクは彼女を捕まえようとしたが、床にばらまかれた本が一瞬行手をはばんだ。その隙に彼女は浴室に駆け込み、内側から鍵を閉めた。

「出てこいよ。なにもしない」フランクは浴室のドアに向かっていった。「さっきのは誤解だ。すまない」そんなことをいっても信じるとは思えない。彼女のスマートフォンはどこにいっただろう、とフランクは自問した。スマートフォンがカウチにのっているのを見つけて、ほっと胸をなでおろした。しかし問題が解決したわけではない。浴室の前の廊下の幅はせいぜい一メートルで、ドアは内開きだ。フランクはブーツのかかと部分をドアハンドルのすぐ上あたりに当て、体を反対側の壁に押し当てた。一度蹴っただけで、ドア枠から鍵の金具が外れた。もう一度蹴ると、金具が完全に外れてドアが開いた。もちろんティファニーは内側からドアを押さえたが、役に立たなかった。フランクが全体重をドアにかけたからだ。

フランクが浴室に入ると、ティファニーは開いたドアを引いて、その裏に立て籠もった。フランクはドアの裏に手を差し入れ、ティファニーの髪をわしづかみにした。ティファニーは叫んで、爪を立てた。フランクは彼女をドアの裏から引っ張りだして、頭を床に押しつけたが、うっかりナイフを落としてしまった。ナイフは浴室のドアの前にあって、手が届かない。ナイフをつかむには、一瞬彼女を放すほかなかった。その瞬間、インターホンが鳴った。

ミーケは「A・プルンガウアー」と書かれた呼び出しボタンを押した。だれも応答しない。

「どこかに泊まったんじゃないでしょうか?」とミーケはいった。

「そうかもな」ヴァルナーは、彼女が偶然帰宅しないかと思って、通りを見まわした。そのとき音がした。小さいが、反響するような声。悲鳴のようだ。「いまのはなんだ?」

「アパートの中からですね」ミーケはいった。ヴァルナーとミーケは耳をすました。車がそばを通ったため音がかき消された。車がいなくなると、また声がした。

「だれかが悲鳴を上げていないか?」

ミーケはうなずいて、呼び出しボタンのボードにあるボタンを片端から押した。数秒経って、スピーカーから不機嫌そうな女性の声がした。すかさずミーケがいった。「郵便です」玄関ドアが開く音がした。ふたりは階段前に立った。悲鳴がさっきよりもはっきり聞こえる。声は一階のドアの奥からしていた。そのドアにプルンガウアーという表札があった。

ミーケとヴァルナーはドアに駆け寄って、拳骨で叩き、警察だと叫んだ。だがドアの向こうからはつづけて女性の悲鳴が聞こえた。ミーケは助走してドアに体当たりした。ドアは開かなかった。ミーケは顔を歪めて、肩を押さえた。ヴァルナーには労わる余裕がなかった。悲鳴が消えていた。ヴァルナーは拳銃を抜いて叫んだ。

「ドアから離れろ。これから銃で撃つ！」数秒待って、ヴァルナーはドアに狙いをつけた。

「本気ですか？」ミーケがうめきながらいった。

「ああ、こうするしかない」ヴァルナーはさらに声を張りあげた。「撃つぞ！」

その瞬間、ドアのロックが開錠される音がして、ドアハンドルが押し下げられた。ヴァルナーはドアの隙間に銃口を向けた。

46

フランクは雪の中を走り、足跡を残してしまった。またひとつ失態を重ねたことになる。古紙回収コンテナーに飛び乗ると、そこから高さが二メートル以上ある裏手の塀を越えた。塀の向こう側のアパートの敷地は、管理人がよく片づけていて、砂利が敷かれていた。ちょうどそのアパートからバスローブを着た痩せた男がゴミ袋を下げて出てきて、フランクを見つめた。血のついたナイフを持って、必死の形相のフランクを見るなり、痩せた男はまわれ右をして、アパートに駆け込もうとし、なめらかな地面で足を滑らせた（管理人は徹底していなくて、そこに砂利をまき忘れたようだ）。男は両手を振りまわして尻餅をついた。それでもゴミ袋を放さなかったので、フランクは呆れてしまった。だがそんなことを見ている場合ではない。フランクはそのアパートの通用門を駆け抜けて通りに出た。

歩道の縁石のあたりにたまった雪で急いでナイフをきれいにすると、鞘に収め、道路の反対側に渡って、ちょうどドアを閉めて走りだそうとしているバスに飛び乗った。バスの中ではだれひとりフランクを見ようとしなかった。見られたくない、それでも見たら、ただじゃおかないというオーラを発散していたからだろう。

喧嘩っ早い男かどうか嗅ぎ分けるセンスは、たいていの人が持っているものだ。フランクはチャールズ・ブロンソン風の眼光が自慢だった。いまは自分のすごみの利いた顔が厄介に思えてならなかったが。

フランクはジャケットのポケットに手を入れると、ビールのコースターをだし、ひと目見てからまたしまった。忌々しい電話番号はこれでばれずに済んだ。これで依頼主の危機を救ったことになる。といっても、クルッガーがどんな危機に遭遇しようと、フランクにはどうでもいいことだった。肝心なのは、クルッガーができるだけ長く無事でいることだ。あいつが警察に捕まらなければ、フランクの存在も漏れたりしない。

フランクは停留所を三つ過ぎたところでバスを降り、人通りの多い市中心部へ向かって通りを歩いた。考えを整理し、やらなくてはならないことの優先順位を確認した。だがどうあがいても、これは破局で終わりそうだ。というか、破局の真っ只中だ。それでも大事な目標がある。金だ。口座に手をつけられるのはもうアネッテ・シルトビヒラーだけだ。そいつが三人目なのは間違いない。ダニエラでないことはわかっている。ダニエラの古いコンピュータにインストールされていたカレンダーは二〇〇六年まで遡ることができ、二〇〇八年九月二十四日は三日間にわたる厩舎スタッフの講習に参加していた。だからアネッテ・シルトビヒラーしか考えられない！　フランクは早速、公衆電話から彼女に電話をかけた。

「グリーザーといいます。ゾフィー・クラムの古い友だちでして。厳密には彼女の親の友人なんです。まだ生きていたときの。それで、ゾフィーがひどい死に方をしたことを知りまして」

「ええ、知ってます」アネッテはいった。「でもずっと会っていません」

「申し訳ないのですが、あなたたちは友だちだったのでしょう？　というのも、ゾフィーから最近、手紙をもらいまして。その手紙に、なにかあったら、あなたに届けてほしいと書いてあって、別の手紙が同封されていたんです」

「わたしに手紙ですか？」

「そうなんです。あなただけに渡すようにと書いてありました。その手紙があなたに届くかどうかは、あなたの生死に関わるとも書き添えてありました。どういうことなのか、わたしには皆目見当もつきませんが、警察に行くべきだと思います。でも、どうするかはあなたの自由です。とにかくすぐにもその手紙をお渡ししたいのです。ただし郵便で送りたくありません。ご理解いただけると思いますが」

「ええ、それは絶対にだめです。どこで会えますか？」

「あなたのところにうかがいます。きょうの午後アマー湖まで行きます」

「では、三時ごろ来られますか？」

「ええ、そうしましょう」

「その手紙を失くさないようにお願いしますね。なにが書いてあるかご存じですか？」

「いいえ。封がしてありますし、知りたくはありません」

「そうですよね。では三時に。わたしが住んでいるところはご存じですか？」

「手紙に書いてあります」

フランクはスマートフォンをしまって、空を見上げた。冬の靄（もや）が薄れたところから太陽が顔をだしていた。フランクは冷気を吸ってあたりを見まわした。寒さ、雪、不機嫌な者たち。そういうものとはおさらばして、暖かく、陽気な連中ばかりがいるところで余生を過ごすのだ。これ以上ミスは許されない。

フランクはデリケートなミッションをこなすときは車を現場の近くに駐車しないことにしている。ある男をそいつの住居で痛めつけたとき、隣人に通報されたことがあった。そのときはうまく逃げだしたが、そのアパートの真ん前に停めた車がパトカー三台にかこまれていたため置き去りにした。翌日取りにもどったとき、隣人に気づかれ、ナンバーを警察に通報された。フランクは不注意だったがために、暴行罪で二年間、刑務所暮らしをした。だがそれで学習した。

ゲレンデヴァーゲンに乗ると、アパートの前の青色回転灯が遠目に見えた。

47

インターホンが鳴ったのは、フランクがナイフをつかんで浴室にもどったときだった。ティファニーはまたドアの裏に立て籠もって、悪霊にでも憑かれたかのように暴れたため、ナイフで急所を刺すことができなかった。ナイフで腕に傷をつけ、何度か肩に刃を刺したが、やはり致命傷にはならなかった。それでも、フランクは頸動脈を狙った。だがティファニーはついていた。切っ先は数センチ外れた。刑事がドアの前で銃を撃つと叫ぶに至って、フランクはあきらめて窓から逃亡した。ティファニーは腕と肩から血を流しながら住居のドアを開けると、床にへたり込んだ。顔は蒼白だった。

ティファニーは病院に搬送された。ひどいショック状態で、事情聴取はしばらくできそうになかった。だからヴァルナーとミーケは、犯人の年恰好も目的もわからなかった。ヴァルナーは電話番号のメモを狙ったのではないかと危惧し、ミュンヘン刑事警察署の鑑識に電話番号らしいメモがあったらすべて保全するように頼んだ。

「俺のせいで彼女は殺されるところだった。なんという失態だ」ヴァルナーはミーケといっしょにアパートの前に立って、これからどうしたらいいか考えた。

「自分を責めちゃだめですよ。盗聴されているなんて想定してなかったんですから」

「だが事実、盗聴されていた。盗聴器を仕掛けた奴をどうやって割りだしたらいいんだ？」

「考えてみましょう。ボスはダウンジャケットをめったに脱がないじゃないですか。自宅でも、署でも。呆れるくらいに」

「そうだな。しかける機会がいつあったか考えてみよう」

「まずミュンヘンの民族衣装店。そのあとはクレジットカードを盗まれた男のところ」

「あのときカフェに入った。ダウンジャケットをワードローブにかけたかな？」

ミーケは肩をすくめた。

「どうでしょうね。かけていないと思います。たいてい手に持ってますから」

「店内でか？　おかしなことをいうな」

「いいえ、本当です。女が同席するときだけ気を使いますけど」

「おまえはそういうところにうるさいな。相手がだれでもふつうにダウンジャケットを脱ぐぞ」

ミーケは手を振って、さあ、どうかなという仕草をしてからいった。

「それで思いだしました。ドアのそばしか席が空いてなかったでしょ。そばっていうのはドアから十メートルという意味です。だれかがドアを開けるたびに冷たい隙間風が吹いてくるといって、ボスはひどく嫌がっていました。覚えてますか？」

ヴァルナーは懸命に考えた。

「わかった……たぶんおまえのいうとおりだ。ということは例外的にダウンジャケットを着ていたということだ」

「ウェイターが来て、ダウンジャケットをワードローブにかけてこようかっていいましたっけね」ミーケはくすくす笑って、首を横に振った。「あれはちょっと恥ずかしかったです」

「恥ずかしいものか。すぐ店を出るからけっこうだ、と俺はいった」

「でも結局一時間は居すわりましたね。ダウンジャケットを着たまま」

「本題にもどろう」ヴァルナーはすこしへそを曲げていった。「あのカフェじゃない」

「ええ。とすると、ヴァッサーブルクかも」

ヴァルナーは首を横に振った。

「あそこではダウンジャケットを脱ぐ機会がなかった」

「たしかに」ミーケはうなずいて、ヴァルナーを見た。

「なんだ、それは。皮肉のつもりか？」

「そんなに神経質にならなくても。皮肉のつもりはありません。ボスのいうとおり、ヴァッサーブルクでは手に持つこともなかったですね」

ヴァルナーが顔をしかめた。

「ちくしょう！　どこでやられたかわかったぞ」

「というと？」

「クレジットカードの男に事情聴取をして、署にもどると、女から電話があった。東欧訛の女だ。そのあとグムントのすこし先にある湖畔のレストランでその女と会った」

「たしかに！　思いだしました。あそこではちゃんとダウンジャケットをワードローブにかけましたね。カフェのときよりもドアに近かったのに。女は強しですね」

「くだらないことはいうな。あそこはそれほど隙間風が……」ミーケがまたにやにやした。

「まあ、いい。ダウンジャケットをワードローブにかけた。だれかに場所を指定されたのはあのときだけだ。だれかがあの女に紙幣を数枚握らせたようだな。事情聴取をしているあいだに盗聴器を仕掛けられたってわけだ」

「たしかにあの女の話は雲をつかむようなものでした」

「それで？　あの件でなにかわかったか？」

ミーケは携帯電話をだした。二〇〇七年か二〇〇八年にミュンヘンのホテルで働いていたというチェコ人のエリザベタを調べている捜査官を呼びだした。まだ見つかっていないと聞いて、ヴァルナーとミーケはやはりと思った。調査をやめて、もっと実りのありそうなことをやるように、とミーケはいった。

ミーケが電話をしているあいだに、ヴァルナーに電話がかかってきた。郡長の秘書からだった。秘書は、殺人事件でクルッガー氏に容疑がかかっているのではないかと郡長が気にしているといった。

「捜査中のことは口外できないのですが、なぜ郡長が気にしているのですか？」

「クルッガー氏から抗議されたそうなんです。昨日、刑事が来て、変なことを口走ったと」

「ロウソク工場のクルッガー氏ですか？」

「そうです。これは公式の問い合わせではありません。けれどクルッガー氏は郡議会の代議士です。郡長としては……放ってはおけないわけで」

「その刑事の名前は？」

「ちょっと待ってください……クロイトナー刑事です」

ミーケはヴァルナーの目がぎらっと光ったことに気づいて、けげんそうな顔をした。

「わかりました。こちらで手を打つと郡長に伝えてください」ヴァルナーは電話を切って首を横に振った。

「どうしたんですか？」

「あいつ、絞め殺してやる」ヴァルナーはいった。

48

ミースバッハへ行く途中、ヴァルナーとミーケは東欧訛の女の似顔絵を作らせて、ミュンヘン刑事警察署に送ることにした。そこの刑事か情報提供者がその女を知っているかもしれない。

「殺人をしてでも写真の死体の正体を知られたくない奴がいる。そうですよね？」ミーケがこの日わかったことを整理した。

「あるいは、だれかが殺し屋を雇った。おそらくそっちだろう。そいつは残忍で用意周到な奴だ。盗聴器を仕掛けるくらいだからな」

「ヴァルベルクのふたりを殺したのがそいつかどうかですね」

「いまのところ別人だと思う。ヴァルベルクの殺人は手口がもっと細かい」

「たしかにきょうのやり口は全然違いましたね。なにか予定が狂い、しかも俺たちが来たからでしょうか」

「さあな。おれたちには肝心なことがわかっていない。ヴァルベルクの被害者と写真の遺体を結ぶ接点だ」

「クロイトナーに問いただしますか。あいつはいつも面白いことを思いつきますから」ミーケはにやっとした。

ヴァルナーは高速道路の雪をかぶった側道を不機嫌そうに見つめながら、アネッテ・シルトビヒラーに電話をかけた。だが留守番電話になっていた。

ドアは開いていたが、クロイトナーはあえてノックをした。ヴァルナーはちょうどヘルシング・アム・アマーゼーの派出所に電話をして、アネッテ・シルトビヒラーを訪ねてみるように頼んでいた。携帯電話も固定電話もつながらなかったからだ。きょうの一件を考えると、気が気ではなかった。ヴァルナーはクロイトナーに入ってくるように手招きした。

「入って、ドアを閉めろ」クロイトナーはいわれたとおりにした。「コーヒーを飲むか？給湯室のポットにまだあると思う」

「いや、いい。なんの用だい？」

「ちょっとした問題が起きた」クロイトナーは指差されたオフィスチェアにすわった。「俺はどうもうちの捜査官をちゃんと把握していないようだ」

「どうして？」

「うちにクロイトナーという刑事がいるらしい」

「そうなのか。こりゃ、けっさくだ。特別捜査班の助っ人かい？」

「いいや。特別捜査班にクロイトナーはいない」ヴァルナーはクロイトナーがどういう反応を見せるか一瞬待った。クロイトナーはなにもいわなかった。「おまえ、きのうクルッガー家を訪ねたか？」

「俺が？　なんで？」

「俺もそこが知りたい」

「クルッガーなんて知らないぞ」

「レーオ、本人に来てもらってもいいんだぞ。喜んで来るはずだ。クルッガーがお前のことで郡長に苦情をいったんだ」

「どういうことだ？　郡長がつべこべいう筋合いはないだろう」

「そういう問題じゃない。どれだけ深刻な状況かおまえにはわからないようだな。今回はやりすぎだ。おまえは刑事のふりをした」

「なんだよ！　それがそんなにまずいことなのか？　ちょっと調べただけだ。たいしたことじゃない。俺は警官だ。それじゃだめなのか？」

「ああ、だめだな。おまえには事情聴取をする権利がない。わかってるだろう。そしてこればかりは黙っているわけにいかない」

「ヘーンビヒラーにいうのか？」

ヘーンビヒラーは刑事警察署付きの保安警察のトップ、つまりクロイトナーの直接の上司だ。クロイトナーに直接責任を負わないヴァルナーと同じ職位にあった。

「いいや、俺はいわない。おまえが自分でいえ」

　クロイトナーはいらついて窓の外を見た。

「おい、なんだよ、その杓子定規（しゃくしじょうぎ）な態度は！」

「おいおい。俺たちは公僕だ。採用のときにいわれなかったか？」

　クロイトナーは黙った。

「よし、それじゃ、なにを調べていたか聞かせてもらおうか。クルッガーという名は捜査上に一度も上がっていない」

「なんだよ！　それが知りたいのか」

「ああ、知りたい。それがどのくらい面白い情報かによって、おまえの進退が決まるといっておこう」

「ちょっと待っててくれ」そういうと、クロイトナーはヴァルナーの部屋を出た。三分後、道路地図を持ってもどってくると、ヴァルナーのデスクに広げた。

「これは？」

「この郡の道路地図だ。イェルク・イマークネヒトのだ」

「その地図はどうしたんだ？」

「娘の部屋に貼ってあった。気になったから持ちだした」

　ヴァルナーは呆気に取られてクロイトナーを見た。

「盗んだのか?」

「保全したんだ。証拠品だからな」

「いいだろう。それならその証拠品を押収する」

「馬鹿なことをいうな。鑑識が現場でこれを押収したと思うか? 第一に、これは娘の部屋に貼ってあった。第二に、おまえだったら押収したか? よく考えろ」

ヴァルナーはその地図とにらめっこした。

「押収しなかっただろう。地図にルートが描かれているから、なんだろうと思うかもしれないが。わかったよ、多分そのままにしたと思う」

「だろう」クロイトナーはいった。

「それで? 説明してくれ。この地図が殺人事件とどういう関係があるんだ?」

「これはクルッガーの自宅からタウベンベルクのもうひとつの家までのルートだ。で、目的地の家を調査したら、クルッガーの息子のものだった。バプティストって名だ」

ヴァルナーは啞然としてクロイトナーを見た。

「これからが面白い。クルッガーの親父は息子が家を所有していることをまったく知らなかったんだ」

「なるほど。しかし事件とどういう関係があるんだ?」

「じゃあ、訊くが、なんでこの道路地図がイマークネヒトの家にあったんだ?」

「たしかに興味深い質問だ。娘にたずねてみたか？」

「もちろん。古紙から拾ってきたらしいと母親がいったんで、娘にも電話でたしかめた。だがなんでそのルートが描かれたか知らないといっていた。ボスならどうする？」

「待った。おまえの直感には敬服している。だが子ども部屋にそういう地図が貼ってあって、ルートが描かれていたからといって、ルートの起点と終点がなにかなんてすぐにはわからないよな？」

クロイトナーはうなずいた。

「ひと目見ただけでは、なにも思わない。考えたとしても、だれかが自分にとって大事なルートに印をつけたくらいにしか思わない。この地図が被害者殺害と関係しているなんて夢にも思わないだろう。おまえにだってむりなはずだ。ということは？」

「ということはってなんだ？」

「おまえ、まだすべてをいってないよな？」

クロイトナーは、話すべきかすこし考えた。全部は話さないまでも、もうすこし打ち明ける必要がありそうだ。

「じつは路上検査をしたことがあるんだ。しかも地図のルートにバッテンがあるところで」

クロイトナーは地図のその箇所を指差した。「この森に信号が仮設されていて、車が二台止まってた」

「工事現場の信号か？」

「そう見えた。だけど一向に青にならなかった。とにかく妙だった」

「ただの直感か、それともなにか根拠があったのか？」

「辻褄が合わないときってあるだろう。運転手が車と合わないとか。服装がその人物らしくないとか。そういう変なところがいくつかあったんだ。もちろんあくまで勘だけどな。だからそのときはそれ以上のことはしなかった」金を受け取ったことについては、本題ではないので黙っていることにした。

ヴァルナーは考えたが、その話をどう受けとめたらいいか判断に苦しんだ。

「それがいつのことかまだいってなかったな」クロイトナーの顔に、待ってましたというような笑みが浮かんだ。「二〇〇八年九月二十四日だ」

ヴァルナーははじめてほうと思った。

「遺体の写真が撮影された時期か。なるほど」ヴァルナーは急に険しい顔をしてクロイトナーを見た。「まさか関連していると考えているのか？」

「それを突き止めようとしてるんだ」

「それで？」

「クルッガー家の奴らマフィア並みに口が堅い」クロイトナーはまた地図をたたんだ。「家宅捜索をするしかない」

ヴァルナーは家宅捜索をしたいと思ったが、ティシュラー検察官が喜ばないのは目に見えていた。

「こっちの読みをティシュラーに伝えるのが難しい上に……」

「難しい上に？」

「クルッガーが郡長に苦情をいったこともティシュラーにいうしかない。彼が自分でそのことを知るのはよくない。俺の言わんとしていることはわかるな？」

「というと？」

「郡長の件は政治が絡むことになる。板挟みにあう前に事情を知っておきたいはずだ。だがそれを伝えるわけにいかない」ヴァルナーはクロイトナーの手から地図を取った。「これは預かる。ヘーンビヒラーのところへ行くのを忘れるなよ」

クロイトナーがドアを閉めると、電話がかかってきた。ヘルシングの派出所からだった。

49

アンデクス修道院の近くにあるヘルシング村はアマー湖畔という立地が幸いしていた。アマー湖には数々の利点がある。山間（やまあい）にあるすこし小さなテーゲルン湖に比べて視界がひらけている。アルプスを遠望でき、フェーンのときなど手を伸ばせば届きそうなほど近く感じる。

そしてミュンヘンに近く、観光地なのに、昔ながらの風情を残している。この点はオーバーバイエルンをよく知る者から金に毒されたと貶される隣のシュタルンベルク湖と好対照だ。

ヴァルナーとヤネッテが午後五時ごろヘルシングに着くと、村は雪に埋もれ、クリスマスのイルミネーションに飾られていた。すでに暗くなっていた。ミーケはティファニーを殺そうとした男を捜すため、署に残った。アマー湖への移動中、ヴァルナーはクルッガー家に対する捜索令状の件でティシュラー検察官に電話をかけた。案の定、ティシュラーは、クロイトナーがすでに波風を立てたことを考えると、令状は出せないといった。具体的な手がかりがないうちはだめだという。

ヴァルナーとヤネッテが着いた二階建てのアパートは一九七〇年代に建てられたもので、八戸からなり、それぞれに庭か木製のバルコニーがついていた。アネッテ・シルトビヒラーは二階に住んでいて、バルコニーは西向きで、アパート自体が斜面に立っていたこともあり、遠くまで見渡すことができた。ヴァルナーとヤネッテは野次馬をかきわけ、規制線のところにいた巡査に身分証を呈示した。ふたりはそこでフュルステンフェルトブルック刑事警察署の刑事の出迎えを受けた。ヘルシングはフュルステンフェルトブルック郡よりもシュタルンベルク郡に近かったが、その刑事はヘルシングを管轄していた。

アネッテ・シルトビヒラーの住居ではすでに鑑識班が作業をしていた。ティーナが先発し、前のふたつの事件から得た知見を元に鑑識官たちにアドバイスを与えていた。ヴァルナーとヤネッテは階段室でティーナと会った。

「同じですね」ティーナはいった。「リストカットによる失血死です。自殺のように見えます。しかし司法解剖でγ－ヒドロキシ酪酸が検出されるでしょう」

「他にも共通点があるか？　死因以外にだが」ヴァルナーはたずねた。

「死体はガーデンチェアにすわって、山のほうを向いていました。おそらく犯人が演出したものでしょう」

「写真は？」

「ええ！　もちろん掘りだされた死体の写真がありました」

「被害者は自殺のように見える状態で、上のほうを見ている。そして服のポケットに例の写真が入っていた」ヤネッテがわかったことを列挙した。「ボス、事件分析はどうなってますか？」事件分析とはプロファイルのことで、州刑事局に専門担当官がいる。

「分析をしている」ヴァルナーはいった。「だが時間がかかることは知っているだろう」プロファイルの作成には何週間、何ヶ月もかかるものだ。

「目撃者は？」ヤネッテはたずねた。

コール氏の二間の住居は狭いが、こぎれいで、一九八〇年代に作られた新しいバイエルン様式の家具が並んでいた。住居は一階で、庭と小さなテラスがついていた。ヴァルナーは空気を和ませるため、夏場なら庭はきっとすてきでしょうといった。フュルステンフェルトブルック署の刑事は事情聴取をヴァルナーに任せていた。

「それなんだけどね」コールはモーニングガウンと室内ばきという出で立ちで安楽椅子にすわっていて、病弱な感じがした。「庭なんて面倒なだけさ。健康な人なら、自然に触れるのもすてきなんだろうけど、俺は働けなくなって、早期退職して年金生活者になったんだ」コールは苦笑いした。「五十五でね！　身体障害者扱いさ。情けないったらない」

「それはお気の毒に」ヴァルナーはなにが気の毒かわからない曖昧な言い方をした。「しかしおたくからは表玄関がよく見えるでしょう」

「ああ、そりゃもう。このアパートに入る人間はひとり残らず。もちろんこの安楽椅子にすわっているときはな。だがほとんどいつもここにすわってる。きょうの午前中みたいに通院したときはべつだ。背中や体の節々ががたがたなんだ。リュウマチがどんなにつらいかわかるかい？」

「とても痛いそうですね。しかし本題に……」

「痛いなんてもんじゃない」コールがすかさずいった。「一番嫌いな奴にだって、こんな目にあってほしくない。一番嫌いな奴にだってな！　まったく地獄さ！　それなのに医者は仮病だとか、心身症だとか抜かしやがる。原因がわからないってだけでな。ヤブ医者め」

「たしかにすぐそういうことにされてしまいますね」

「心身症だとさ！　ふざけんな。ここは健全な国だろう。だけど、その健全な国のために身を粉にしてみれば、あっさりお払い箱だ。心身症！」

「気持ちはわかります、しかし、なにかを目撃したと聞いてきたのですが」

「ああ、そうだった！　きょうの午後、男が来た。三時になるすこし前だった。ゲレンデヴァーゲンに乗っていた。金持ちが来ることはめったにないんで興味を覚えた。あの車って、五万ユーロくらいする。いや、オプションをつければ、六万、七万になる」

「そこから車が見えたんですか？」コールの目の前に腰かけていたヴァルナーは窓のほうを振り返って、家よりもすこし下にある道路が見えないことに気づいた。

「窓辺に立ってたんだ。定期的に立たないといけないんだ。一日中すわっていると、デクビタスを起こすからな」

ヴァルナーはうなずきはしたが、意味がわからなかった。ヤネッテのほうを見たが、やはりわかっていなかった。

「床ずれのことさ。あれになったら大変だ。はじめはなんともない。ちょっと皮膚が赤くなるだけだから、たいしたことはない。だけどほっとくと、あっというまにひどくなって、後の祭りとなる。床ずれがひどくなって入院した知り合いがいる。入院三ヶ月で死んだ。肉に拳くらいの穴ができて、骨まで見えた。そうなると生きながら腐るんだ！」

「ときどき立つのはたしかに必要ですね、コールさん。それで窓辺に立っていると、ゲレンデヴァーゲンに乗った男が表玄関にやってきた」

コールはうなずいた。

「人相風体を教えてくれますか？」

「だいたい俺の歳だった、七十一歳。がっしりしていて、太ってはいなかった。筋骨隆々だった」コールはまた苦笑いした。「あれなら床ずれはしていない」

「だれの住居のベルを鳴らしたか見えましたか？」

「いいや。だけど上でピンポンって鳴った」

「他になにか聞きましたか？」

「しばらく表玄関に立っていたことしか知らない。だれかがアパートを出たとき、中に入った。だれだったかは訊かないでくれ。はじめて見る顔だった。出てきた奴のことだけどな」

「シルトビヒラーさんの住まいからなにか聞こえましたか？」

「いや、なにも。争う音はしなかった。静かなものだった。殴ったりはしてないんだろう？」コールのうつろな目が好奇心に満ちた光を放った。

「解剖を待たなければなりません。その筋骨隆々の男ですが、似顔絵の作成に協力していただけますか？」

「いいとも。だけど画家さんにここへ来てもらわないとな。俺はこんな状態だから」

「似顔絵はコンピュータで作成します。フュルステンフェルトブルック署までのタクシー代を支払います」

50

午後六時になるころ、ヴァルナーはようやく連邦憲法擁護庁のベルント・ハウザー捜査官と連絡がついた。

「ヴァルナー刑事、どんな用件かね？」

「アネッテ・シルトビヒラーがきょう殺害された。同一犯人にほぼ間違いない」

「それは残念だ。で、なにか要望でも？」

「情報提供者の氏名と最近の顔写真が欲しい」

電話の向こうが二、三秒沈黙した。

「殺人の容疑がかかっているのかな？」

「論理的には犯人であるか、重要な証人か、次の犠牲者かどれかのはずだ」

「手配しよう。きょうはちょっと遅いが」

「ハウザー捜査官、あんたは諜報部員だろう。午後五時で仕事をやめるジェイムズ・ボンドなんて聞いたことがないぞ」

「わたしたちをジェイムズ・ボンドというのかね？　冗談がきついね」

「つまらないことをいってすまない。俺がいいたいのは、犯人はこの数日で三人の人間をあの世に送り、女ひとりに重傷を負わせた。俺たちがぎりぎりのところで行ったから助かった。急いでるんだ！」

「そちらのメールアドレスを教えてもらいたい」

数分後、ヨゼファ・レーベレヒトという女性の写真と個人情報がヴァルナーのコンピュータに届いた。イマークネヒトたちをスパイしていた情報提供者は女性だったのだ。写真をコールやアパートの他の住人に見せたが、だれも見た記憶がないといった。ヴァルナーはあらためてハウザーに電話をかけた。

「ハウザー捜査官、すぐに対応してくれたことを感謝する。事件現場でレーベレヒトさんは目撃されていなかった。それでも事情聴取したいのだが」

「なぜ電話をかけない」

「かけた。だが留守番電話になっている。他に連絡のつく番号があるんじゃないかな？　仕事用の番号とか」

「こちらで連絡を取ってみる。彼女からあんたに電話をかけてもかまわないかね？」

「ああ。携帯の番号を教える」

ヴァルナーが通話を終えると、ヤネッテが電話をかけてきた。

「被害者の住居で書き置きを発見しました。なかなか興味深い内容です」

ヘルシングの警察分署は殺人捜査のためにふた部屋を工面した。アネッテ・シルトビヒラー殺害の捜査をミースバッハ刑事警察署の特別捜査班に任せることで、みな一致した。三つの事件が同一犯人の犯行であるか、一連の事件として密接に関連していることは明らかだった。ヤネッテは他の捜査官といっしょに細長いテーブルでコンピュータにいろいろ打ち込んでいた。ヤネッテの横には携帯電話とコードレス固定電話機が置いてあった。

「なにをしてるんだ？」そう訊きながら、ヴァルナーはヤネッテのためにいれたコーヒーを置いて、隣の席のプラスチック椅子を引き寄せた。

「ありがとうございます」ヤネッテはコーヒーを見ながらいった。「履歴にある電話番号をリストにしてるんです。アネッテ・シルトビヒラーが死ぬ前に通話した携帯電話と固定電話の記録です。彼女が出なかったものもリストに入れています」

「なにかあったか？」

「ミュンヘンの公衆電話から電話がかかっています。ダンサーが襲われてから十分後くらいです」

「彼女の住居のそばか？」

「そばとはいえませんが、ちょっと待ってください……」ヤネッテはティファニーの住所をグーグルマップで検索し、その部分を拡大して、公衆電話の場所を指差した。「ここです」

「どのくらい離れている？」

ヤネッテはルート機能で距離を計測した。一・七キロ。

「歩くにはちょっと距離がありますね。電話した時間は正確にはボスたちが住居に入ってから八分後です」

「だがバス路線がある。ミュンヘン勤務時代に使ったことがある」

「ええ。犯人はバスに乗ったかもしれませんね。とにかく、これがだれなのか突き止める必要があります」

「そっちはミーケがやっている」ヴァルナーはいった。「それより、なにか見せたがっていたよな」

ヤネッテは積みあげた書類の山からクリアファイルを抜きとった。そこにはプリントアウトした紙がはさまっていた。ヤネッテがそれをヴァルナーに渡した。そこには次のように書かれていた。

アネッテ、アネッテ！　どういうこと？　あなたたち、本気だったの。そしてわたしを除け者にしたのね？　あんなにいっしょに政治活動をしてきた仲なのに。正義とかシステムの有意性とかについてそれこそ三千回は話しあった。心底がっかり。除け者にされたなんて最低の気分！　あんたたちにはもうなにも期待しない。これって悲しくない？　だれよりもよく知っている人間からなにも期待されなくなる。どうしてそうなったか自分の胸に聞いてみるのね。いっしょに暮らして、戦ってきたっていうのに。だめね。センチになってる。でもあなたたちに感謝されはしても、除け者にされるいわれはない。『行動の可能性について議論してもはじまらない。可能性は行動を通して証明しなければならないのだ』だれの言葉か胸に手を置いてよく考えて。レーニンがいいそうなことだけど、わたしの言葉よ。そしてこれが、そのことへの感謝？　信じられない！　恩知らずの心の狭い俗物！　さて、本題に入りましょう。社交辞令はなし。わたしはあんたたちがやったことを最低だと思ってる。だから慰謝料として百万ユーロを請求する。くれないのなら、出るところへ出て、打ちあげ花火みたいにあなたたちを吹っ飛ばしてやる。ところでもらったお金は慈善のために使うつもり。でも、領収書は出ないから悪しからず。一週間以内に返事をすること。

Msg + bar

「最後の略語はなんでしょうね？」ヤネッテはたずねた。

「Msgは社会主義万歳——barは、Burn after reading、読んだら燃やせかな？」

「そうみたいですね」

ヴァルナーはクリアファイルを神経質に指で叩いた。ヤネッテは紙コップのコーヒーを飲み干すと、ヴァルナーを横目で見た。

「文体はゾフィー・クラムのところで見つけたメールと似ているな」ヴァルナーはいった。

「書き手は同じですね。おそらくスターリンという謎の女性」

51

ツークシュピッツェ山はその日最後の太陽の光を浴びていた。ゲレンデヴァーゲンは高速道路二号線を北のムルナウ方面に向けて走っていた。この日、フランクにはあまり収穫がなかった。むしろ落ち込むことのほうが多かったといえる。ミュンヘンでダンサーを殺し損ねたことが尾を引いていた。アマー湖も思ったようにはいかなかった。女は死んだから、これで依頼主に危険を及ぼしうる三人は全員消えたはずだ。だが確証が持てない。だれにもわからないことだ。三人が抱えた秘密。だがその秘密をだれにも話さなかったという確証がない。

フランクはまる一日なにも口にしていないことに気づいて、ムルナウで食堂に入った。そこでいまの状況について二時間たっぷり思案を重ねた。その結果は恐ろしく明解だった。金を手に入れて、姿をくらますしかない。時間はどのくらい残されているだろう。おそらく二日。あくまでバプティスト・クルッガーの神経が切れなければの話だ。足のつかないカードを入れた三つの携帯電話のひとつを手に取って、クルッガーに電話をかけた。

「どこにいる？」フランクは開口一番たずねた。

「自宅だ」クルッガーはいった。

「姿を消せ。家は形式上買っただけで、住んでいないことにするんだ。いいな。警察は令状がなければ、家に入ることはできない。だが監視することは可能だ。その家でなにをしているのか探るはずだ」

「わかった。すぐミースバッハにもどる。ところで、おやじが郡長に苦情をいった。例の刑事の件で」

「それで？」

「任せろといわれたらしい。よかったのかどうかわからない」

「それは俺にもわからない。クロイトナーという刑事はミースバッハ刑事警察署にいない。保安警察の巡査にそういう名の奴がいるだけだ。そいつだったら、大目玉を食らって、この件ではもうなにもしないだろう」

「そうか。そうだといいんだが。他には？」

「電話番号のメモを回収した」

「どうやって……」クルッガーは途中でいうのをやめた。聞かないほうがいいと気づいたのだ。フランクがだれかを傷つけたか、殺したかしたのではないかと気になった。だがフランクが手ぬるいことをするはずがない。知らなければ、くよくよしないで済む。「いや、いわなくていい。女は電話番号を覚えていなかったんだな？」

「ああ、覚えていないと思う」

「確実じゃないのか？」

「九十八・七九パーセント」

「すまない。馬鹿な質問だった。このあとはどうする？」

フランクは、電話番号のメモを持っていた女が入院して、いずれ証言ができる状態になることを依頼主にはいわずにおいた。「金を探しているところだ。これからはそっちに注力する。ああ、そうそう。ひとつ知っておいてもらいたい……」フランクはコースターをいじって、折り曲げてから、こういった。「アネッテ・シルトビヒラーが死んだ。三人目だ」

「おお、それは残念」

「殺された。ふたりの被害者と同じ手口だった。そのうち新聞にのるだろう」

「わかった。つまり……これで安全だということだな」

「あまり電話でしゃべらないほうがいい。なにかあったらまた連絡する」

午後七時ごろ、フランクは車に乗り込み、アルプス山脈の裾野を走ってバート・テルツへ向かい、そこからテーゲルンゼーをめざした。雪化粧した庭にイルミネーションを施したモミの木が道路から見えた。ストリングライトが光っている窓もあった。フランクは昔からクリスマスが嫌いだった。毎年十二月二十三日に、親や親戚が施設の子を訪ねて、家に連れて帰る。せめてクリスマスくらいは、というわけだ！　だれもが感傷的になる。彼のことをおじか祖父母が迎えにきてもいいものを。だがだれも来ることはなかった。母親は精神科病院に入院していたし、父親はクリスマスに息子を家に迎えるような人間ではなかった。他の子に親や親戚が来る二十三日、フランクはいつも父親から電話をもらった。今年は時間が取れない、と。毎年繰り返される愚にもつかない言い訳だ。毎年、酔っ払っているように呂律がまわらない。クリスマスが楽しかったことなど一度もなかった。家々の灯火を見て、フランクはカリブ海の夜の海辺を思いだした。それを思いだせるだけでもまだいいほうだ。ストリングライトは雪をかぶったモミの木ではなく、椰子の木にかかっている。その下には小麦色の肌の娘がいて、パパ・フランクに紙の傘つきのカクテルをおごってもらって微笑む。そういうクリスマスなら我慢できる。

イルミネーションで飾られた小さな集落ヴァーキルヒェンで曲がって、国道四七二号線をミースバッハに向けてまっすぐ走った。二キロ走ったところで、放牧地を抜ける野道に曲がった。このあたりには農家が点在しているだけだ。小さな野道は除雪されていたが、路面は固まった雪におおわれていた。ヘッドライトに照らされて、左右の道端がきらきら光った。除雪車が残した雪の山に新しい雪がのっていた。そして冷え込んでいた。零下十四度。

家畜小屋に明かりがともっていた。フランクは車から降りて、家畜小屋に入ってみた。ニワトリが動く音くらいしか聞こえない。猫がさっと目の前をよぎった。馬とロバは静かに飼い葉を食べながら、興味なさそうにフランクを見ていた。そのときダニエラの声がした。

「レーオ？」馬房から出てきたダニエラは、フランクを見て驚いた。「あら、フランク。どうしたの？」

「やあ。電熱線が効いているか気になってね。それにしても今夜は冷えるな」

「電熱線は効いてるわ。水道管はどこも凍結しない。あなたのおかげよ」

「いいってことさ」フランクは家畜小屋を見まわして、来る途中で考えた次の段階をどうするか考えた。計画では母屋で実行するつもりだった。そこには書類やコンピュータがある。大金を隠しているところ、ないしは大金にアクセスする方法がわかる場所はそこしかない。

「すこし話したいことがあるんだが、家に入らないか？」

「いいわよ。片づけはすぐ終わるから」

フランクはあたりをうかがったが、たいして散らかっていない。

「なにを片づけるんだ？」

「たとえばフォークが所定の場所にない。でも手伝ってくれなくていいわ。先に家に入ってて」

フランクはわかったというようにいうと、歩きだした。

「ブーツは脱いでね。雪がたくさん降ったから……」

「わかった。脱ぐよ」

二十分後、ダニエラは台所に入ってきた。暖かかった。フランクはストーブに薪をくべ終えていた。上着はキッチンスツールにかけてある。「上着をワードローブにかける？」

「そのままでいい。ここにあったほうがいい」

「でもやっぱりワードローブにかけるわ」そういうと、ダニエラはフランクの上着を持って廊下に出た。フランクは眉間にしわを作りながら彼女の後ろ姿を見た。そして家探ししたあと、家がどんな有様になるか思い描いた。ダニエラはカオス状態に愕然とするだろう。もちろんそれだけではすまない。さっさと用事を片づけようと、腰のサバイバルナイフに手をやった。

「すわってくれ」フランクは、もどってきたダニエラにいった。

「先に紅茶をいれるわ」

「いいや、すわるんだ。大事なことなんだ」

ダニエラは面食らい、濡れ雑巾で流しをさっとふいただけでテーブルに向かってすわった。

「どうしたの？　いつもと違うわね……なにかあったの？」

「いいか、話があるんだ。ゆっくり話がしたい。ストレスがかからないほうがいい。わかったか？」

「よくわからないんだけど」

フランクはゆっくりとサバイバルナイフを抜いて、キッチンテーブルに置いた。まるで神々への供物でもあるかのように。ダニエラはさらに訳がわからないという表情をした。

そのとき電話が鳴った。

「きっとレーオだわ。ごめんなさい」ダニエラはサイドボードに置いてある受話器を取った。「クラム……あら……ええ、ダニエラ・クラムです」ダニエラは時計を見た。「ええ、いいけど。わかった。二十分でそっちに行く」ダニエラは受話器を置くと、テーブルにもどってきた。そこにはいまだにサバイバルナイフが置いてあった。「警察だった。ミースバッハに行く必要ができたわ。わたしになにか用があるんですって。で、あなたの用というのは？」

フランクは、まったくついてないと内心罵声を吐いた。三十分経ってもダニエラが署にあらわれなければ、警察は探すだろう。なんとも間が悪い。ナイフを鞘にもどした。

「電気関係のことで説明したいことがあったんだ。いざというときに俺がいなかったら、こういうナイフでどうやって修理したらいいかをな。でもまあ、あしたでもいいか」

フランクは幹線道路でヴァーキルヒェン／バート・テルツ方面に左折し、ダニエラはミースバッハ方面に右折した。一キロほど走ってから、フランクはラウンドアバウトで来た道を引き返し、あらためて細い野道に着いた。三百メートル進むと、右側に別の農家の農機具置き場があった。フランクは目立たないように車をその納屋の裏に止め、そこで長い夜を過ごす準備をした。

52

刑事警察署の玄関では、鉢植えのトウヒに飾った色とりどりのランプが光っていた。毎晩、午後十時まで照明をつけることになっていた。ダニエラは玄関でクロイトナーの出迎えを受けた。クロイトナーは黒板に貼られた告知を見せた。「ある人の頑固な抵抗により」クリスマスパーティ会場が動物シェルターに変更になったと書かれていた。

「もう一度念を押すけど、だれも母屋に入っちゃだめよ。もしだれかが靴を脱がずに入ったら……」

「心配するな。全部外でやる。ベンチと屋外暖房機を用意する」

「トイレはどうするの？」

「仮設トイレをレンタルする。あした全部手配する」

「そんな時間があるの？」

「ちょうどうまいこと、自宅待機になった」

「わざわざ休暇を取ったの？」

「数日、署に顔をださないほうがいいと上司にいわれたんだ。いると矢面に立たされるからってな」

「矢面って物騒ね」

「いや、たいしたことじゃない。政治絡みなんだ」

ダニエラは驚いてクロイトナーを見た。

「いや、なに郡長とかそういうお偉方が気に入らないことを調べたもんでね。わかるか？ あいつは、冗談がわからないんだ」

「姉のことでなにか調べていたの？」

「いまはいえないが、いいところまで来てる」

ヴァルナーはヤネッテとオフィスにいて、ダニエラに挨拶した。クロイトナーは勤務中ではなかったが、同席を許された。ダニエラは証人の扱いだった。

「なにか口にしますか？ コーヒーかクッキーは？」

「いいえ、結構です。お茶があればいただきます。でも紅茶じゃなくて、フルーツティーがあるとありがたいです」

「ちょっと見てきます」ヤネッテがいった。

「なかったら、おかまいなく」

ヤネッテは、殺人捜査がどうなったか気になって残業していた巡査に紅茶を入れてくるようにいった。ダニエラは面談用テーブルの椅子をすすめられ、そこに散らかっていた書類を反射的にまとめて束にした。

「この数日、どんな捜査状況か耳にしていると思います」ヴァルナーはちらっとクロイトナーを見ながらいった。「あれからさらにふたりの人物が死体で発見されました。ふたりとも腕を切られていました。学生時代にお姉さんとルームシェアしていた人です」ヴァルナーはダニエラが整頓した紙の束からイェルク・イマークネヒトとアネッテ・シルトビヒラーの写真を抜き取って、ダニエラに差しだしてから、また紙の山をきれいにした。「ふたりをご存じですか？」

「会ったことがあるような気がします。でもずっと前のことです。姉がルームシェアをはじめたとき、わたしは九歳でした。もちろんときどき姉のところに遊びに行き、いっしょに住んでいる人にも会いました。でも二十年以上も前のことです。ずいぶん違って見えます」ダニエラはイェルク・イマークネヒトの写真を見つめた。「この人は法学生だったと思います。イェルク……」

「イェルク・イマークネヒト」

「イェルクは普通にいい人でした。でもこっちの女性は好きではありませんでした。極端なことばかりいって、わたしにまで政治的な議論をふっかけてきました」

「アネッテ・シルトビヒラーという名前です」

「アネッテ！　そう、思いだしました」

「お姉さんは大学卒業後、この人たちと接点を持っていなかったですか？」

「卒業したばかりのころはわかりません。姉とはあまり会いませんでした。動物シェルターをしばしば訪ねるようになったのは一九九六年からです。でもルームシェアしていた人が動物シェルターに来ることはなかったと思います」

「動物シェルターに住むようになったのはいつからですか?」

「一九九八年です。姉の仲間とはぜんぜん会っていません。ただ、ひとり最近訪ねてきました。でも、昔どこで会ったか思いだせません」

「その人物のことはあとで話しましょう。他の学友はこの人たちと接触を持っていたでしょうか?」ヴァルナーは数枚の写真を指差した。「手紙、電話、Eメール」

「覚えがありません。でも姉は年に一度旧友と会っていました。ミュンヘンに行って、一泊していました」

「どんな集まりかいっていましたか?」

「ええ。でも、これといって特別なことはありませんでした。この人は法学生で、銀行に勤めました。姉ははじめのころ、そのことを怒っていました。学生時代は左翼だったからです。姉と同じように。それからこの人……アネッテでしたよね?」

「ええ、アネッテです」

「その人のその後はよく知りません。たしか特別支援学校の教師になったはずです」

「いいでしょう。ではこの女性について聞きます」ヴァルナーは紙の束から一枚の写真がのっている紙をだした。連邦憲法擁護庁が送り込んだ情報提供者ヨゼファ・レーベレヒトの写真だ。

「この人です!」ダニエラは一瞬ためらってからいった。「うちに来た人です。だれですか?」

「四人目のルームメイトです。あいにくまだ事情聴取ができていません。このあいだ、この女性がお姉さんを脅迫したといいましたね。どういう話だったかできるだけ正確に教えてくれますか」

ダニエラは写真を見つめた。

「たしか『わたしの望むとおりにしないなら痛い目を見る』というようなことをいってました。いまになって思えば、『訴える』というレベルじゃなかったわけです。きつい言葉でした。姉はめちゃくちゃおびえていました。そうはいいませんでしたけど。でもわたしはだれよりもよく姉を知っています。命の危険を感じていたようです」

「この女性がなぜお姉さんを脅した、あるいは脅そうとしたか心当たりはありますか?」

「過去になにかあったようです。でも姉はなにがあったか話してくれませんでした。これからどうするつもりかも」ダニエラは虚空を見つめた。「お金絡みではなかったはずです。うちには蓄えなどありませんでしたから」

クロイトナーはダニエラを玄関まで送ってからヴァルナーの部屋にもどってきた。ヴァルナーはそのあいだにもう一度、連邦憲法擁護庁のハウザー捜査官と電話で話をした。ハウザーはヨゼファ・レーベレヒトと連絡が取れないが、試みると約束した。そのあいだにミーケが来て、東欧訛がある女性の似顔絵をミュンヘン刑事警察署に送ったと報告した。その女はヴァルナーに盗聴器を仕掛けた男とグルだった可能性がある。女を通して真犯人に辿り着けるかもしれないと期待したのだ。そしてすぐに応答があった。麻薬捜査課K83の捜査官がその女と関わったことがあり、速やかに検証するという。

「それで？」ヴァルナーの部屋にもどってきたクロイトナーがたずねた。「役に立ったか？」

「被害者のところで見つかった二通のEメールがある。ヨゼファ・レーベレヒトがふたりの被害者を脅迫していたという疑いには根拠がある。つまり俺たちの事情聴取に応じなければ逮捕する」ヴァルナーは考えた。「あす朝はやくティシュラー検察官に電話をかける。逮捕令状を手配してくれるだろう」

「ティシュラーは捜索令状についてなんていってた？」

「びびってた。具体的な手がかりをださなくては、クルッガーに対する令状はださないだろう」

「証拠隠滅されたら？」

「そのときはお手あげだ。令状がなければ家宅捜索はできない」

「くそっ……」クロイトナーはどさっとオフィスチェアにすわりこむと、腕組みした。「この際そんなことはかまってられないな」

「レーオ、馬鹿な真似はするな。おまえはすでに懲戒処分を受けている身だぞ。今度なにかやらかしたらクビになる」

クロイトナーは立ちあがって、ヴァルナーの肩に手を置いた。

「おまえに選択肢はない。問題が生じたら頼むぞ」

ヴァルナーはため息をついてクロイトナーを見送り、それからほくそ笑んでいるミーケを見た。「なにをにやにやしてる？」

「にやにやなんてしてません。微笑んでいるんです。あいつがヘマをしたら、ボスが尻拭いする。あいつのいうとおりです。他に選択肢はありませんね」

冷え込んできた。フランクは暖を取るため、何度もエンジンをかけた。はじめはダニエラがいない隙に家探ししようかと思った。だが、ダニエラがいつもどるかわからない。帰ってきて、フランクが家に入り込んでいたことに気づけば、疑われて、警察に通報される危険がある。彼女がもどるまで待つほうが得策だ。そしてゆっくり仕事にかかる。金のありかを吐かせれば、探す手間が省けるというものだ。

二時間後、フランクは納屋の裏で用を足すため車から降りた。フランクは自分の小便を見つめた。十二月の夜の冷気の中、湯気を上げながら弧を描き、雪に黒い穴を開けた。ここがシベリアだったら、小便は出るそばから凍るんだよなと思った。すこし前に、極寒では冷水よりも温水のほうが速く凍るとテレビでいっていた。それなら小便も同じ原理じゃないか。自然科学のハイライトを観察していると、車が近づいてくる音がして、ヘッドライトの光がそばをよぎった。農機具置き場が陰になって、幸運にもフランクを照らしだすことはなかった。フランクは雪を踏みしめながら自分の車にもどり、車のテールランプを見守った。車は動物シェルターに入っていった。フランクはサバイバルナイフを手探りした。鞘はベルトに差してある。さっそく動物シェルターに向かって歩きだした。

53

ダニエラが帰宅したとき、外は零下十七度だった。それでも猫のトロルは外を彷徨(さまよ)っていた。驚いたことに、この厳冬でも捕まえたばかりのネズミを家までくわえてくる。トロルには獲物の頭と内臓を残す癖があり、翌朝、おばが遺したペルシア絨毯(じゅうたん)に置き去りにする。トロルがダニエラについて家畜小屋に入ってきた。ダニエラは馬の飲み水用の配管がこの気温でも凍っていないかたしかめた。うまくいっている。フランクはいい仕事をしてくれた。カスパーの馬房はいまも開け放ったままだ。次の馬が来るまでそのままにしておくつもりだ。いまはその馬房をボクサーのタキトゥスが気に入って、出てこようとしない。飼い葉が馬房のあいだの通路に散らかっているのをダニエラは見逃さなかった。犯人は猫たちだ。ダニエラは飼い葉をはき集めて、すっかりきれいになった家畜小屋をあとにした。母屋へ行く途中、農機具置き場のトラクターのそばでなにかの気配を感じた。普段から動物を放し飼いにしているので、よく動物の気配を感じる。ダニエラは、こんなに寒いのにトロルの他にも外をうろついている動物がいるのだろうかと首をひねったが、どの動物かわからなかったので、気にするのをやめて家に入った。

キッチンオーブンの火は落ちていた。出かける前にダニエラは熾きが数時間保つブリケット薪をひとつ火にくべておいた。まだ熾きがあったので、薪を数本足した。

ダニエラはハーブティーを煎じながら、酒にしようか迷った。最近、酒を飲むことが多い。ゾフィーがいなくなってからは、なにをやっても意味が感じられず、酒でも飲まないと眠れなかった。二、三日もすれば、警察はゾフィーの亡骸を返すだろう。葬儀をしなければならない。ダニエラは紙を一枚取って、葬儀の案内を送る人のリストを作った。親戚を数人招待することにした。といっても、この数年顔を見たこともない人たちだ。姉の友だちは多くない。参列するのは動物シェルターでボランティアをしてくれている人がほとんどになる。まあ姉の友だちといって差し支えないだろう。それから自分の友だち数人にも案内を出すことにした。リストに氏名を書き終えると、そこに獣医のケルスティンを加えた。フランクの名も書き入れた。だがゾフィーを知らないと思い直し、線を引いて消した。見落としがないように、姉のコンピュータに保存されている住所録を確認するためオフィスに行った。警察がコンピュータを押収したとき、ハードディスクのデータをコピーしておいたのだ。そこには動物シェルターを運営するために必要なデータも入っていた。

コンピュータを起動したとき、なにか物音がした。すくなくとも物音を聞いたような気がした。家の反対側から聞こえた。オフィスは家の裏手にあった。といっても確信は持てなかった。コンピュータは起動するときに音を立てる。その音だったかもしれない。ダニエラはオフィスから出て、暗い廊下で耳を澄ました。静かだ。しんと静まり返っている。自分の息づかいとみしっと鳴る廊下の音しか聞こえない。そのとき表玄関の向こうで不満そうにニャアと鳴く声がした。ダニエラはトロルを家に入れた。トロルは文句をいうようにまたひと声鳴くと、脚をなめ、冷たい夜の冒険で空腹になったのか餌皿のところへ歩いていった。

プリンターが住所録を次々とプリントしていった。次の紙が挿入されるまでのあいだに、だれかの笑い声が聞こえた。短く、現実味がなく、どこか遠くから響いてくるようだった。

プリンターからまたプリントされた紙がガガという音と共に排出され、前の用紙の上にのった。ふたたび笑い声がした。毎回、次の紙が挿入されるときに聞こえる。最後のページが排出されると、なにも聞こえなくなった。ダニエラは台所にもどった。落ち着かなかった。笑い声が本当に聞こえたのか、ただの思い込みか判然としなかった。ダニエラはキルシュヴァッサーをグラスに注いだ。もう二、三杯飲んで、ベッドに入ったほうがよさそうだ。あしたになれば、またいつもどおりだろう。

ダニエラは目をぎゅっとつむって、キルシュヴァッサーを飲んだ。そのときまた笑い声がした。なんだか不気味な笑い声だ。遠くからしているが、夜のせいかはっきり聞こえる。掠(かす)れた機械音のようで、嘲っているようにも聞こえる。台所にいる猫と犬はみじろぎひとつしないが、音を察知しているのか、耳が動いている。

ダニエラはまた銃器保管庫から古い猟銃をだし、靴をはいて外に出た。家畜小屋のライトがまぶしく、中庭と進入路がよく見えない。外に出てみると、甲高い笑い声が聞こえてきた。まるで人形に仕掛けた声のように変な響きで、人間の笑い声とは思えなかった。ダニエラはライトが背後に来るように、用心しながら二、三歩前進した。これですこしは見えるようになった。男がひとり黄色い光に照らされて、夜の闇の中に立っている。白い息を吐き、にやにやしながらなにか小さいものを手に持っていた。ダニエラは男を見つめていった。

「どうかしてるんじゃないの？」

「ほら、これ、めちゃくちゃ面白い」そういうと、クロイトナーはダニエラのほうへ歩いてきて、小さな袋を押さえた。その途端その奇妙な笑い声が消えた。「これ、なんだと思う？」クロイトナーはその袋を差しだした。ダニエラにはわからなかった。「笑い袋（袋の中に音をだす機械が入っているジョークグッズ）さ。一九七〇年製の初期の製品だ。電池以外はすべてオリジナルだ」

ダニエラは猟銃を下ろし、どう反応したらいいか考えているようだった。

「これも相続したんだ。おじの家にあった。おじは物持ちが良くてな、なんでも大事に取っておいた」

「あなたもそうなりたいってわけ？」

「そうつんつんするなって」クロイトナーが袋を押すと、また耳障りな笑い声が聞こえだした。クロイトナーは腹を抱えて笑った。「こんなくだらないものをよく思いついたよな」

「消してくれない？」

クロイトナーは袋を押した。

「ずいぶん驚かしてくれたわね。なにごとかと思ったわ」

「すまなかった。困っていないか様子を見にきたんだ」

「どうして？　なにか気になるの？」

「だって人を殺している奴がまだうろついてるんだぞ」

「わたしは狙われていないわ。でなきゃ、とっくに死んでる」

「それでも今夜はここにいようと思う。どうだい？」クロイトナーはできるだけ無邪気そうに微笑みかけた。

「いい考えとは思えないけど」そういうと、ダニエラは猟銃の銃身をセーターの袖でふいた。

クロイトナーはそばに行って、ダニエラから猟銃を取ってしげしげと見た。

「ベジタリアンが猟銃でなにをする気だ？」

「ご心配なく。動物は撃たないわ」

ダニエラはクロイトナーから猟銃を取り返すと、ついてくるように合図して母屋にもどった。

「うちのルールは知っているわね。靴を脱ぐ。動かしたものは元にもどす。そしてせまったりしないこと」

クロイトナーはちらっと考えてからうなずいた。

「三つ目のルールは知らなかったぞ。あらかじめいってくれてよかった」

クロイトナーはビールを片手に持ち、もう一方の手でタバコをつまんでいた。ふたりは毛布をかぶりながらアウトドアチェアにすわっていた。焚き火台では薪が燃えている。気温は零下二十度に落ち、満天の星だった。猫のトロルはクロイトナーの膝に乗って、あたりに目を凝らしている。ネズミが外に出てくるかもしれないと思っているようだ。

「なんでこんなによく来るの？」ダニエラは魔法瓶から青いマグカップに注いだ紅茶を飲んだ。

「あんたが好きだからさ」クロイトナーはいった。

「どうして？　わたしたち、ぜんぜん合わないじゃない」

クロイトナーは肩をすくめた。

「俺に合う奴なんてだれもいない。それに俺みたいな奴とはいっしょにいたくない」

「わたしたちがどうにかなるなんて思えないんだけど」

「そうすぐに否定することもないだろう。様子を見ようじゃないか。うまく行くかどうか決めるのは、それからでも間に合う。俺はけっこういけると思ってる」

「なんで自宅待機させられてるの？」

「話したはずだが」

「勝手に捜査したからよね。だけど、それだけじゃないでしょ。なにかやらかしたのよね」

クロイトナーは肩をすくめた。

「刑事に化けた」

「本当に？」ダニエラは笑みを浮かべた。

「殺人事件を調べるには刑事じゃないとならない。これまでも色々勝手に捜査をしてきて、大目玉を食らってきた」

「なんでそんなことをするの？」

「俺が敏腕だからさ」

ダニエラは星を見あげた。

「姉さん、天国で動物がいなくて寂しがってるわね」

クロイトナーも星空を見あげて、タバコの輪を静かな夜に向かって吐いた。

「なんで動物なんだ？　姉さんは福祉について勉強したんだろう？　それって人間を相手にするものじゃないか」

「人間をよく知ると、動物のほうがよくなるのよ」

「いやな経験をしたってことか？」

ダニエラはキャンピングチェアの脇の雪の中で冷やしていたキルシュヴァッサーを取って青いカップになみなみ注いだ。

「一九八〇年代に姉は使用済み核燃料再処理工場の建設計画反対デモに参加して、男の人と知りあったの。長い髪を後ろで束ね、レザージャケットを着た格好いい左翼思想の持ち主だった。クールなティロって呼ばれてて、姉は恋に落ちた。いっしょにいろいろすごいことをしたっていってた。毎日デモに参加して、サツに喧嘩を売ったということ。ティロは政治の闘士で、世界を救う必要があるから、子どもは作らないと日ごろからいってた。でも世界を救う前に姉の友だちのアネッテと寝て、そのまま姿をくらました。七年後、姉はそいつが結婚して、子どもをふたり作ってることを知った。しかも老人ホームを運営する会社の人事課長。社会主義の英雄が従業員をクビにしていたってわけ。姉はひどいショックを受けてた。動物はそんなひどいことをしないでしょ」

「たしかに馬を人事課長にする奴はいないだろうな」

「ええ。そうね」

クロイトナーは足が痺れてきたので、すわる位置を変えようとしたが、膝に乗っていたトロルににらまれてしまった。

「あんたはどうしてここに来ることになったんだ？」

「それは長い話になるわ」

「自宅待機中だ。時間はある」

ダニエラはまた薪を加えて、なにか物思いにふけりながら燃えあがる炎を見つめた。「一九八二年に両親が自動車事故で死んだの。わたしは七歳で、姉は十八。だからわたしは、ここからそう遠くないライヒャースボイエルンに住む祖父母のところで大きくなった。姉もそう。でも一年後、姉は大学入学資格試験を受けて、ミュンヘンの大学に行った」

「祖父母はやさしかったか？」

「ふたりは死ぬまで憎みあって、ろくに口も利かなかった。そしてどっちもわたしを味方につけようとした。言葉を換えれば、あそこで育つのは最低だった。唯一の慰めは、姉がミュンヘンから帰ってくることだった。はじめのうちはほとんど毎週末もどってきたけど、そのうちだんだん間遠になった。わたしはもっと姉の顔を見たかったけど、まだ幼すぎて、ミュンヘンに姉を訪ねることができなかった。だから姉が暮らしていたアパートのこともよく知らない。十四のとき一度だけ住居を覗いた。でも祖父母は、わたしがミュンヘンに出ることをなかなか許してくれなかった。きっと嫉妬していたんだと思う。わたしにとって親は姉だとわかっていたんだと思う。姉はわたしの理想だった。あらゆる意味において。わたしは姉のようになりたかった。そして大きくなって、わたしもミュンヘンに出た。一九九四年のことよ」

「姉さんはもう大学を卒業していたんだろう？」

「ええ。すでに働いていた。わたしはしばらくのあいだ姉のところに居候していた」

「専攻は同じだったのか？」

「福祉教育じゃなかった。姉はよく中央アメリカに行って、社会プロジェクトに参加していた。すごく面白そうだと思って、ロマンス語学科に進学して、スペイン語を中心に学んだ」

「じゃあ、どうしてここに落ち着いたんだ？」

トロルがとうとうクロイトナーの膝をあきらめて、農機具置き場へと小走りに去っていった。おそらくそこでネズミが徘徊(はいかい)しているのだろう。

「一九九六年に姉はおばからこの農場を相続した。わたしはまだ学生だった。よくここに来て、姉を手伝った。でも二年後ひと悶着(もんちゃく)起きちゃった」ダニエラはキルシュヴァッサーをもう一杯注いで、ひと口飲んだ。「姉の真似が嵩(こう)じて、姉がすてきと思う男を好きになってしまったの」

「まさかクールなティロと？」

「よしてよ、わたしはそのとき十歳だったんだから。相手はウーヴェっていう名前だった。

ある日、ここにやってきて、姉と暮らしだしたの。長髪でヒッピー風。オートバイに乗っていた。で、わたしも好きになっちゃったわけ。そしてある日、わたしたちがワラの中にいるところを姉に見つかってしまったの。当然、大喧嘩になった。姉はわたしをここから追いだして、一切の連絡を絶った。わたしも納得した。ものすごく胸が痛んだ。それが三年間つづいた。留守番電話にメッセージを残しても、かけてきてくれなかったし、手紙を書いても、なしのつぶて。当時はまだEメールはなかったから」

農機具置き場から突然、大きなうなり声が聞こえてきた。そしてよそ者の猫が暗がりからまっしぐらに飛びだし、野道を駆けていった。そのあとトロルが明るいところに出てきて、満足そうに前脚をなめた。ひと仕事済ませたというわけだ。

「二〇〇一年、偶然このあたりを車で走っていたとき、ラジオでワールドトレードセンタービルへのテロのニュースを聞いたの。世界が崩壊したと思った。そしてもしかしたら姉はまだ知らないかもしれないと思いついて、ここに来ていったの。『テレビをつけて』わたしたちふたりしてテレビの前にすわり、ワールドトレードセンターが崩れるところを見ながら大泣きして、抱きあった。『ごめんなさい』ってわたしがいうと、『わたしも会いたかった。ウーヴェはろくでなしだった。半年後にお払い箱にしたわ』と姉がいった。それからわたしはずっとここで暮らしてきた。人生で一番すてきな日々だった」

揺れる炎の光がダニエラの顔を照らし、頬を流れるふた筋の涙が見えた。

「ところで……」ひと仕事終えたトロルがまたクロイトナーの膝に乗った。「それだけ仲がよかったのなら、お互いに隠しごとはしなかったんだろう?」

「そう思うけど」ダニエラは涙をぬぐった。

「それなのに、だれかが姉さんとそのルームメイトを次々に殺す理由はわからないんだよな?」

「それがわかれば苦労はないわ。どうやら過去にわたしが知らないなにかがあったみたいね」

54

朝は夜と変わらないくらい寒かった。太陽はまだ低く、空には雲ひとつなかった。クロイトナーの古いパサートのバッテリーが上がっていて、ダニエラの助けを借りることになった。クロイトナーはあとでリンティンガーのスクラップ置き場にいって、新品かまだ使える中古のバッテリーを調達することにした。

フランクはその様子をゲレンデヴァーゲンから観察した。朝の七時には見張りをしていた。昨夜はバート・ヴィースゼーにある四つ星ホテルに泊まった。費用は依頼主に請求するつもりだ。金をせしめたときは、もちろん請求しない。第一にはした金だし、第二にクルッガーが経費の精算をしようと考えたころには、カリブ海の浜辺にいるはずだ。フランクはあらためて双眼鏡を覗いた。ダニエラは自分の車を中庭にだして、パサートと向かい合わせに止めた。フランクは見ていて手伝いたくなったが、そんなことをしたら自分が動物シェルターに出入りしていることを知られてしまう。余計なことはしないにかぎる。

クロイトナーは名残惜しそうに走りだし、寒さのために頬を赤くして手を振るダニエラのほうを振り返った。帽子からはみだしたホワイトブロンドの髪が顔にかかっていた。クロイトナーは後ろ髪を引かれた。恋をしたからだけではない。心配でもあったからだ。人を三人殺した奴が野放しになっている。ダニエラは危険な状態だ。知らず知らずのうちに知りすぎている可能性だってある。

クロイトナーはリーデルンからミースバッハへ向かって走り、そこでヴァイアルン方面の道路に曲がった。ミースバッハを出て数キロ走ったところで今度は東へ向かう小さな道路に曲がった。その道路はクルッガーの家の前を通っていて、除雪されたばかりだった。家は道路からすこし離れたところにあった。進入路はアスファルト舗装ではないようだ。除雪はされていなかった。除雪車は進入路の入口に雪を山のように積みあげたままにしている。だがクロイトナーにはどうでもいいことだった。どのみち家のそばに駐車するつもりはなかった。とはいっても、駐車スペースを見つけるのはむずかしかった。道端には雪が五メートルくらい積みあげてあったからだ。これでは四輪駆動車でも厳しいだろう。クロイトナーは近くの農家まで道路を五百メートルほど走って、そこの住人にしばらく駐めさせてくれと頼むほかなかった。

進入路の五十メートルほど手前で、クロイトナーは牧草地に入った。進入路に足跡を残したくなかったからだ。深い雪をかき分けながら敷地まで百五十メートルほど歩き、家に着いたころにはへとへとになっていた。柵の向こうはハマナスやガマズミや小さな紅葉樹の茂みになっていた。夏にはいい目隠しになるだろうが、葉が落ちたいまはそこから中を透かして見ることができる。家は小ぶりでバイエルンの農家風の造り。おそらく贅沢をする余裕のなかった戦後直後に建てられ、その後、ガラスをたっぷり使った平屋根の建て増しがおこなわれている。役所の建築許可を取っているかあやしいものだ。郡の建築課はよほどでもないと平屋根を認めない。だが辺鄙なところだから、だれも問題にしなかったのだろう。

敷地の西側の境界は草が茂っていてよくわからない。そこもイチイや背の低いトウヒなど常緑樹が視界をさえぎっている。その緑地にすこしへこんだ部分があって、そこに石の十字架が立てられていて、ツタが絡まっている。クロイトナーは左側のテラスのそばを通って、家の裏手にまわった。窓には近代的な金属製ブラインドが降りていた。そして薪が積んであり、その横に木製のドアがあった。ドアはデジタルドアロックになっていた。クロイトナーはあたりを見まわして、薪の山に目をとめた。母と暮らしたボロ家では、積んだ薪の上から三番目に鍵を隠していた。すぐわかる場所だが、そもそも空き巣に狙われることなんてなかった。一番の貴重品は十二年もののモノクロテレビだった。クロイトナーはしゃがんで薪の隙間を覗いた。たいした時間もかからず、プラスチックのように光るカードを見つけた。薪をどかしてみると、クレジットカード大のパウチ加工された紙が出てきた。そこに六桁の数字が印刷されていた。デジタルドアロックのテンキーにその数字を打ち込むと、かちっと音がして、小さな赤いパイロットランプが緑色になった。

家の中は別世界だった。一階は大きなひと間で、オープンキッチンになっていて、ほかに納戸とトイレがあった。床には暗色の無垢材が張られ、壁はレンガをむきだしにしたまま漆喰が塗られていた。ところどころにモダンな絵がかけてあり、照明をつければ、その絵にスポットライトが当たるようになっていた。もちろんクロイトナーは照明をつけたりはしなかったが。テラスに向いた掃き出し窓は強化ガラス製で、カーテンは取りつけていなかったので、日の光が家の中まで差し込んでいた。部屋の真ん中にはとても大きなカウチが置いてあり、同じデザインのカウチ用のテーブルとセンスのいい、きっととんでもなく高価な家具があった。テラスの掃き出し窓から一番離れた一角に、コンピュータと複数の液晶モニターがあった。そこの壁には経済専門誌のチャートや記事、それにさまざまな日刊新聞の株式欄が貼ってあった。

部屋には個人的なものがまったくなく、例外は暖炉の上に飾ってある写真だけだった。若い女の写真だ。プロが撮った写真で、女性は夢見るような仕草をしている。掛け値なしに美しく、普通は表情に乏しいと思われる顔に魂の深みを感じさせるような謎めいた趣があった。よく見ると、同じ女性の写真を収めた銀製の写真立てがいくつかコンピュータの横に置いてあった。クロイトナーは写真を一枚、写真立てから抜いて、ジャケットにしまった。

コンピュータを起動してみたが、パスワードの入力を求められた。ここに薪の山はない。コンピュータの電源を切り、家を物色することにした。

二階の寝室はとくに広くないが、あきらかにインテリアコーディネーターの手が入っている。コンピュータおたくで、ロウソク工場経営者の息子バプティスト・クルッガーがこんな奇抜な発想を持ちあわせているわけがない。だがそれよりも気になったのが、隣室がウォーキングクローゼットにリフォームされていたことだ。ホモセクシャルやファッションデザイナーでもないかぎり、男がウォーキングクローゼットを作らせるとは思えない。案の定、そこにあるのはほとんど女物ばかりだった。しかも三つある靴棚には女物の靴がゆうに六十足はあった。

外でエンジン音とザザザとこすれるような金属音がした。クロイトナーは窓辺に立って、ブラインドの羽の隙間から外をうかがった。家までの進入路を除雪車が走っている。よくない兆候だ。持ち主が来るので、除雪を頼んだのかもしれない。引きあげる潮時だ。

一階に下りると、クロイトナーはあらためてコンピュータに視線を向けた。コンピュータがパスワードで保護されていることを思いだした。裏口のデジタルロックといい、テラスに面した掃き出し窓の強化ガラスといい、一階の窓の金属製ブラインドといい、この家の所有者は用心深い。クルッガーがこの家の存在をひた隠しにしていることも気になる。それでいて、暗証番号のカードを薪の中に隠している。だれでも見つけられそうなところに暗証番号のカードを置くなら、なんのためのデジタルロックだろう？　持ち主が暗証番号を覚えられないからか。それなら覚えておくのにもっといい方法があるはずだ。クロイトナーはますますこの家はおかしいと感じた。早く逃げだしたほうがよさそうだ。

表玄関は内側から開かないことがわかり、クロイトナーは裏口にもどった。ところが驚いたことに、そこも内側から開けられなかった。ドアハンドルがついていなかったのだ。残るは窓だけだ。テラスに出る掃き出し窓には大きな一枚ガラスがはめられていて、同じくひらくことができなかった。クロイトナーはブラインドが降りている小さな窓を試すことにした。窓の横に簡単なボタンがあったので押してみた。ブラインドが上がった。それは両開きの窓だったので、真ん中の桟にハンドルがあるはずだが、なぜか取り除かれていた。クロイトナーはいやな予感を覚えた。家中の窓が開かず、しかもすべて強化ガラスだったので、割ることができない。これでは袋のネズミだ。

クロイトナーはどうしたらいいか考えた。ヴァルナーに連絡すれば、状況を理解して、助けだしてくれるかもしれない。ヴァルナーはクロイトナーの不法侵入をある意味、黙認した。それに友だち甲斐のある奴だ。見捨てたりしないだろう。ここでクロイトナーはまた意表をつかれることになる。家の中では電波が遮断されていたのだ。どうやらジャミング装置が設置されているらしい。不法侵入者への万全な対策を施していたのだ。そしてクロイトナーは閉じ込められた。最後に残る希望は固定電話だ。しかし案の定、固定電話は不法に使用されないように暗証番号で守られていた。

外で車が近づく音がして、車のドアが開いた。つづいてふたりの男がしゃべる声がした。家に近づいてくる。

55

ミーケはティファニーを自宅で襲ったナイフ男の捜査をつづけ、いくつか成果があった。まずヴァルナーのダウンジャケットにだれか（おそらくナイフ男）が盗聴器を仕掛けたときに協力した東欧訛の女の素性が似顔絵から判明した。女は夜の歓楽街で働いていた。警察から目をつけられたくなかった女は協力的で、意外とあっさり白状した。知らない男から電話があり、ちょっとした仕事をしないかと誘われたのだという。具体的にはミースバッハ刑事警察署のヴァルナー刑事をあるレストランに誘いだし、ハンドバッグの話をして、三十分くらい足止めをするというものだった。提示された報酬額がよかったので、女は了承し、前金として提示額の半額を受け取り、ヴァルナーに会ったあと残りを受け取った。電話の男は、どうやって女の電話番号を知り、この仕事を依頼したのかいわなかった。それに男と顔を合わすこともなかった。だがヴァルナーたちと会っているとき、自分たちのほうをちらちら見て、ワードローブへ立った男が目にとまったという。顔はちらっと見ただけなので覚えていなかったが、背格好は証言することができた。五十歳くらいの男で、電話ではバイエルン訛がきつい標準ドイツ語を話していたらしい。ミュンヘン警察は夜の歓楽街に巣くう前科者にあたりをつけた。そうでもなければ売春婦を囮に使おうなどと考えるはずがないからだ。

女の証言から被疑者は六人に絞られた。六人とも暴力行為で有罪になった前科者だ。ただ顔写真を女に見せても確証は得られなかった。ダンサーのティファニーに見せるのが早道だが、担当医に却下された。犯人を、たとえ写真でも思いださせるのは精神的負担が大きすぎるというのだ。そのため六人全員の捜査をするほかなかった。ひとりは四週間前からシュターデルハイム拘置所に収監されていた。もうひとりは喧嘩をして腕を折り、三日前から入院していた。このふたりは被疑者からはずされた。ミーケとふたりの捜査官はミュンヘン警察の助けを借りて残る四人が事件当時なにをしていたか事情聴取した。四人はおしなべて口が重く、非協力的だった。

ヴァルナーはそのあいだに、ふたりの捜査官を連邦憲法擁護庁の元情報提供者ヨゼファ・レーベレヒトのところへ差し向け、ミースバッハ署に来て、事情聴取に応じるように要請した。レーベレヒトは大事な用事があるといって、ミースバッハに来ようとしなかった。埒があかないと判断したヴァルナーはすぐティシュラー検察官に電話をかけ、レーベレヒトに対する逮捕状を発出してもらった。レーベレヒトが以前、連邦憲法擁護庁のために働いていたと知ると、ティシュラーはメディアが食いつくと判断し、逮捕を認めた。午前が終わるころ、捜査官ふたりが改めてヨゼファ・レーベレヒトの住居のベルを鳴らし、逮捕令状を呈示した。

そのころクロイトナーは大変な目にあっていた。バプティスト・クルッガーの家の前でふたりの男が車を降り、表玄関に歩いてきた。クロイトナーには考える時間がなかった。一階に地下室に通じると思われるドアがあった。だがそれも鍵がかかっていた。トイレも論外だ。家に入ってきた奴がトイレを使うかもしれない。残るは小さな納戸だけだ。運よくそこを調べなければいいのだが。クロイトナーはそこでじっと息を潜め、ふたりが帰っていくのを待つことにした。もしかしたら隙を見て逃げられるかもしれない。クロイトナーにはそれが最善の策のように思えた。なぜならふたりがまた施錠すれば、閉じ込められたままになってしまう。

家に入ってきたふたりは三十代で、がっしりしていて、警備会社の制服を着ていた。ふたりは表玄関を開けるための鍵と暗証番号を持っていた。玄関でブーツをとんとんと踏みしめ、付いた雪をていねいに落としてから照明をつけ、玄関のドアを閉めた。そしてまっすぐ納戸に歩いてきてドアを開け、クロイトナーを引っ張りだして床に突き飛ばし、手錠をかけた。

落ち着いていて、じつに手際がよかった。クロイトナーが抗議すると、警備員のひとりが

「黙れ！」といって、二回クロイトナーの頬を張った。それから三十分はひりひりするほど激しい平手打ちだった。だがあとになってみれば、それでもまだ手ぬるいものだった。

クロイトナーは手錠をかけられたまま背もたれのないスツールにすわらせられた。警備員のひとりは彼の前に立って、窓とクロイトナーをちらちら見ながら、退屈そうに足を踏み替えるばかりでなにもいわなかった。上司らしいもうひとりがデスクでクロイトナーのIDカードと運転免許証をコピーした。身分証明書はいつも制服の上着に入れている。クロイトナーはそれを癖にしていてよかったと思った。警備員は所持品チェックをした際、女の写真も見つけた。デスクにあるのをクロイトナーが押収したものだったが、警備員は自分たちの目的には役に立たないと思ったのか、またポケットにもどした。コピーが終わると、警備員はIDカードと運転免許証をクロイトナーの札入れに入れて、クロイトナーの上着のポケットにもどした。そしてもうひとりの警備員と並んでたずねた。

「ここはあんたの家か？」

クロイトナーはふてくされた顔をした。

「どう思う？」

警備員がクロイトナーに顔を近づけた。

「おい、ふざけている場合じゃないぞ。もう一度訊く。ここはおまえの家か？」

「いえるじゃないか。おまえの家じゃないんだな？」

「違う」

クロイトナーはなにもいわなかった。

「おまえに訊いてるんだ！」

「俺の家じゃない」クロイトナーはすこしへりくだっていうと、床を見つめた。これはまだ序の口だと感じたのだ。

「ほう、おまえの家じゃない。じゃあ、ここでなにをしてるんだ？」

「じつは……タイヤがパンクして、ロードサービスに電話をかけようと思ったんだ。ちょうどこの家のドアが開けられたんで、入ったという次第さ」

「ここのドアが開いていたはずはない。ありえないことだ」

「いや、そうじゃなく、薪のあいだに暗証番号が書かれたカードがあったんだ。ちょっと入らせてもらって、助けを呼ぼうって思ったのさ」

警備員ははじめに取りあげたクロイトナーのスマートフォンをポケットからだした。「なんで携帯で電話をかけなかったんだ？」

「ここでは通じない。試してみろ」

「もちろん家の中ではむりだ、ボケ。ジャミング装置がはたらいている。おまえのようなゴロツキが外に電話をかけられないようにな。だが」警備員はクロイトナーの耳をつまんで

（とんでもない痛さだった）、頭をテラスのほうに向けさせた。「外でならいくらでもつながる」

「俺のはつながらなかった。ときどき調子が悪くなるんだ」

「じゃあ、電話をするために不法侵入したのか？」

「俺はなにも盗んでいない。全部あるだろう。ちゃんと見てみろ」

「だが電話は取らなかった」

クロイトナーが抗弁しようとすると、警備員が部屋の隅を指差した。それで、クロイトナーにも小型監視カメラが無数に仕掛けられていることが知れた。うまく隠してあるが、慣れた目には一目瞭然だ。

「いたるところを探っていたな。盗むものがなかったか？　コンピュータを盗んだらいいじゃないか。家具も高級品だぞ。ちょっとかさばるがな」

クロイトナーはなにもいわなかった。警備員は部下のほうを向いた。「どうする？」声をかけられたほうが愉快そうな顔をして肩をすくめた。上司はまたクロイトナーのほうを向いて身をかがめた。「警察を呼ぶか。おまえにとっては迷惑な話かな」

警備員が思っているのとは違う事情だが、クロイトナーにとってはたしかにありがた迷惑だった。

「もしかしたら保護観察中かな。そういうのはわかるもんだ。おまえらこそ泥のことはよくわかってる。これでまた数年は塀の中だな、いい気味じゃないか」

クロイトナーは正直どういい返したらいいかわからなかった。自分は警官だといったらどうだろうとちらっと考えたが、目の前にいるのはプロだ。クロイトナーに家宅侵入する権利がないことはよくわかっているはずだ。

警備員がクロイトナーの頬を軽く叩いた。

「運がよかったな、アミーゴ。依頼人は面倒ごとが嫌いなんだ。警察は呼ばずにおく。よかったな」

「それはありがたい。二度とここには来ない」

警備員は笑って、一旦部下に顔を向けてからさらに愉快そうにクロイトナーを見た。笑いながら、なにもわかってないとでもいうように首を横に振った。「では警察を呼ばないことでは意見の一致を見たわけだ。だけど、念には念を入れる必要があることもわかるよな？」

「念には念を入れる？」

「おまえには学習してもらう必要がある。二週間後にまたおまえをここから追い払うはめに陥るのはごめんだ。おまえには肝に銘じて欲しいのさ。ここは鬼門だってな。わかったか？」

「それはよくわかったさ」

「口ではどうとでもいえる。だけど俺はそんなの信じない。おまえのような奴は喉元過ぎればすぐ忘れる。指を火傷しても、翌日には忘れるだろう」

「わかったといってるだろう。なんでまた来ると思うんだ。保安体制が完璧だってよくわかった。防犯カメラまで揃ってる」クロイトナーは口の中が渇いた。

「頭で分かっていてもしょうがない。遺伝子に組み込まれてるんだからな。おまえらは空き巣に入って、ものを盗み、人の気持ちを逆撫でせずにいられないんだ。そういう性分なのさ」警備員はクロイトナーの鼻をつまんで、笑いながら左右に振った。「そうすりゃいい。好きなだけ人に嫌な思いをさせればいいんだ。俺たちにはどうでもいいことだ。ただ俺たちの依頼人には二度と手をださせない。個人的には構わないが、これが仕事なんだ」警備員は仕方ないという顔をして部下を見た。部下のほうも残念だとでもいうようににやっとした。クロイトナーは背筋が凍った。

「なあ、交渉しないか。そんなことはやめるんだ。……金ならだす」

上司がクロイトナーの上着から札入れをだし、札が何枚入っているか見た。入っていたのは十五ユーロだった。十ユーロ紙幣と五ユーロ紙幣が一枚ずつ。上司はそのはした金をクロイトナーの目の前でひらひらさせた。

「俺たちを買収しようってのか？　呆れたな。俺たちは正直者だ。傷つくな」警備員は部下のほうを向いた。「こいつ、俺たちに賄賂を寄越そうとしたぞ」

部下は呆れたという顔をした。上司は紙幣を札入れにもどし、クロイトナーの上着に丁寧に入れた。

「これだからだめなんだ。誠実さのかけらもない。矯正するのは本当に難しい。だからちょいと手伝ってやろうってんだ。感謝しろ」

警備員は上着を脱ぎはじめた。これから汗をかくとわかっているようだ。部下のほうも同じように上着を脱いで、袖をまくりあげた。

「おいおい！ 馬鹿なことはよせ。なにをしようってんだ？ 話せばわかる。やめるんだ。よく考えろ。俺はおまえたちに他意はない。おまえたちだって俺に他意はないはずだ。ストレスになることはやめようじゃないか。その点でも意見は一致するはずだ。そうだな……なんならキルシュヴァッサーをひと樽やってもいい。自家製だ。めったに手に入らないものだ」

クロイトナーがいくらいっても、ふたりの警備員はどこ吹く風という様子で腰に下げていた黒いゴム製棍棒を抜いた。

「待てよ！ どうかしてんじゃないか？ キルシュヴァッサーが五十リットルだぞ！ アルコール度数四十八パーセント！ 一年は楽しめる」

「仕置きが終わったら、自分で飲むんだな」警備員はゴム製棍棒で左手を叩いた。

56

朝日は顔をださず、昼にはミースバッハ刑事警察署の前の駐車場に雪が積もった。昼なお暗く、どの部屋も照明がついていた。署の前でパトカーから降りた女性は後ろ手に白いプラスチックの手錠をかけられていた。ショートコートとジーンズという出で立ちで、髪の毛は赤くふさふさだ。年齢から推して染めているようだ。美しい顔立ちだが、目尻や口元のしわを見れば、山あり谷ありの人生だったことがわかる。年齢は五十歳くらいだろう。ふたりの巡査がその女性を署に連行した。まず持ち物検査所を通り、そのあと階段室の扉を開けて、二階に上がった。

被疑者が取調室に入った、と巡査から連絡があった。ヴァルナーは二分で行くといって外を見た。窓ガラスの下の部分にうっすらと雪の筋ができ、風に巻かれた雪片が窓ガラスに張りついてはすぐに溶けた。風が吹いているのが気になった。取調室へ行く途中には、いつも開けてある窓があり、風が廊下を激しく吹き抜ける。ヴァルナーはダウンジャケットを着ることにした。部下に陰口を叩かれようが気にしていられない。俺は署のボスだと思い直して、自分が正しいと思う服装をした。

女は脚を組んで、両手をふとももにのせ、空色の目で気だるそうにヴァルナーに微笑みかけた。ヴァルナーは簡単に自己紹介して、テーブルの反対側に着席し、ミーケとヤネッテはボスの左右に陣取った。ヴァルナーはなにもいわず、書類を読み、ぺらぺらめくってはまた読みつづけ、それから女を見た。

「無理をいって申し訳なかったが、どうしても来てもらう必要があったんだ。ヨゼファ・レーベレヒトさんだね？」ヴァルナーは取り調べをはじめた。

女は黙っていた。

「人が三人殺害された。あなたが関係している疑いがある」

「曖昧な言い方ね。どう関係しているというのかしら？」

「それはこれから話す。もちろん弁護士を呼んでもかまわない」

「結構よ。法学を学んでいるから」

「お節介なことはいいたくないが、刑事弁護士でもこういう状況では弁護人を立てるぞ」

「わたしは平気よ」レーベレヒトは腕組みした。

「ご自由に」ヴァルナーはまた書類を見た。

「コーヒーはいかがかな？」

「ひょっとして建物の中ににおっている代物？」

「いらないということだね。氏名はヨゼファ・レーベレヒト。生年月日は？」

レーベレヒトは知らんぷりをした。

「これは決まりでね。協力をお願いする。そうすればすぐに本題に入れる」

「一九六四年四月十日」

その後は人定質問を滞りなく済ますことができた。

「法律家だね？」

「それは昔の話。いまはフリーライターよ」

「それで生計を立てているのかね？」

「わたしがなにで生計を立てようが関係ないでしょ？」

「こちらで判明している事実によると、あなたは友人を脅迫して金銭を要求したようだが。経済状況は好転したのかね？」

「国の世話にはなっていないわ」

ヴァルナーは書類から三枚の紙を抜きとった。それぞれ顔写真のプリントアウトだった。

「この人たちを知っているかね？」

「ええ」

「殺したのはあなた？」

レーベレヒトは二本の指で下唇をいじり、半目でテーブルに視線を泳がせた。

「なんですって？」

「この三人を殺したのはあなたかと訊いている」

「その質問にはひとまず答えないでおく」

「つまり殺したことを否定しないんだな?」ミーケがレーベレヒトへの嫌悪感をなんとか沈めながらたずねた。

「黙秘がなにかわかっているはずよ」

ヴァルナーはファイルから写真を一枚抜いて、テーブル越しに差しだした。その写真を見ても、レーベレヒトの表情は微動だにしなかった。それでも吐き気を覚えたようだ。あるいは不安だろうか。

「この写真に見覚えはあるかね?」

「いいえ」

「これがだれで、この写真がどういう意味を持っているか知っているかな?」

「いいえ」

「この写真は三人の遺体すべてに残されていた。犯人はこれでなにかいいたいと見ている。なにか思いつくことはないかね?」

「なにも知らないといったでしょ。何度も同じ質問をしないで。これじゃ、埒があかないわ」

「申し訳ない。こちらはあなたの本心が違って、嘘をついている可能性を計算に入れなくてはならないのでね。この写真とあなたの脅迫になにか関係があるのではないかと思っている。

そうなのだろう？」

「真相がなにかまったくわかっていないのでしょう？」

「あなたが脅迫した人物三人が死んでいる。あなたは三人ともう何年も連絡を取っていなかった。そしてなにを意味するかわからないこの写真が出てきた。レーベレヒトさん、あなたが納得のいく説明をしてくれるものと期待しているんだ」

レーベレヒトは片手でテーブルの上を払った。

「どうしようかしらね」

「ということは、我々に話すことがあるんだね？」

「だれにだって物語のひとつやふたつあるものでしょ。わたしの物語のどれを聞きたいのかしら？」

「わかっていると思うが」ヴァルナーはコーヒーをスプーンでまわしながらいった。「このコーヒーはにおっているほど悪くない。やはり一杯どうかね？」

「じゃあ、一杯いただくわ。ミルクなしで、角砂糖は四個」

だれも動かなかった。

「俺はボスだ」ヴァルナーはヤネッテとミーケにいった。「まさかコーヒーを持ってくるのは俺じゃないよな」

「はい、はい」ミーケは立ちあがった。「ここが男中心主義だって印象を残したくない。角砂糖は二個か?」

レーベレヒトはヴァルナーを見た。

「ちゃんと給仕できる人をお願いするわ」

ヤネッテはミーケに指を四本立てた。

「俺にだってできる。一度やらせてくれ」そういうと、ミーケは部屋から出ていった。

「いまのところあなたは、被疑者リストのかなり上のほうにいる。犯人ならそろそろ自供してもらいたい。犯人でないのなら、あなたがやった脅迫の背後になにがあるのか説明してもらおう」

「脅迫したことは認めるしかないようね。仮にわたしが本当に脅迫をしていたとしたら、自供すれば不利になるでしょう」

「不利にはなるが、その代わり、三人を殺害したというはるかに深刻な嫌疑を免れることができる」

「あなたのその高飛車な態度が気に障るんだけど。わたしを脅迫者と呼ぶあなたは一体何者よ?」

「いいかね。俺は毎日、悪党と関わっている。影響を受けないほうが不思議じゃないか。さあ、いうかいわないかどっちだ?」

ミーケはコーヒーをいれたマグカップを持ってもどってくると、砂糖とスプーンをのせた小皿といっしょにレーベレヒトの前に置いた。マグカップには「だれかがやらなきゃ、仕事にならない」というロゴが書かれていた。

「角砂糖四個とはいわれたが、カップの大きさは話題にならなかった。砂糖は自分で入れてくれ」

レーベレヒトがふっと笑った。あきらかに微笑んでいる。

「それ、クロイトナーのね」ヤネッテはいった。

「だからなんだい？　あいつはきょういない」

「ただいっただけよ。それはあいつの私物だから」

「聞いたな」ミーケがレーベレヒトにいった。「噛(か)みついたりしないでくれ」

レーベレヒトは砂糖を四袋コーヒーに入れ、よくかきまぜ、それからひと口飲んで、ヴァルナーのほうを向いた。

「取引をしましょう」

「どういう？」

「やったかもしれない脅迫、あるいは脅迫未遂の罪を免れられる」

「ミュンヘンにいる担当検察官に電話で確認する必要がある」

「ここにはいないの？」

「ここをどこだと思ってるんだ？　田舎だぞ」

十五分後、取引が検察局で却下された、とヴァルナーが告げた。

「いまのところ配慮すると口頭でいうくらいしかできない。無論そのことを記録に残してもいい」

レーベレヒトは、それでいいといった。

「ただしあなたが重要な証言をしなければ、取引はなしだ」

「ご心配なく。興味を持つはずだから」

「いいだろう」そういうと、ヴァルナーはボイスレコーダーのスイッチを押した。

57

フランクは動物シェルターからかなり離れたところから、さらに一時間、双眼鏡を覗きながら様子を見た。だれも来ないか確かめたかったのだ。ボランティアはきょう、来ないはずだ。ボランティアは六人いて、来るときはそれぞれ何曜日かが決まっていた。フランクが時計を見て、車のエンジンをかけようとしたとき、酒販売店のトラックがそばを通り過ぎて動物シェルターに入っていった。

酒販売店の人間がテーブルとベンチのセットを十個荷台から降ろすのが遠目に見えた。ダニエラも手伝って、母屋の壁際に積んだ。それから屋外暖房機六台と同じ数のプロパンガスボンベなど関連機器がトレーラーから降ろされた。トラックが去ってからさらに三十分待って、フランクは車を発進させ、動物シェルターに向かった。

フランクがまだ動物シェルターに着く前に、ダニエラが母家から出てきて、車に乗り込んだ。出かけられるのは困るが、ダニエラの車はすでに走りだしていた。道は除雪車が左右に積みあげた雪のせいで狭くなり、すれ違うことはできなかった。フランクは車を停車して、降りると、ダニエラの車のところへ行った。ダニエラがウインドウを下げ、驚いてフランクを見つめた。「おはよう、フランク。きょう来るとは思わなかったわ」

「急に来たくなってな。ちょっと話したいことがあるんだ」

「あとでもいいかしら？」

「すぐ終わる」

「ごめんなさい。これからチロルに行かなくちゃいけないの。大事な用でね。あしたではだめかしら。あるいは今晩もどってから」

フランクはどうしようか考え、ひとまず状況を把握することにした。

「いつ帰ってくるんだい？」

「午後六時かな」

「ふむ。わざわざ足を延ばして損をしたってことか」

「わたしと話があるだけなの？」

フランクはきょとんとしてダニエラを見た。

「いろいろ仕事があるんだけど。ひとりで作業するのでよければ」

フランクには好都合だった。

「それでもかまわない。母屋に入ってもいいかな？」

「いいわよ。はい、これ！」ダニエラはフランクに鍵の束を渡した。「ロバの糞はまだ片づいていないわ。それから馬にブラシをかけていないの。ちょっと見た目をよくしないと。実は警察がうちでクリスマスパーティをするのよ」

「そうなんだ！」

「ええ、そういう話になったの。そうだ、家畜小屋の壁際に大量のイルミネーションライトが置いてあるの。さっき搬入されたところで、それもクリスマスパーティ用。よくわからないのだけど、あなたは電気工だから、うまく点灯するか見てくれるかしら？ ブレーカーが落ちたら困るものね」

「いいとも。チェックしておく」フランクは鍵の束を受け取った。「きょうはだれか来るかな？」

「いいえ、ボランティアが来る予定はないわ。どうして？」

「どうなのかなと思ってね」フランクは二、三時間、だれにも邪魔されずにすむことになる。

「ところでチロルのどこに行くんだい？」

「別の動物シェルター。協力しあえるかなと思って。念のため電話番号を教えておく」ダニエラは「イン谷動物シェルター」の名刺をジャケットのポケットからだして、センターコンソールに二本のボールペンといっしょにきれいに並べていたメモ用紙の束から一枚取って、電話番号を書きつけた。「飲みものがどこにあるか知っているわよね」そういうと、ダニエラはメモをフランクに渡した。

フランクはうなずいた。

「六時にもどるんだな？」

「そのころには帰ってしまうでしょ？」

それまでに口座の情報と暗証番号が見つけられなかった場合に備える必要がある。

「まだいるかもしれない。やることはいくらでもあるからな」こういっておけば、帰ってきたときに明かりがついていても、ダニエラは驚かないだろう。「帰るとき俺の携帯に電話をくれ。キッチンオーブンの火を起こしておこう」

「それはありがたいわ」ダニエラはウィンクをして感謝の気持ちをあらわした。その後フランクは車を動かして道を空け、ダニエラを通した。これで数時間、宝物探しができるとフランクは大喜びした。

58

「このコーヒーを飲むと、学生自治委員会の会議を思いだすわ」そういうと、ヨゼファ・レーベレヒトはマグカップを前に押しやった。「これもニカラグア産の連帯コーヒー(フェアトレードコーヒーのこと)だったりする?」

「この国は貧しいから、ニカラグアと連帯する余裕はない。いま飲んでいるのは搾取されたコーヒーだろうな。それより、なにか話そうとしたよな」そういうと、ヴァルナーはボイスレコーダーが動いているか確かめた。

「そうだったわね。ちょっと古い話からしたいんだけど。だめかしら?」

「俺たちは時間給じゃないが、時間はある」

「わかった。まず母親の話からする。ゲルリンデ・レーベレヒトというの。父親と同じ弁護士。しかも父親よりも成功していた。だから父親は一九七〇年代に離婚した。離婚の原因がそれだとは決して口にしなかったけど。ちょっと話がそれちゃったわね。でも、わたしのその後の人生は、母親を憎むことで決まったようなものなの。母は厳しい人だった。そのせいで家族崩壊が起きたのよ。でも傑作なのは、母親のようになりたくないと思っていたわたしが同じ道を辿ってしまったことよ。これがわたしのジレンマ。わかるかしら。わたしは母親のようになりたくなかった。でも自立するためには、どうしてもわたし自身、情に流されない女になるしかなかった。つまり法学を学んだのよ、母親と同じように。わたしたちの社会でもっとも手堅くて完璧な存在に思えたの。自分たちにしかわからない知識で他の人をくびきにつなぐ連中。わたしは、いいなと思った。そしてその一員になろうとした。学費は母親がだしてくれた。といっても、それでは足りないから長期休暇にアルバイトをしたけどね。でもその学費だって、父親がわたしのために支払っていた養育費にちがいなかった。それでも、母親はなにかというと、学費を工面するのは大変だとわたしにいった。憎たらしいったらなかった。反吐が出るほど。いっそのこと売春婦になったほうがいいと思ったくらいにね。で、実際それに近いことをしたわけよ。すこしはましだったけど。ある日、ヴュルツブルクのカフェにいたの。よくそこで勉強していた。そのとき話がしたいといって若い男が声をかけてきたのよ。わたしはなんとはなしに、『いいわよ』って答えた。男はわたしのテーブルに移ってきていった。

『前から観察していて、まわりにも話を聞いたんだが、みんな、きみを誉めていた。熱心に法学を学び、成績もいいし、社会活動に関心がある。気に入ったよ。定収入が欲しくないかな？　そのまま学生をつづけてくれていいんだ。ただしミュンヘン大学に転校してほしい。左翼学生と仲よくなって、定期的にリポートしてほしいんだ』

わたしは最初、耳を疑った。スパイをしろってことでしょ。大声で怒鳴りつけようかと思った。おもしろいことになると思った。というのも、そこはMGとかそういう連中の溜まり場だったから」

「MGというのは？」ミーケがたずねた。

「マルクス主義グループのこと。自分たちはものすごくラディカルだと思い込んでいる政治の道化よ。それはともかく、わたしは叫ばなかった。声をかけてきたその男は、法治国家をテロリストから守らなければならない、わたしが仕事を引き受ければ、多くの命を救うことになると一生懸命訴えた。わたしは興味がなかった。でも男はそのあとメモを寄越したの。そこにはドイツマルクで報酬が記されていた。年収かとわたしはたずねた。そしたら男がいったの。毎月これだけ払うって。そしてひと晩考えてくれといって、去っていった。次の日、わたしは仕事を引き受けて、ミュンヘン大学に転校するって母親にいった。『話にならない。勉強に身が入るわけがない』って母親にいわれた。糞食らえっていってやった。たぶんそれが、母親がわたしから聞いた最後の言葉だったと思う。たしか一九八五年だった。さて、ここからはすこし端折(はしょ)りましょう。一九八五年からわたしはミュンヘンで左翼学生の中に潜り込んだ」

「そのメモが気になるな。月給」ミーケが口をはさんだ。「記録する必要がある」

「それは口外を禁じられているわ。それにあなた方が知りたい内容とは関係ないと思うけど。いい金額だったとだけいっておく」

「それでその報酬でなにをしたんだ？」ヴァルナーは話を元にもどした。

「ミュンヘンで政治集会に出て、学生自治委員会に入り、いろんな活動やデモに参加して、知り合いを増やした。そこにあやしい連中がいたんでね。いわなくてもわかるでしょ」

「それってむずかしいことじゃない？」ヤネッテはたずねた。「自分が確信していない政治信条を表明するって」

「わたしは左翼に理解を持っていたわ。だから問題なかった。両親も左翼だったし、学校の仲間もそっち寄り。みんな、左翼だった。左翼的思考がわかる者から左翼に熱心な女になってみせればいいだけだった。とくにむずかしいことではなかったわ」

「なるほど。あなたは左翼の人間だったのね。でもそれなら」ヤネッテにはレーベレヒトの考え方がわからなかった。「仲間を裏切ったことにならない？」

「つづけるうちにモラルなんてどうでもよくなったわ。マックス・シュティルナーを知ってるかしら？」

「名前は聞いたことがあるかしら」

「まさか。聞いたことなんてないはずよ。ドイツの哲学者。十九世紀前半のね。かなり過激な考え方をした人で、思春期のエゴイズムを垂れ流しているだけだとみなされて、いまではすっかり忘れられている。でも、わたしはシュティルナーの思想に救われた。彼はこういっているの。自分の意思でおこなっていないことには理由を持つ必要がない。だからわたしは自分の行動を理由づけしなくていい。いいでしょう。最高だと思った。わたしの人生を決定づけた言葉よ。でも精神分析をしているのではなかったわね。当時のわたしの仕事に話をもどしましょう。左翼学生と知り合いになって、熱心に活動し、ときどきちょっとした報告書を書いた。でも、本当に重要なことは書かなかった。デモに参加したこととか、徴兵活動の邪魔をしたこととか、ポスターを片端から貼ったこととか、そういった違法行為についてね。わたしはドイツ赤軍とは何光年も離れたところにいた。そしてそのうち左翼学生たちのルームメイトになった。ここからがおもしろくなる。アパートにはわたしの他に、女がふたりと、男がひとり住んでいた。女のひとりはゾフィー・クラム。典型的な善人。福祉教育学を専攻していて、他人に理解があり、ひどいことは一切せず、いつも手助けするようなタイプ。といっても善人ぶっていたわけじゃなくて、自分は善人じゃないという思いの裏返しだった。もっと努力しなくちゃいけないとは一度もいわなかった。彼女の考え方はエマナチオ（新プラトン派のプロティノスの唱えたもので、この世の出来事はすべて唯一絶対者からの「流出」によるという考え）だった。この言葉、知ってる？」

「いいえ、よくは知らないわ」ヤネッテがいった。

「じゃあ、調べてみて。イェルク・イマークネヒトはたったひとりの男のルームメイトだった。アンドレアス・バーダーみたいなタイプ。すごく支配的で、自分勝手で、ころころ意見を変えた。でも魅力があった。カリスマといってもいいわね。あいつが会合で発言するだけで、うっとりする女が続出した。一番熱を上げていたのはアネッテ・シルトビヒラーね。でもあの女の話はあとでする。イェルクはわたしと同じ法学生だった。人を支配するための学問だったからよ。奴らの武器で奴らを粉砕する、役所に入ってシステムを内側から打倒する、とイェルクはいっていた。左翼思想とスポーツカーに乗ることはイェルクにとっては矛盾しなかった。アンドレアス・バーダーも車が好きだったでしょう。それと武器にも目がなかった。矛盾の極みよ。平和デモに参加しながら、ドイツ赤軍の武装闘争を支援したんだから。イェルクが人生でもっとも興奮した体験はなんだと思う？」

レーベレヒトは捜査官たちを見まわした。ヴァルナーがいった。

「拳銃を手に入れたことかな？」

「あらまあ！　やるじゃない。どうやって手に入れたか教えるわ。ある晩、ジョフリーという男から電話があったの。ドイツ赤軍の連絡係を自称していた。大声ではいってなかったけど。ジョフリーは中枢のメンバーを知っているとわたしたちは思っていた。私たちが羨望の眼差し(まなざ)しを向けたことは容易に想像がつくでしょう。いまになってみれば、ジョフリーは恰好をつけていただけだと思うけど。で、ある晩、電話でふたりの人物を泊めてくれといってきたの。ジョフリーが連れてきたのは男女のふたり連れだった。ふたりはわたしたちとほとんど話をせず、イェルクの部屋で寝て、翌朝、出ていった。そのあとイェルクの枕の下に拳銃があったの。ふたりがだれだったか、だれにもわからなかった。でもイェルクはひとりがビルギット・ホーゲフェルトだったと確信していた」

「無知だと思うかもしれないけど……」ヤネッテがいった。

「質問するだけましね。ビルギット・ホーゲフェルトは第三世界の中心人物だった。といっても幽霊も同じ。十年ものあいだ潜伏していた。そういう人に会うなんて信じられないでしょう」ヨゼファ・レーベレヒトは芝居がかった言い方をした。「コマンドレベル！　神に等しい存在！　わたしも興奮したことを認めるわ」

「どうして連邦憲法擁護庁に連絡しなかったの？」

レーベレヒトはボイスレコーダーを指差した。ヴァルナーは録音をやめた。

「だって正体がばれちゃうでしょ。そうしたら大金をもらえなくなる。それにまあ、当時、わたしはイェルクと関係を持っていたの。自分がどっち側の人間か自分でもよくわからなくなっていた。何年も別人のふりをしていると、どうしてもそうなるものよ。いつのまにかそっちが本当の自分になってしまう。五時に帰宅したら、さっと実人生にもどるなんてできるものではないわ。実人生なんてなくなって、スパイの自分しか残らないこともある。そうなると、自分の中のなにかが壊れる」

「あなたも？」

「その点、女は強いわ。でももう一度スパイをやるかと訊かれたら、ノーと答えるわね」

「長期休暇にはアパートから離れていたの？」

「そうでもなかった。わたしたちはいっしょに休暇を過ごしたから。アルバニアでのボランティア活動。たまにギリシアにも行った。すてきな時代だった」

「恋はした？」ヤネッテはたずねた。

「ええ」そういうと、レーベレヒトはミーケに空っぽのマグカップを差しだした。「おかわりいいかしら？」

ミーケは立った。レーベレヒトはヤネッテを見た。まなざしが一瞬穏やかになった。「ええ、恋もした。よくある話」レーベレヒトはしばらく黙ってテーブルを見つめ、指にはめていた指輪のひとつをいじった。それからヴァルナーに顔を向けた。「アネッテ・シルトビヒラーについて話していなかったわね」

「聞かせてくれ」

「イェルクがアンドレアス・バーダーなら、アネッテはウルリケ・マインホフ（ジャーナリストから転身したドイツ赤軍の指導者の一人）かグドルン・エンスリン（ドイツ赤軍の指導者の一人）だった。あいにくアネッテは生まれながらに劣化版だったけど。彼女の死体を見たんでしょう。二十五年前も同じような風貌だった。イェルクも彼女とは寝ようとしなかった。彼が酔っているときに、アネッテは何度も誘ったけど、彼はそこまで酔うことはなかった。だからアネッテはゾフィーとわたしに怒りをぶつけた」

「なぜ？」

「イェルクがわたしたちと寝たからよ。わたしたちだけじゃないけど、彼はときどきわたしたちを喜ばせた。ルームシェアは五年もつづいた。でもたいていは嫉妬が渦巻き、幸せとは縁遠かった。でもすごいこともあった。ギリシアとか、ヴァッカースドルフとか。キャンプファイヤを囲んで闘争歌を合唱した。ボッツ（オランダのバンド。一九八〇年代、ドイツの反戦運動や反原発運動でよく歌われた）の曲。あれはわたしたちの賛歌だった。でもね、そのうちに飽きて、ルームシェアは終わった」

「それでスパイの仕事は終わったのか？」

「いいえ。わたしは左翼系の司法修習生を監視した。でもそれは今回のこととは関係ないでしょ」

「いいだろう。ルームシェアが終わったのはいつのことだ？」

「一九九〇年」

「だがその後も連絡を取りあっていたんだな？」

「はじめのうちはそうでもなかった。ゾフィーのその後には興味がなかった。彼女はなにか社会活動をしていたはず。アネッテとは縁が切れてうれしかった。イェルクはバンベルクで司法修習生になった。のちに結婚したノーラはバンベルク出身。ふたりはヴァッカースドルフで知りあった。あのまま付き合いをやめてもよかったんだけど、ほら、思い出って美化されるでしょ。いがみあっていたことなんて忘れてしまう。だから電話をかけたり、一年に一度会ったりしていた。でもそれは秘密だった。イェルクが奥さんに知られたくなかったのよ。ノーラは嫉妬していたの。ゾフィーとわたしに。だから連絡もばれないようにした。Eメールを送らず、電話をかけなくなった。変よね。わたしたちの接点がなかなかつかめなかったんじゃない？」

「ああ。手がかりはクラムとシルトビヒラーに宛てたあなたのメッセージだけだった。どうしてゾフィー・クラムにメールを送ったんだ？」

「そんなことをした？」レーベレヒトはほくそ笑んだ。「送っていたとしたら、そっちのほうが手紙よりショッキングだからじゃないかしら。インターネットで人は傷つきやすいから」

「よし、一年に一回会っていたんだな。どこでだ？」

「シェリング通りの〈アッツィンガー〉」

「本当に？　あの店はまだあるのか？」

「ええ。わずかに残った学生酒場のひとつよ。学生時代には入り浸ってた」

「それであの三人を殺害した犯人はだれなんだ？」ミーケがたずねた。

「わかるわけないでしょ。わたしにいえるのは、二〇〇八年九月十五日になにかあったってことだけよ。あのときは〈アッツィンガー〉ではなく、〈アルター・ジンプル〉に集まった。あとは想像にまかせるわ」

59

イェルクは〈アルター・ジンプル〉の奥まった席を予約していた。アッツィンガーは改修中で、昔とは違ってしまうと噂されていた。〈アルター・ジンプル〉は昔ながらの雰囲気をいまに残すミュンヘンの伝統的な酒場のひとつだ。店名は伝説的な風刺雑誌ジンプリツィシムスから来ていた。当時の店長カティが雑誌の関係者と仲がよかったらしく、使わせてもらったのだという。店のトレードマークは雑誌の創設者のひとりからサイン入りで送られた、雑誌のトレードマークだった赤いブルドッグから来ている。ただし検閲の鎖につながれたオリジナルと違って、〈アルター・ジンプル〉のブルドッグはシャンパンのコルクをくわえて抜こうとしている。

イェルクはいつものようにスーツを着ていたが、ノーネクタイであらわれた。銀行から直接来たのだ。アネッテは去年会ったときよりもやつれていた。数年前から手編みをやめていたが、ファッション中毒になってもあまりぱっとしなかった。首に巻いているシルクのスカーフは似合わないし、カシミアのセーターはイェルクにアピールするためにこの日買ったようだ。ヨゼファはそう思いながらアネッテを抱擁して、キスをした。といっても、キスは正確な表現ではない。頬を五センチ以上近づけなかったのだから。ゾフィーはいつものように遅刻した。彼女らしい。彼女はいつもだらしがなかった。

まずカロリーたっぷりの料理とビールを注文した。ただしゾフィーはケーゼシュペッツレ（シュペッツレというドイツ語圏のパスタを溶けたチーズで和えた料理）とサラダにした。彼女は以前、ベジタリアンではなかった。動物シェルターを経営するようになってから肉を食べなくなった。イェルクは馬鹿にしていたが、ゾフィーは大真面目だった。食事をしながら話に花を咲かせた。だれがだれと別居して、離婚争議になっているとか、結婚や子どもができた通知を寄越さなかったとか。四十代半ばともなれば、いろいろある。死んだ者もいた。それから学生自治委員会の猛者クルトが肺ガンになっていた。あれだけのチェインスモーカーなら当然。いまにして思えば二年前、クルトはげっそりやつれていた。それから昔取った杵柄。ヴァッカースドルフ、中距離核ミサイル配備反対デモ、ビルギット・ホーゲフェルトが一泊したこと。といっても、本当に本人だったかはわからずじまいだった。そしてそのとき置き忘れた拳銃をイェルクはまだ持っていた。

「いつか逮捕されるかもな、あれは絶対、連邦軍の武器庫から盗んだものだ」とイェルクは軽口を叩いた。

ヨゼファがいった。

「あんまり振りまわして、小さな娘が手にしないように気をつけるのね、最近の子どもはすぐ無茶をするから」

それから最近の政治に話題が移った。アメリカの大手銀行が倒産したからだ。金融危機、リーマン・ブラザーズ。はたして資本主義の終わりのはじまりか？

「システムは自滅する」イェルクはいった。「欲望が資本主義を蝕(むしば)む」

「どういうふうに？　あなたの銀行だって資本主義の真っ只中にいるんじゃなくて？」アネッテは質問した。

「はじまりはアメリカ人が猫も杓子も家を買ったことにある。だが連中は金を持っていなかった。すくなくともその大半はな。だから銀行はこぞって金を貸しつけ、家を抵当にした。だれもが家を買ったので、価格は高止まりし、ついには高騰した。すべてが順調だった。金は働き、高価な不動産によって保証されている。だがそのうちに高い金利を払えない者があらわれる。家は競売にかけられる。これはまだたいしたことではない。だがやがて危険水域に達し、需要を超える数の家が市場に出まわる。するとどうなると思う？　価格が下がる。その次は？　たとえば銀行が二十万ドルの家を抵当にして融資していたのが、その家の価値が十万ドルにしかならなくなる。すると知恵のまわるどこぞの奴が、この不良債権を証券にしようと思いつく。どうやるかは複雑なので説明は省く。とにかく証券にして世界中で売りさばく。そして不動産バブルが弾け、金が回収できなくなる。つまり焦げつくのさ。ずる賢い銀行は数年前にそうなることを予見して、証券を頭の悪い銀行に売り払っていた。うちの銀行もそうした。つまりいまのところ、うちはうまくいっている。だけど他の銀行が続々倒産すれば、うまく立ちまわってもだめだ」

「どうして？」

「他の銀行を救うために金を融資しているからさ。そして融資先が破産すれば、問題を抱えることになる。ドミノ効果というやつだ。みんな、そうなるんじゃないかと戦々恐々だ。リーマンのような大手がこけたら、なにが起こるかわからない」

「じゃあ、やっぱりドイツ赤軍が戦った甲斐があったのね」そういうと、アネッテはシルクのスカーフを直しながら微笑んだ。

「戦った甲斐なんてこれっぽっちもないさ」

「どうして？」

「ドイツ赤軍はなんの影響も及ぼさなかった。地下活動の闘士たちだったからな。潜伏はうまかった。いまだに多くのメンバーが捕まっていない。だけど経済のつながりについてはなにもわかっていなかった。どう機能するか知らずに、どうやって敵に打ち勝つっていうんだ？ ナイーブ極まりない」

「だけどあなただって、共闘しようとしたわよね」ヨゼファはイェルクに微笑みかけた。

「ドイツ赤軍がやったことはめざましかったからな。だけど効果はなかった。じつは当時からそう思っていた。すまない」

「あなただってあの人たちを崇(あが)めていたじゃない。希望の星だった」

「まさか！ 反帝国主義闘争はすごいと思ったさ。先見の明がある。彼らに手を貸さなくちやってね。たしかにいまのアメリカはベトナム戦争のときなんかよりもだいぶひどいことになってる。だけどドイツ赤軍を崇めた覚えはない。そういわれると心外だ」

「ビルギット・ホーゲフェルトの拳銃はまだ持ってるの？」

「持ってるさ。学生時代の記念品だ」

「礼拝用具といったほうがいいんじゃないかしら。捨ててしまいなさいよ」

「冗談だろう。なにがいいたいんだ？」

「あなたの十八番を覚えてる？　口先だけの革命はだめだ。心が大事。死ぬ覚悟で取り組もう！」

「実際死にかけたよな、ニカラグアで」

「ええ、バスのブレーキが壊れていてね。でもあれは、チェ・ゲバラがいう命懸けの闘争とはちょっと違うと思うけど」ヨゼファはいった。

「わたしは武装闘争もありだと思っていたけど。でもあなたはそこまでやらなかったじゃない」アネッテがまたシルクのスカーフをつまみながらいった。

ゾフィーは驚いてアネッテを見た。

「あなた、武装闘争をするつもりだったの？」

「ええ、もちろん。外から支援して、下準備をするって意味でね。でも機会さえあったら武装闘争に身を投じたと思う。あなたは違うの？」

ゾフィーは肩をすくめた。

「意味があるならやったかもしれない。でも正直いって、人を爆殺するなんていいことと思えなかった」

「吹き飛ばされたのは、両手が血で汚れた連中よ」

「口ばっかり。あなたたちはだれひとり実際にはなにもしなかったでしょうね。わたしだってそう」ヨゼファはいった。「わたしたちは永遠に議論するだけで、爆弾を仕掛け、発砲したのは他の人ばかりだった」

「どうしてそうはっきりいえるんだ？　俺たちのことをそんなによくわかっているのか？」

「充分いっしょに暮らしたもの。あなたたちに自爆テロはできない」

イェルクはすこしむっとした。

「それはしないな。だけど意味のあることをする機会さえあったら、していたさ」

「暴力に訴えてでも？」

「そうさ」

「でも意味のあることなんてなかったのよね？」

「さっきいっただろう。連中は資本主義を理解していなかった。だから効果的に戦えなかった。連中がやったことはどれも的はずれだった。とはいえ、俺だって当時は経済的なことについて門外漢だったけどな」

「でもいまはわかるってわけね」

「ああ、わかる」

「じゃあ、なんで行動しないの？　お金について知っているだけじゃなく、お金を持ってる。革命を起こす条件が揃ってるじゃない」

「時代が違うわ」ゾフィーはヨゼファにいった。

「どうして？　正しいことをするのに時を選ぶ必要はないでしょ。ただしなにが正しいことかが問題だけど」

イェルクはすこし考えて、グーラッシュ（ハンガリーから伝わった牛肉シチュー）を口に運んだ。「再分配だな」

「金持ちから奪って貧しい者に配るのね」

「そのとおり。そういう行動をしても、世界を変えることができないのはわかってる。だけどいろいろと働きかけることは可能だ。一千万あったら、ニカラグアでどれだけのことができると思う？　数百人、いや、数千人の暮らしをよくすることができるだろう。代わりにだれかひとりが金を失くす。だけど、そいつは第三世界の目安では億万長者だから、それくらい痛くも痒（かゆ）くもないだろう」

「すごいわね。仮定の話で残念」

「じゃあ、実行に移そうか」イェルクはビールをもう一杯注文した。

「わたしたちを誘っているわけ？　わたしたちでやるということ？」

女性陣は当惑して押し黙った。それからゾフィーが口をひらいた。

「冗談よね？」

「本気さ」

女性たちは場違いなところにいるとでもいうように顔を見交わした。イェルクは身を乗りだして声をひそめた。女性たちも顔を寄せた。

「俺たちで一千万ユーロを盗んで、本当に必要なところへまわすんだ。ニカラグアでもいい。暴力も使うが、知恵も働かす。だれも殺さないし、傷つけない。そしてだれも刑務所に入らない。頭の中で何度もシミュレーションした。どうやるかわかれば、唖然とするほど簡単だ。ドイツ赤軍でも成し遂げられなかったことさ」

「すでにシミュレーションしてあるの？」ゾフィーは唖然とした。

「ああ。きみは考えたことがないのか？」

ゾフィーは考えたこともなかった。

「わたしはそういうのを何度も想像してみた。テロとかそういうこと。頭がおかしいのはわかってる。でもそういう衝動を覚えるの。きっと犯罪をするエネルギーが遺伝子に組み込まれているのね」そういうと、アネッテはスカーフを首に巻きなおした。

ゾフィーとヨゼファはチラッと互いの目を見た。ふたりとも、アネッテがイェルクの気を引こうとして悪びれて見せていると思ったのだ。

「いいだろう」そういうと、イェルクは声をひそめた。店内の喧騒を考えたら無用なことだったが。「じゃあ訊くけど、本当に実行するとしたら、だれがいっしょにやる？」

「よしてよ。ただの空想でしょ」

「とんでもない。本気さ。頭の中には計画ができあがっている」

「だれからお金を奪い取ろうというの？」アネッテは緊張してたずねた。

「うちの顧客に理想的な奴がいるんだ。この二年ほどで大金を稼いだ。ドイツ株価指数が落ちたとき、プットオプションに大金を注ぎ込んだ。その後どうなったと思う？」

「ボディガードとか雇っているんじゃないの？」

「一度会ったことがある。全然金持ちに見えなかった。本当にやるときはもちろん身辺を調べる。だけど、きっとうまく行く」

「具体的にはどうするの？」

イェルクは見まわした。店内は人であふれていた。

「ここで具体的な話をするのはまずい。だけど、うまく行くといっておく。もちろんリスクはつねにある」

「うまく逃げられると思うの？」ヨゼファは興味を抱いていた。

「ああ。なぜだと思う？　俺たちはこの二十年間、ほとんど接点を持ってこなかった。警察は俺たちのつながりに気づかないさ。だから捕まえることもできない。仮にＤＮＡや指紋を残したとしても。まあ、そんなドジは踏まないけど、それでもそれが手がかりになることはない。警察が俺たちに目をつけることはないだろう。俺たちは素知らぬふりをしていままでどおりに暮らす。会うのは一年に一度。そこでその年にその金でなにをするか決める。以上。仮に手紙をだす必要に迫られても、読んだらその手紙を燃やすことにする。メール、電話は使わず、痕跡を残さない」

ゾフィーはふっと笑い、考え込みながら、信じられないというように首を横に振った。

「本気なのね」

「考えてみてくれ。俺たちは何年もおしゃべりしてこなかった。おしゃべりすることが大事なことだと自分にいい聞かせて。だけどこの二十年間、俺たちはまともにおしゃべりらしてこなかった。安全なところにいて、腐るのを待つのもいい。だけど最後にひと旗上げてもいいんじゃないかな。墓に入るとき、人生捨てたもんじゃないっていえるだろう」

ウェイターが注文したビールをイェルクの前に置いた。イェルクはすぐにぐいっと飲んで決心したようにうなずき、グラスをコースターの上に置いた。「なんというか、これは俺にとって大事なことなんだ」

60

ヴァルナーはクリスマスのクッキーを一皿持ってこさせた。固いツィムトシュテルン（シナモンで香りをつけた星型クッキー）をボリボリかじった。

「つまりその晩、あなたたちはなにかを約束したんだね？」

「ええ、でも詳しい話はしなかった。イェルクは人に聞かれたくない、ひと晩よく考えてくれといった」

「それで？」

「だれからも連絡がなかった。やっぱり酒の席の話だったと思ったわ。それでも一週間後、イェルクに手紙をだした。〈アルター・ジンプル〉で話した件はどうなったかとね。返信はなかった。やっぱりただの思いつきだったんだろうと思った。でもあの晩のことを振り返ると、イェルクの真剣な顔が目に浮かんだ。彼の中で計画ができあがっていたのは確実だった。何年も温めて、計画が立っているなら、やらずにはいられないでしょう。あの晩に決行する決心をしたはずだと思った。だからもう一度、話してみたくなって、銀行に寄ってみたのよ。直接会って、ごまかすかどうか確かめるためにね。ところがイェルクは銀行にいなかった。一週間休みを取っていた。変だなと思った。いつもの猜疑心からふと思ってアネッテが働いている学校に電話をかけてみた。一週間病欠だといわれた。ゾフィーも動物シェルターにいなかった。夜に帰宅するという話だった。それでこれはあやしいと思った」レーベレヒトはクッキーをコーヒーに浸して、口に入れた。

「で、イマークネヒトさんにもう一度声をかけたのか？」

「ええ。休暇が終わったころを見計って。銀行に行って話をした。わたしが直接会いにいったものだから、彼はあわてていた。内緒でなにかするわけがないとひどく神経質にいった。でもあれは嘘だった。間違いなかった」

「なんであなたは計画からはずされたと思う？」

「理由はいろいろあるわ。アネッテが嫉妬したとか、わたしに主導権を握られるとイェルクが不安になったとか。わたしは仕切りたがる性格だから。わたしのあだ名がスターリンなのは伊達ではなかった。三人は前々からわたしを疑っていたのかもしれない。本当のところはわからない。何年も正体を隠していると、猜疑心がひどくなるから。あるいはわたしの得体が知れないと思っていたのかもしれないし、わたしをどう評価したらいいかわからなかったのかもしれない」

「声をかけられたら、いっしょにやっていたと思うかね？」

レーベレヒトはクッキーをひとつつまんで、それを見つめた。

「そうね、たぶんいっしょにやったと思う」そういって、レーベレヒトはヴァルナーに微笑みかけた。「もうスパイは卒業してるから」

「あなたの勘以外に、犯行に及んだという具体的な手がかりはあるかな?」

「もちろん。だから最近、友だちに連絡を取ったの。わたしたちは前々からニカラグアの協同組合を支援していた。わたしはいまでも一年に一度寄付をしている。代わりに向こうの協同組合から感謝状や写真を送ってくる。ちょうど二、三ヶ月前、そうやって写真をもらった。そこに発電機や本格的な手術室を備えた病院の写真があった。二十五年前から協同組合が欲しがっていたけど、資金がなくて作れずにいた。わたしは興味を覚えて、組合長に電話をかけてみた。昔訪ねたときからの知り合いなの。そして組合長は寄付があったといった。額は数十万ユーロ。それが三年つづいていたという話だった。匿名の寄付だったけど、セニョール・イマークネヒトが建築中に見にきたというのよ。そのとき組合側は、寄付をしたのは彼かとたずねたんだけど、彼はお金の話はしたくないと言葉を濁したんですって。それで合点がいったというわけ」

「つまりあなたの友人たちが銀行の顧客から多額の金銭をちょうだいしたと思ったのか。そしてあなたも分け前が欲しくなった」

「いまはこれ以上のことはいいたくないわ。そちらにとってそれほど重要ではないと思うし」

「そうともいえない。あなたが金を手に入れ、脅迫したことの生き証人を亡き者にした可能性がある」

「可能性とは的を射た言い方ね。三人のうちのだれかがわたしのことを訴えたと思う？　そんなことをしたら、金を盗んだことが発覚しちゃうでしょ」

「なるほど、ではそのことは不問にしよう。それより気になるのは、あなたの友人たちがそもそもなにをしたかだ。言い換えれば、どうやって金をせしめたか？　狙われた銀行の顧客はだれなんだ？」

「それはわからなかった。そちらのほうが突き止められるんじゃないの？」

「該当する時期にそういう被害届がだされているか調べた。それもかなり広範囲に。だが該当する事件はなかった」

「被害届がだされなかったのかもしれないわね」

「それはそれで変だな」

「奪ったのは顧客の裏金だったとか」

「それは考えた。しかしその被害者はイマークネヒトの銀行に口座を持っていた。その銀行の所在地はミュンヘンであって、リヒテンシュタインではない」

レーベレヒトは腕組みして、不服そうにヴァルナーを見た。

「わたしの情報をいたずらにほじくるのはやめて。そこからなにか判明するか試してみて。それよりそろそろ帰りたいんだけど」

ヴァルナーはしばらく考えてから決断した。

「これからは毎日ミュンヘン警察に出頭してもらう。われわれがその義務からあなたを解放するまで」

レーベレヒトを車でミュンヘンに送ったあと、ヴァルナー、ヤネッテ、ミーケの三人はミースバッハのマルクト広場へ食事をしにいった。

「あの人の話を信じますか？」魚料理をフォークで突きながら、ヤネッテがたずねた。

「かなり込み入った話だったな」ヴァルナーはいった。「作り話にしては念が入っている。だが頭が切れ、十年ものあいだ作り話の自分を生きていた。ミュンヘン警察に監視を頼もうと思う。いずれにせよ信用ならない」

「とんでもなく冷淡です」ミーケは鹿肉の煮込み料理を食べていた。「話は信じられるでしょう。あの女らしいやり方です。あの女はナイフを振るったりしない。引っかかるのは例の写真ですね。なんであんなことをする必要があります？」

「陽動だよ。いかれたシリアルキラーに見せかけた」

「でも彼女のいうとおり」ヤネッテはいった。「殺す必要があったでしょうか？　死んだ三人は彼女を訴えたりしないでしょう。自分たちも刑務所行きになりますから」

「レーベレヒトの話が本当ならな。それにああいう連中はなにを考えているかわかったものじゃない。あの手合いはプロのギャングとは違う。罪の意識に耐えきれず、自首する奴が出たかもしれない。そうすれば、レーベレヒトの罪も露見したはずだ。だがいまのところレーベレヒトが罪を犯しているかどうかもよくわからないし、罪を犯していたとして、それがどういうものかも判然としない。本当に何十万、何百万ユーロの金を盗んだとしたら、どうして被害の届け出がないんだ？」

答えが見つからないまま、三人が黙々と食事をしていると、ミーケの携帯電話が鳴った。ミーケは電話に出て、「ほう、そうか。わかった」といって、電話を切ると、また鹿肉のグーラッシュを食べながらいった。「ティーナです。クロイトナーが来たそうです」

「自宅待機じゃなかったのか？」

「そうですが、なにか大事な話があるそうです」

「あいつのせいでストレスを抱えるのはごめんなんですけど」ヤネッテはいった。

「そうだな。ゆっくり食事をしよう」ヴァルナーはノンアルコールビールをぐいっと飲んで、わざとゆっくりグラスを置いた。「しかし大事な話というのはなにかな？」

「さあ、でもあいつを見ても驚かないように、とティーナはいってました」

61

クロイトナーは頭に包帯を巻き、顔にも二箇所絆創膏（ばんそうこう）を貼っていた。目のまわりには青あざを作り、腫れあがっていた。顔の他の部分にもあざができていた。

「動物シェルターで動物が暴走したのか？」ヴァルナーの部屋に入るなり、ミーケがいった。

クロイトナーはヴァルナーたちを待ちながら、レバーケーゼ（ひき肉と香味野菜を型に入れて蒸し焼きにした食品）をはさんだパンを食べていた。

「笑いごとじゃない」クロイトナーはいった。「昼食はうまかったかい？」

「ああ、うまかったぞ。ジビエ週間だった。おまえも行ってみるといい。ジビエ料理のランチもあった。八ユーロ八十セント。おすすめだ」

「ありがとよ。だけど俺は肉を食べない」

「どうしてだ？」ヴァルナーは質問した。

「異常だからさ。クリスマスが来れば、みんな喜ぶ。そして喜ばしいから、大量の動物が殺される。異常じゃないか」

「で、なにを食べてるんだ？」

「レバーケーゼさ」クロイトナーは自分のいったことに矛盾があると気づいていなかった。

「それも肉じゃないのか？」

「これはケーゼ、つまりチーズだ」

「まあいい」ヴァルナーにその話題をつづける気はなかった。クロイトナーが矛盾を絶対に認めないのはわかっていた。突っ込んだところで、さらに屁理屈をいうに決まっている。それよりもっと気になることがある。「その顔はどうしたんだ？」

「転んだ」

「そんなに何度もか？」

「関係ないだろう。それよりこれを見てくれ」クロイトナーは写真を一枚、ヴァルナーのデスクに置いた。クルッガーの家から持ち帰った写真だ。「見覚えがないか？」

三人はその写真をじっと見た。

「フランツィスカ・ミハルスキー、例の写真の死体じゃない」ヤネッテはいった。

「そのとおり！ フランツィスカ・ミハルスキー」クロイトナーはパンの残りを口に入れ、ゆっくりかみながら、自分の言葉の効力を確かめた。

ヴァルナーは写真を手にとった。

「この写真はファイルから抜き取ったものじゃないな？」

「ああ」そういうと、クロイトナーはセーターについたパン屑を払った。

「どこで手に入れた？」

「そうくるよな。おもしろいのはこれから。だよな?」

「ああ」ヴァルナーはいった。「じつにおもしろい」

クロイトナーは微笑みながらみんなを見た。顔が傷だらけだったので、なんとも無様だったが、本人はどんなものだと胸を張っていた。

「この写真はバプティスト・クルッガーの家にあった。偶然にも、この女の写真が家中にある。お手柄だろう?」

「まさか不法侵入したんじゃないだろうな?」

「おまえが捜索令状を取れなかったんだから、他にどうしようもないだろう」

「おまえのその顔は不法侵入と関係があるのか?」

「それはどうでもいい。捜索令状を取って、クルッガーを締めあげろ」

「いいだろう。だがそのためにはもうすこし情報がいる」

「おまえの官僚根性にはあきれるな。他になにがいるっていうんだ?」クロイトナーは写真を指差した。

「ティシュラーからなにを質問されても答えられるようじゃないと、捜索令状は取れない。質問一、おまえは不法侵入したのか?」

「ああ」

「そんなに簡単に入れるのか?」

「暗証番号でロックを解除した」

「暗証番号を知ってたのか？」

「ドアの横の薪の中に暗証番号を書いたカードが隠してあった」

ヴァルナーは疑わしそうにクロイトナーを見た。

「クルッガーはそんな間抜けなのか？」

「間抜けかトンマか知らないが、暗証番号はそこにあった」

「だれかに見られたか？」

「いいや」クロイトナーはためらいながらいった。ヴァルナーは、本当のことをいえという仕草をした。「直接は見られてない」

「どういう意味だ？」

「俺を見た奴はいるが、他言しないってことだ」

「どうしてだ？」

クロイトナーは口をつぐんだ。

「それはおまえの顔を謝肉祭の仮面みたいにした奴と同一人物か？」

「ふたりは警備会社の人間だった。そして警察に通報しないようにという指示を受け、その代わり……こんなふざけた真似をした」

「なるほど。それはご愁傷さまだ」ヴァルナーはクロイトナーの肩に手を置いた。「だがむだじゃなかった」ヴァルナーはみんなを見た。「みんな、悪いが、ひとりにしてくれないか。むずかしい電話をかけることになった」

ティシュラーは重要な事件の証拠に不備があり、最悪の気分だった。ヴァルナーが電話をかけたのはまさにそんな最中だった。

「地下鉄での乱闘事件はどうなりましたか？」

「すばらしいさ。目撃者だと名乗りでた者が三人いるが、三人ともだれが最初に手をだしたか覚えていないんだ。そいつらのせいで不起訴になった。きみの電話はいい話なんだろうな」

「悪い話を持ってきたことがありますか？」

「では聞こう」

「写真に写っていた死体がどこにあるかわかりそうです」

「『わかりそう』というのは微妙な言い方だな」

「じつはわかっているのですが、まずそれを証拠として有効にする必要があるんです」

「で、死体はどこにあるんだ？」

「バプティスト・クルッガーの家です」

「待った、待った！ クルッガーだと？ それって郡長に苦情をいった奴じゃないか？」

「それは父親のほうです。うちにちょっとでしゃばりな者がいまして。でも、そちらはなんとか解決しました。もちろん問題含みではあるのですが、わかった事実に間違いはありません」

「なにがわかったのかはっきりいいたまえ」

「バプティスト・クルッガーは親に内緒で家を構え、その家に行方不明の女性の写真を飾っているのです。情報提供者は間違いないといっています」

「その情報提供者はどうやってそのことを知ったんだ？」

「家に入ったのです」

「クルッガー氏に招待されたのか？」

「そうはいえません。自力で入りました」

「まさか、警官ではないだろうな」

「なんといいますか、警官ではあるのですが、その家を訪問した時点では勤務していませんでした。ちなみに不祥事を起こしたため自宅待機を命じられていました。もし訴訟手続きでこのことが話題になったときは、情報提供者を私人で押し通すほかないでしょう。不本意ではありますが」

「違法に入手した情報は……」

「……看過できません。そのとおりです」

「アメリカの刑事訴訟法では毒樹の果実というのだぞ」

「しかしわたしの乏しい法知識では、ドイツの法廷はそれを厳格に運用していないはずです。私人が証拠物件を入手したのがたとえ違法であっても、証拠として認められるはずですよね？」

「理論的にはな。それで家宅捜索したら、なにが出てくるというのだ？」

「被疑者はなにかやらかしています。それは間違いないでしょう。でなければ、家のことをあれほど秘密にしないはずです。うまくすれば、死体がどこにあるかわかるかもしれません。殺人事件の真相を解明するためのパズルのピースをクルッガーが持っているかもしれないのです」

「当てがはずれたら？」

「そのときはこれまで通りの捜査をつづけます」

「いいだろう」

「うまくいったら、こちらで記者会見していいですか？」

「捜索令状を取ろう。ただし家宅捜索はわたしが到着してからだ」

62

進入路は警察車両で埋まっていた。青色回転灯をつけている車両もあった。近隣の農家ではなにが起きたのか双眼鏡で覗いている人たちがいた。警察の出動はヴァルンガウからダルヒング、ヴァイアルンまであっというまに知れわたり、子どもの死体が何体も出たとか、イスラーム過激派だとか派手な噂が立った。

バプティスト・クルッガーは家宅捜索に立ち会った。友人である弁護士もいっしょだったが、刑事訴訟法には明るくないらしく無意味に口をはさむので、捜査官たちのひんしゅくを買った。ヴァルナーとヤネッテはクルッガーと弁護士とティシュラー検察官といっしょに家の前に立っていた。家の中はティーナやオリヴァーたち鑑識に任せていた。ティーナは写真を書類ばさみに入れて持ってきた。行方不明のフランツィスカ・ミハルスキーの写真で、クルッガーといっしょに写っているものもあった。ヴァルナーたちはそれをクルッガーに見せた。

「これはだれですか?」ティシュラーは大いに気をよくしてたずねた。

「昔付きあっていた人です」

「なにもいっちゃだめだ。きみに不利なことをいわせようとしているんだ」弁護士が割って入った。

ヴァルナーはクルッガーを見つめた。彼の顔は腐った魚のような色をしていた。外は寒いというのに汗をかいている。目のまわりに隈があり、しばらく眠れぬ夜を過ごしているのは明らかだ。クルッガーは精神的に限界だった。

「なにもいう必要はありません。黙秘して結構。だが協力したほうが得な状況だと思いますがね。ここでさらになにが見つかるか、あなたならよくわかっているはずです」

「いったいなにがしたいのですか?」弁護士は報酬分の働きをしようとした。「その女性は行方不明になった。いいでしょう。クルッガー氏と知り合いだったかもしれない。でもそれは可能性でしかないでしょう」

「いまさっき付きあっていたといったばかりですぞ」ティシュラー検察官が食ってかかる弁護士にいった。

「だとしても、それだけで嫌疑が深まるものではないでしょう。なんの証拠にもなりません!」

ヴァルナーは専門知識を持った刑事弁護人を高く買っていた。彼らは、いい逃れできないことは認めるという鉄則に忠実だ。だが目の前の弁護士は、ただ時間を無駄にするだけで、依頼人にとって困った状況を作りだしている。ヴァルナーは弁護士の名前をすでに忘れていた。

「いいですか。この写真は二〇〇八年六月に撮影されているんですよ」ヴァルナーは写真の裏面に印字された撮影年月日を見せた。

「裁判所はそこからどういう結論を導きだすでしょうかね」ティシュラー検察官は自信満々だった。「死体が見つからなくても、なんらかの方法で遺棄したのでしょうね。死体がなくても、かなり黒といえます」

「証拠はないじゃないですか。まったくない」弁護士はぶつぶついった。

「ナンセンスですな。もっと証拠がすくなくても有罪になった者は大勢いるのですぞ。あなたはそもそも刑事事件を扱ったことがあるのですか？」

「そういう個人攻撃をするなら、この件はこれで終わりにします。ただじゃ置きませんからね」

「なにを終わりにしたいのかわかりませんが、家宅捜索はつづけます。クルッガー氏を緊急逮捕します。ですからここを去ることはできません。あなたが去る分にはどうぞご勝手に！あなたの行動を妨げはしません」

ティシュラーと弁護士が口論しているあいだ、ヴァルナーはクルッガーに目を光らせていた。あたりを見まわしながら、繰り返し一定の方向を見ている。クルッガーは大根役者だ。

「クルッガーさん、そっちになにがあるのです？」

「そっちってどこのことです？」

「さっきから見ているところですよ」

クルッガーは押し黙った。

「庭を捜索しないと思ったら大間違いです。その場所を教えるなら、検察官の心象もよくなるでしょう」

「なにもするな。わかったか。わたしに任せるんだ」

ティシュラーは呆れたという顔をして、クルッガーにいった。

「わたしにはどうでもいいことですが、黙秘するなら、刑務所暮らしが数年延びることを覚悟してもらいます」

「なんですって!」弁護士は声を押し殺していった。「監督機関に訴えますよ」

「では教えてもらいましょう」ティシュラーはふたたびクルッガーのほうを向いた。「なにがあるんですか?」

クルッガーは深呼吸して、生け垣のほうへ歩いていった。

ヴァルナーたちはクルッガーが指差した場所からすこし離れたところで待機した。いっしょに連れてきた鑑識官がそっと雪を取り除いた。地面が深さ二、三センチほど凍結していたため、鑑識官はシャベルを突き刺すのに苦労した。数分して、シャベルの先端がなにかに当たった。オリヴァーははっとしてしゃがみ、掘りだしたものを調べた。女物のハンドバッグだった。三年も埋まっていたにしては状態がよかった。ヤネッテとヴァルナーはミュンヘンの販売店で撮影したハンドバッグの写真と比較した。同じ製品に間違いなかった。そしてさらに掘りすすむと、土に混じって最初の骨が出てきた。バプティスト・クルッガーは顔をそむけ、葉を落とした茂みをじっと見つめた。

六十歳ほどの男性が深い雪を踏み分けてヴァルナーたちのところにやってきた。

「これはどういうことだ？」男性はオリヴァーのほうを見たあと、地面から突き出た骨に視線を向け、黙ってかすかに首を横に振った。顔が驚愕で引きつっていた。男性が見ても、バプティスト・クルッガーは振り返らなかった。

ティシュラーはいった。

「この男、なんの用だ？」

警官が答えた。

「クルッガーの父親です」

「だれが通した？　だれかここから連れていけ」

ヴァルナーが男性のところへ行った。

「ここにいてはいけません、クルッガーさん。家に帰ってください。ご子息から事情を聞いてからお電話します」

父親はもう一度、いまだに振り返らない息子のほうを見てから、荒地に迷い込んだ小さな子どものように雪を踏んで立ち去った。

ティシュラーはバプティスト・クルッガーのそばに立った。

「クルッガーさん、伺いたいことがあります」

63

フランクは片端から家探しした。デスク、ファイル棚、戸棚、洋服ダンス、食器戸棚、地下室、浴室、納戸。そしてもちろんゾフィーとダニエラのオフィスも。なにも見つからなかった。ダニエラのコンピュータはこの前と違ってパスワードが設定されていた。これでダニエラが金にアクセスする方法を知っているのは確実だろう、とフランクは思った。どうしようもないので、ダニエラの帰りをじっと待つことにした。

フランクは台所へ行って、冷蔵庫からビールをだし、ちらっと考えてから元にもどした。いまは人生でもっとも重要なときだ。頭を明晰(めいせき)に保つ必要があると考えて、ミネラルウォーターを飲むことにした。そのとき近づいてくる車の音に気づいた。ダニエラがもう帰宅したのだろうか？　台所の窓から見えたのは赤い旧式のパサートだった。一度見たことがある。例の警官に違いない。

クロイトナーが車から降りると、フランクは母家の玄関から外に出た。クロイトナーのあざだらけの顔をちらっと見たが、そのことには触れずにいった。

「ダニエラはいないよ」

「そうなのか」クロイトナーはいった。「いつ帰ってくるんだ？」

「まだ二、三時間はかかるだろう。チロルに行って、向こうの動物シェルターを見学している」

「どうして？」

「提携するつもりじゃないかな」

クロイトナーはうなずいた。

「それは残念だ。携帯電話に電話をかけたが、電源を切っている。オーストリアでは利用料金が高くつくからかな。しかたない。あとでまた寄る」

「そう伝えておく」フランクはクロイトナーに別れの挨拶をした。クロイトナーが車に乗り込んだとき、フランクはふと思ってたずねた。

「なにか展開はあったのか？　ほら、ダニエラの姉さんの件」

「ああ。写真の女を殺した奴を逮捕したといってくれ」

「わかった。そう伝える。犯人はこのあたりの人間だったのか？」

「ミースバッハに住んでいた。それ以上はいえない。まだ捜査中だからな」

「そりゃそうだな。うまくいくことを祈ってるよ」

フランクは腕組みをして、クロイトナーの車が走り去るのを見送った。青灰色の目の上のまつ毛がかすかにふるえた。フランクは内心焦っていた。警察が依頼人を逮捕した。遺体をどこかに捨ててこいと何度いったかしれない。自分がやってもいいとまでいった。だがなにをいってもだめだった。クルッガーは死体を庭に埋めておくといってきかなかった。なにがあっても遺骨と離れ離れになるつもりがなかった。アマチュアと組むのはこれだから呪わしい。

クルッガーはフランクについてろくに知らないが、警察に人相を教え、身元を明らかにするいくつかの手がかりをいえるくらいには知っている。それにあの馬鹿に車のナンバーを覚えられてしまった。時間がどのくらい残されているのかよくわからない。おそらく明日がタイムリミットだろう。

フランクは台所に入って受話器を取ると、電話番号のメモをジャケットからだした。「イン谷動物シェルター」の職員が出た。フランクは適当な名前をいって、ダニエラが来ているかどうかたずねた。来ることになっているが、まだ着いていないという。なにか言付けようかと訊かれて、フランクはその必要はないといってから、ショートメールで住所を教えてくれるように頼んだ。チロルに行くことがあったら、立ち寄りたい、ダニエラ・クラムのところをはじめいくつもの動物シェルターを支援しているとも付け加えた。数分後、住所がショートメールで送られてきた。すでにチロルに向けて出発していた。あと三十キロで国境だ。

64

青いBMWの横に立った女はひんやりとした九月の空気に当たってすこしふるえながら、黙ってクロイトナーの顔を見つめ、ごくんと唾をのみ込んだ。女の心臓がいまにも口から飛びだしそうだ。クロイトナーは顔色を変えまいとしている女をわざとゆっくり観察した。

「ええと……」女はどういったらいいか考えた。「まだなにかあるのですか？」

「とにかく道路交通法違反だ」

「どういうことでしょうか？」

「別の車のナンバープレートをつけて走りまわるのはまずいと思わないか？」

女はなにもいわず、緊張してうなずいた。ゴルフに乗っていた男がふたりのところにやってきた。

「どうかしましたか？」

「この人は他人のナンバープレートをつけて走っているんだ。道路交通法違反に当たる。ほかにも問題があるかもしれない」

「なるほど、罰金を払うことになるんですね」

「ああ、安くはないぞ」クロイトナーは男をじろじろ見た。男は女よりも余裕があり、物わかりがよさそうだった。だが服装が作業員らしくない。弁護士といっても信じてしまいそうだ。

「いくらなのでしょうか？」そうたずねると、男はクロイトナーに交渉しましょうと目で合図した。といっても、ここは発展途上国ではないのだから、警官が十ユーロとかタバコひと箱で満足するわけがないことはわかっているようだ。

「現金で払うというのか？」

「ええ、それでもかまわないでしょう」男は女のほうを向いた。「お金を貸しましょう。あとで返してくれればいいです」

「わかりました。口座番号を教えてください」女も芝居をした。芝居のお楽しみはこれからだ。

「さて、いくらあるかな」そういうと、男は札入れをだした。高級な革を使ったブランドものだ。五十ユーロ以上は入っているだろう。クロイトナーはしめしめと思ったが、ここでなにが起きているんだろうと不審に思った。一介の作業員がこんな札入れを持っているわけがない。男が紙幣をだしたとき、クロイトナーは男が爪にマニキュアをしていることに気づいた。こんな手で作業をする人間がいるだろうか。「六百ユーロはあります。これで足りますか？」

クロイトナーはちらっと考えた。これでは足りない。クメーダーには七百四十ユーロ払わなければならない。待たせているあいだに利子がつく恐れもある。

「悪いな。罰金は八百ユーロだ」

「待ってください」そういうと、女はごちゃごちゃものを詰め込んだハンドバッグから財布をだし、くしゃくしゃになった紙幣を数枚つまんだ。「百七十はあります」

クロイトナーは金を受け取ってから、男が差しだした新札も手に取った。

「まあ、三十ユーロはまけておく。だがナンバープレートは正しいのをつけておけよ」クロイトナーは人差し指を立てて女を警告した。

「きょうの午後、すぐに手配します」女は微笑んだ。男と同じで女も芝居を楽しんでいるようだ。

クロイトナーは時計を見た。あと十八分でクメーダーのところに金を持っていかなければならない。ぎりぎりだが、まだ間にあうだろう。

「向きを変えろ」クロイトナーはすでにパトカーに乗り込んでいたシャルタウアーにいった。

「〈マングファルミューレ〉に行くぞ」

バプティスト・クルッガーにも声は聞こえていた。暗いトランクの中は息苦しかった。顔に毛布がかぶせてあったからだ。クルッガーは苦労して毛布を顔から払いのけた。男がさっきの女と話している。男は明らかに警官だ。クルッガーは体がかっと熱くなり、心臓がばくばくした。どうすればいい？　助けてくれと叫ぶか？　そうすべきだ。こんなに怖気づいていなければ、叫ぶにきまっている。だが思惑どおりにいかなかったらどうする。男は警官じゃないかもしれない。犯人が車で逃げだし、警官をまいたらどうする？　もし犯人が芝居を打っていたとしたら、もしも、もしも……解放しても、黙っているとはかぎらないわけで、きっと殺される。それでも助けを呼ぶべきだ。分別のある人間ならそうするはずだ。成功する確率は九十八パーセント。なんてことだ！　怯えてばかりいないで、根性がだせればいいのに！　やれ！　一度でいいから！　警官の声が小さくなった。車から離れていく。もういなくなったかもしれない。叫んでもきっと聞こえないだろう。こんなに怖くなかったら、思いっきり叫んでいるのに。叫べ。叫ぶんだ！

クルッガーは結局叫ばず、涙をぼろぼろ流した。絶望と意気地なさへの怒りの涙だった。

車は発進し、数分後また止まった。トランクが開いて、拳銃を持った男が、降りろとクルッガーにいった。誘拐犯は目出し帽をかぶり、三人（女がひとり増えていた）でクルッガーをトランクから引きずりだした。車はタウベンベルクの彼の家の前に駐まっていた。テールを玄関に向けて、トランクリッドが目隠しになっている。だがそばを通る者などほとんどいない。せいぜい牛を追う農民くらいだ。しかも農民は午後遅くにしか通らない。ここで起きていることはだれにも見られないだろう。敷地は周囲を茂みで覆われ、九月ということもあって葉が密集していた。それはクルッガーが購入するときの条件のひとつだった。

誘拐犯はクルッガーの手錠をはずし、騒ぐなといった。クルッガーは抵抗しようなどと夢にも思わなかった。誘拐犯もクルッガーがおとなしくしていると思ったようだ。トランクの中で騒がなかったのがよかったようだ。

「よし、家に入れ!」男はいった。クルッガーはデジタルロックの前に立ってためらった。

「ぐずぐずするな。暗証番号を入力しろ!」

家に入ると、誘拐犯はすぐ部屋の隅にコンピュータがあるのを見つけた。男の誘拐犯がさっそくコンピュータに向かって電源を入れ、それからブラウザーのブックマークで南バイエルン信託銀行のウェブサイトを見つけてひらいた。

九月十五日以降の株価急落でプットオプションはいきなり一千万ユーロになった。クルッガーはそこで株を売却し、儲けた金を定期預金にした。今後の流れを見極め、どんな状況になるか様子を見た。金や危機に強い商品に投資するのは賢いやり方ではないと思っていた。いまはみんながそれに手をだしているからだ。そういうわけで、南バイエルン信託銀行の口座には巨額の金が預金されつづけた。イェルク・イマークネヒトはそのことを知っていた。役員だったので、顧客の口座のデータを見ることができたからだ。イェルクは個人ページのログインパスワードを入力しろとクルッガーに指示してから、ワンタイムパスワードを確認して口座の振り込みページに入った。振り込み手続きが終わると、コンピュータを終了させ、持参したノートパソコンの電源を入れた。

クルッガーは息をのんだ。「いったいいくら……？」といいかけたが、最後までいえなかった。

「あとで見てのお楽しみだ」ノートパソコンが起動すると、イェルクはインターネットアクセス用のスティックを側面に挿した。「すこしは株売買ができるように残しておいたよ」イェルクはキーを叩いて、アイコンをクリックした。ところが余裕の表情が凍りついた。「なんでインターネットにつながらないんだ？　外ではつながったのに」

クルッガーはいまこそ勇気をふるうべきじゃないかと考えたようだが、早々にあきらめていった。

「この家ではジャミング装置が働いている」

「スイッチを切れ。早くしろ！」

クルッガーは玄関にあるヒューズボックスのところへ急いでいくと、スイッチを切った。

「よし、それじゃ送金にどのくらいかかるか様子を見よう。スイフト（国際金融取引に関するメッセージを伝送するネットワークシステム）は本当に鈍いが、南バイエルン信託銀行なら二、三分で決済するだろう」

イェルクは準備に長い時間をかけていた。具体的な標的はいなかったので、はっきりした段取りまではできていなかったが、いずれこういう機会が訪れ、オフショアの口座が必要になると思っていた。これを実行に移せば、ドイツ赤軍よりも大きな成果を生むはずだ。ドイツ赤軍は結局失敗した。引き受ける銀行がなく、戦っているシステムについての知識も足りなかった。テロリストは地下活動というパラレルワールドに引きこもり、しだいに現実世界から乖離した。それが敗因だった。イェルクの狙いはシステムの転覆ではない。逆手に取ることだ。ルームメイトたちと同じように、イェルクはこれまで中央アメリカでの社会事業を支援してきた。そして現地を訪れたときに、口座のネットワークを構築するための準備をした。ニカラグア、エルサルバドル、メキシコの三つの国に合計三つの会社を設立した。近くのスラムで見つけた適当な住人に数ドル渡して、スーツを着せ、公証人のところや裁判所に出向かせて定款に署名させ、口座開設を申請させて会社のオーナーに据えた。この口座と会社を使ってさらにケイマン諸島やモーリシャスやドバイに口座をひらいた。二〇〇八年九月の時点では世界各地に八つの口座を持って、好きなときにマネーロンダリングできるようになっていた。口座をひらいた国の多くが銀行の機密保持を法規定しているので、捜査当局が資金の流れを追うことはほぼ不可能だ。仮に流れを辿れたとしても、まだ生きているかどうかもわからないメキシコシティのスラム街の麻薬常習者でその糸は切れる。仮にまだ生きていたとしても、自分が会社を設立したことすら覚えていないだろう。公式には会社とイェルクには接点がない。それでも口座の暗証番号という会社にとってもっとも重要なものを持っている。

イェルクがこの口座のネットワークについて明かすと、仲間になったふたりはすっかり感心した。ただゾフィーは、クルッガーから奪った金がイェルクの口座に送金されることに若干懐疑的だった。金の使い道は三人で決めるはずじゃなかったのかというのだ。

「もちろんだとも」イェルクはそのときいった。「勝手に下ろしたりはしない。そこは信用してもらうしかない。全体の絵を描いたのは俺だ。それに口座のネットワークを見渡せて、操作できるのも俺だけだし」

だが計画を決行したあと、金の使い道を巡って意見の対立が生じることになる。ゾフィーが動物保護プロジェクト、とくにおばの遺産が枯渇しかけている自分の動物シェルターに資金をまわせといいだしたのだ。イェルクは人間が飢えに苦しんでいるのに、動物に資金はまわせないと拒絶した。するとゾフィーは、口座と資金をイェルクが独り占めして、パスワードを教えようとしない、これまで引きだした金額を差し引いても、口座にはまだ六百万ユーロは残っているはずだと難癖をつけた。こういうことをいいだす者がいるから、合議した上で、決まったプロジェクトに間違いなく資金をまわせるのはやはり自分だけだ、口座にアクセスできるようにするものか、とイェルクはいい返した。

ケイマン諸島の銀行の残高が一千万ユーロ増えるのを、イェルク・イマークネヒトが待っていると、ゾフィー・クラムがマノロ・ブラニクの靴を一足手にして階段を下りてきた。

「これ見て」ゾフィーがイェルクにいった。イェルクもそのブランドを知っていた。妻が主婦という灰色の人生に飽き足らず、その靴をよく買っていたからだ。

　イェルクはクルッガーの鼻先にその靴を持っていった。

「おまえがこっそり履いているのか？　それとも、だれのものだ？」

「それは……恋人のものだ。置き忘れたんだ」

「忘れた？　こういうブランド品を忘れる人がいるもんですか。それに二階の戸棚は靴でいっぱいよ」ゾフィーがいった。

　イェルクは興味を呼び覚まされ、コンピュータコーナーに立ててある写真を見た。すべて同じ女の写真だ。いくら金持ちだとしても、クルッガーには似合わない美人だ。「恋人ってこれか？」イェルクは写真を指差した。

　クルッガーはうなずいて、「元恋人だ」といい直した。

「こいつがマノロ・ブラニクを置き忘れたっていうのか？」

「わたしが買い与えたんだ」

「プレゼントしたんだろう。なんで置き去りにしたんだ？」

　クルッガーは汗をかいた。

「彼女には自分の金ができたからさ。それより、もう出ていってくれ。もうこれっきりにしてくれ」

　イェルクはノートパソコンを見た。

「まだ送金が終わっていない。それで？　その女をどうしたんだ？」

クルッガーは身をこわばらせた。なにか作り話をしなければならない。しかしストレスがかかって頭が働かなかった。目がちかちかして、めまいを催した。そのときアネッテがテラスから入ってきた。外から見えないか確認するため庭を見てきたのだ。家はたしかに完璧に視界をさえぎられ、一番近いお隣もかなり遠く離れていた。クルッガーの途方に暮れた顔を見て、アネッテがたずねた。

「どうしたの？」

「この女のことを訊いているところさ」イェルクはコンピュータコーナーに立ててある写真を指差した。「クルッガーさんは教えてくれないんだ」

「その写真なら庭でも見たわよ」アネッテがいった。

イェルクたちは茂みのくぼんだところに立ててある石の十字架の前に立った。その十字架に若い女の写真が取りつけてあった。十字架の前の地面には最近掘った跡がある。

「これは墓か？」イェルクはたずねた。

「ああ」クルッガーは消え入りそうな声でいった。「彼女は……もう生きていない」

「ドイツでは庭に墓を掘るのは禁止されてる。犬の死体ならまだしも」フランクはいったが、クルッガーは黙って、腕をだらりとたらして地面を見ていた。「シャベルはどこだ？」

五分後、クルッガーは石の十字架の前の土を掘った。手が出てきたので、アネッテは一メートルほど飛び退いた。

「やだ、なにこれ？」

クルッガーは土を掘るのをやめていた。

「もっと掘れ」イェルクが命じた。女たちが愕然として見る中、クルッガーは徐々にフランツィスカ・ミハルスキーの半ば腐敗した死体を白日の下にさらした。イェルクは買ったばかりのiPhoneで死体の写真を何枚も撮り、クルッガーに家へ入れといった。写真のデータをノートパソコンにコピーすると、イェルクは自分のメールアドレスに送った。「あんたがなにをしたのか知らないが、お互いきょうのことは忘れることにしよう。いいな？」

クルッガーはうなずいた。

「うなずくだけじゃだめだ。はっきり自分の言葉でいえ」

「あんたたちは」クルッガーは口ごもった。「警察にいわない。わたしも警察にいわない」

「取引成立だな」

65

バプティスト・クルッガーは警察署の取調室に連れていかれた。弁護士は帰した。包み隠さず話すつもりだったのだ。コーヒー、紅茶、そしてマンフレートが焼いたクッキーがテーブルに並べられた。

クルッガーは昔襲われたことと、死んだ三人がおそらく当時自分を誘拐し、一千万ユーロを盗んだ者たちだと思うことをいった。

「なぜそう思うんだね？」ヴァルナーはたずねた。「新聞にのった写真を見て気づいたのか？」

「ちがいます。連中は当時覆面をしていました。正体を突き止めるために人を雇ったんです」

「それはだれだ？　そしてなにを突き止めたんだ？」

「フランクと名乗っていました。本名かどうかは知りません……ごろつきです」

「どうしてごろつきなんか雇ったんだね？　かなり危険なことだ」

「お金を取り返してもらうためです。やり方が合法かどうかなんてどうでもよかったんです。頼んだことをなんでもやってくれる人間が必要だったんです。そしてどんなことをしてでも、警察に死体が見つからないようにしたかったし」

「行方不明の女性から教わったという電話番号がわれわれに渡らないようにするため、無関係の証人を殺そうとしたのがその男か？」

クルッガーは愕然としてヴァルナーを見た。そういう荒事を覚悟してはいたが、具体的に聞かされるとショックだった。自分を誘拐した連中とは次元が違う。

「わかりませんが、たぶんそうでしょう。具体的なことはあえて聞かないことにしていました」

ミーケはヴァルナーにファイルを渡した。そこに前科者の写真がはさんであった。ヴァルナーのダウンジャケットに盗聴器を仕掛けた被疑者として上がっている者たちだ。

「この中にいるか？」

クルッガーはすこし見てから、写真の一枚を指差した。写真の男の名はアントン・シュッケンリーダー。暴力行為で何度も有罪になっていた。

ヴァルナーはヤネッテに、シュッケンリーダーを指名手配するよう指示してから、あらためてクルッガーのほうを向いた。

「では本題にもどろう。遺体はフランツィスカ・ミハルスキーだとにらんでいる。そうだね？」

クルッガーはうなずいた。

「どうして遺体が庭に埋められていたのかな？　死因は？」

自供する前に、クルッガーは冷めたコーヒーをもうひと口飲んだ。手がふるえていた。まともにマグカップを置くことができず、ひっくり返しそうだった。

「三月が誕生日なんです」そう話しはじめた。「たいして友だちはいませんし、パーティをやるタイプでもないので、いつもはなにもしません。両親と昼に外食するのがせいぜいでした。夕食は考えられませんでした。両親はいつも午後五時半に夕食をとるんです。わたしには早すぎて。二〇〇八年も両親と昼食を共にして、わたしの家に行きました。コンピュータでいつもの仕事をしながら、わたしは首を傾げました。ケルクハイムのおば以外、だれからも電話もかかってこなければ、メールもなかったからです。大学の友だちが三人いたんですが、その三人からもなにもなかったんです。すると午後六時にその三人が酒を持ってうちに来ました。彼女もいっしょでした。友だちのひとりで、あの家の前の持ち主だったフランツ・ホルマンが、北ドイツ出身の知り合いだと彼女を紹介しました。彼女がお金をもらってついてきて、仕事がストリッパーであることはずっとあとで知りました。わたしたちは乾杯し、わたしは彼女と楽しく会話しました。彼女はわたしにとてもやさしくしてくれました。まあ、当然ですよね。仕事だったのですから。彼女は、家がわたしのもので、すべて株の売買で稼いだ金で手に入れたものだと知って感心しました」

「二〇〇八年の時点でそんなに稼いでいたのか？」

「二〇〇四年に二十万ユーロを遺産相続しました。二〇〇八年三月には百万ユーロ以上になっていました。二〇〇七年はじめにアメリカの不動産バブルがはじけることは見えていました。それに合わせて投資先を変え、賭けに出ました。ほとんどの資金をデリバティブ取引に注ぎ込みました。ひとつ間違えれば、すべてを失う恐れもありましたが、判断は正しいと確信していました。その結果、二〇〇八年春には財産が百万ユーロを超えていました。あの家は別にして。家の価値は六十万ユーロでしたが、半額で買いました」

「フランツィスカ・ミハルスキーさんとはその後どうなったんだ？」

「うちに泊まっていきたいといったんです。そこまでは払わない、とフランツがいうと、彼女はかまわない、気にするなといったんです。そして本当に泊まりました」クルッガーは悲しげな目をした。「わたしはミュンヘンにいるフランツのところに泊まると親に伝えました。次の日、彼女はミュンヘンに帰りました。わたしは携帯の番号を教えました。すると夕方、電話があって、また訪ねてきたんです。そして取引を持ちかけてきました。恋人になる代わりに、いろんなものを買ってくれと。服、靴、アクセサリー、そして小型のオープンカー。別にかまわないと思いました。他に金の使い道などありませんでしたから。彼女に愛情があるわけでないのはわかっていました。わたしは女にもてるタイプではありません。ハンサムなわけでもないです。でも金を持っていました。彼女とはすてきな時間を過ごしました。彼女は愉快で、いつもにこにこしていました。日中はたいていミュンヘンに出ていましたし、はじめのうちは遅い時間まで帰ってこないこともありました。でもそのうち、夜中に帰ってこなくなり、わたしは胸が痛みました。でも、文句をいえば、彼女が去っていくことはわかっていました。そして夏になりました。彼女はようちにいて、庭いじりや読書をしました。分厚い歴史小説を週に三冊くらい読んでいました。日が沈むと、いっしょにバーベキューをしました。彼女がなにか料理をこしらえてくれることもありました。いっしょにすてきな時間を過ごしたんです。でもそのうち彼女はわたしに文句をいうようになりました。もっと人と交われ。服装やヘアスタイルを変えてイメージチェンジをしろ。コンピュータにばかりかじりついていては、引きこもりと同じだ。なんで彼女が急にそんなことをいいだしたのかわからず、わたしは途方に暮れました。そしてある日、彼女は荷物を片づけだしたんです。わたしが買いあたえた服や靴をすべて。いくつものトランクとバッグがいっぱいになりました。そして彼女がいったんです。『あんたとの暮らしが嫌になったから、バイバイするわね。あたしがずっといっしょにいると思ってた？』わたしは愕然としました」

「あなたはどういうふうにイメージしていたんだね？」

「はっきりいって、なにも考えていませんでした。あのままずっとつづくと思っていました。いっしょに暮らして、料理をつくり、寝る。あの付き合いを公表したいと思っていました。わたしは彼女を両親に紹介し、彼女はわたしを友だちに引きあわせる。でも、彼女はいやだといいました。わたしといっしょにいるところを人に見られたくないといったんです」

「あなたの気持ちに応えなかったということ？」ヤネッテはたずねた。

「わたしはやさしくしたし、彼女の他の知り合いとは違ってマッチョではありませんでしたから、それなりに好いてくれていると思っていたんです。それが気に入って、もしかしたら……なんというか、わたしを愛するようになるかと」

気まずい空気が流れた。

ヤネッテがいった。

「あなたを愛する女性はきっといると思うわ。もしかしたらフランツィスカ・ミハルスキーだって。でも長続きはしないわね」

「ええ、女性はマッチョな奴に気持ちが向くんでしょうね。そしてその日がやってきたんです。わたしとの生活にうんざりした。前の生活にもどりたいといわれたんです。わたしは啞然としました。そんないとも簡単に別れるなんて。わたしは彼女の腕をつかんで押さえつけていいました。『そんな、あんまりだ。楽しかったじゃないか。なにもかも捨てるのか?』と。彼女は放せといって、わたしを見ました。……なんというか、後ろめたさを覚えながらも、吐き気がするというような目つきで。わたしは自分がゴキブリのような気がしました。そんな目つきだったんです。わたしは悔しくてかっとしました。それでも腕をつかんでいると、彼女はふりほどこうとしたんです。わたしたちはもみあいになりました。そこは二階の彼女の部屋でのことで、部屋の目の前に階段があって」クルッガーは動きを止めた。荒い息をし、上唇に浮いた汗をふいた。「揉み合っているうちに、彼女はつまずいて、階段を転げ落ちたといってもいいのですが、実際は違いました。わたしは頭に血が上っていました。彼女との暮らしはわたしの人生でもっとも幸せなときでした。なのに、わたしに吐き気がするといって、彼女は去っていこうとしている。……そのうえ車まで持っていく気だ。車を置いていく慎ましさすらない。問題は金銭的な損失ではありませんでした。そんなのどうでもよかったんです。彼女の厚かましさでもありませんでした。彼女は、わたしと過ごしているあいだつらくて仕方なかったのだから、五万ユーロの車は我慢代だといったんです」クルッガーは涙をこぼした。ヴァルナーはティッシュの袋を差しだした。クルッガーはもたつきながら袋を開けて、ティッシュをだし、涙をふいて、洟をかんだ。彼はしゃくりあげ、深呼吸した。「わたしは……彼女を突き飛ばしたんです。そして揉み合い、最後に彼女を階段から突き落としました。かっとして……」

「いつのことだ？」

「二〇〇八年六月十五日のことです。日曜日。教会から帰ってきたときです」

「そのあと庭に埋めたのか？」

クルッガーはうなずいた。

「なぜ遺体を遺棄しなかったんだ？　シュッケンリーダーに捨てさせてもよかったじゃないか。あいつならやったはずだ」

「彼からもそういわれました。そうすべきでした」

「しかし？」

クルッガーはびくっとしてから、投げやりに笑った。

「彼女を手放せなかったんです」

クルッガーの取り調べが終わったあと、クロイトナーがヴァルナーの部屋に来た。自分が痛い目にあった甲斐があったか知りたかったのだ。ヴァルナーは現場で発見したこととクルッガーが自供したことを教えた。

「それからミュンヘンで証人の女性を刺した犯人がだれなのかも白状した」

「だれだったんだ？」

「アントン・シュッケンリーダー。前科者だ。知ってるか？」

「名前は知らない」

ヴァルナーはクロイトナーにシュッケンリーダーの写真がはさんであるファイルを渡した。クロイトナーはファイルをひらくなり、顔を曇らせた。

「どうした？」ヴァルナーはたずねた。

「動物シェルターで働いている奴だ」クロイトナーは携帯電話をだした。

66

イン谷までの道路は急な坂道で、雪に覆われていた。イン谷動物シェルターは標高千百メートルの山間にあり、五百メートル下の谷が見下ろせる。道路の左側は牧草地で、雪が一メートル以上積もっている。とくに切り立ったところでは、いまにも崩れそうな雪庇が突きでていた。道路の右側は絶壁で、眼下には逆巻く渓流があり、カヤックでの川下りの人気スポットになっている。ダニエラはゆっくり気をつけながら車を運転していた。圧雪路がところどころ凍結していたからだ。ときおり右側で物置小屋や、夏場に放牧した子牛を泊めるための家畜小屋が目に入ったが、道路脇には雪が積まれていて、たびたび視界がさえぎられた。数年ぶりに雪の多い十二月だった。

ダニエラはほっとしていた。イン谷動物シェルターは動物にとっていいところだ。牧草地が広く、雪のない時期には馬とロバが草をはむことができる。オーナーはダニエラが廃業するときは、動物を引き取ってもいいといってくれた。これで安心して眠れる。すでに午後四時を過ぎていた。山の奥の谷は平地よりも早く闇に包まれる。ダニエラは車のライトをつけた。

道はずっとカーブがつづき、その先が見とおせない。もう十分は対向車とすれ違っていない。交通量がすくなかった。夏ならカルヴェンデル山脈の二千メートル級の山をめざす登山者が車でやってきて、動物シェルターのそばの駐車場を利用するが、冬場は静かなものだった。ダニエラはゆっくりカーブを曲がった。ついさっきカーブで後輪がスリップしたので気をつけた。外は凍てつく寒さだった。零下十五度。次のカーブは張りだした岩を巻くように曲がっている。ヘッドライトの光が見えた。対向車だ。だがダニエラはすぐ対向車が走っていないことに気づいた。どうやら路上で停車しているようだ。だがダニエラは気にしなかった。停まっている理由はいろいろ考えられる。チェーンを装着しているのかもしれない。カーブを曲がりきると、対向車がセンターラインを越えて斜めに停まっていた。なんの気配もなく、人影も見えない。チェーンを装着している人の姿もなかった。車はゲレンデヴァーゲンだ。それならこの道路状況でもチェーンは必要ない。

ダニエラは車を停めて、闇に目を凝らした。ドライバーがどこかにいると思ったのだ。しかしなにも見えなかった。ドライバーは車を放置したのだろうか？　助けを求めにいったのかもしれない。だがなぜだろう？　タイヤがパンクしたのだろうか？　道路を完全にふさいだ状態で車を放置するなんて許されるだろうか？　そのとき窓を叩く音がして、ダニエラは心臓が止まりそうになり、感電したかのようにびくっと身をすくませた。そしてすかさずセンタードアロックのボタンを押した。車のそばに人が立っていた。黒ずくめで、筋骨隆々で、恐ろしげだ。車のすぐそばにいたので、顔がわからなかった。男が身をかがめて車を覗き込んだ。フランクだった。ダニエラは面食らったが、ほっと安堵した。フランクはウインドウを下げるように合図した。

「やあ、ダニエラ、脅かしてすまない」

「それはいいんだけど、ここでなにをしているの？」

「きみの携帯電話の電源が切れていたので、追いかけてきたんだ。ちょっと心配になってね」

「それは親切にありがとう。オーストリアに来るときはいつも電源を切ることにしているの。外国で電話をかけると一分あたり二十二セントかかるから」

「そんなところだろうと思った。まあなにごともなくてよかった」

ダニエラはフランクの車のほうを見た。

「あなたの車、どうしたの？」

「うかつなことをしてしまったんだ。ちょっとエンジンの調子が悪かったんで、エンジンルームを覗いていたんだが、そのときクレジットカードを落としてしまった。見えるんだが、指が太すぎてうまく取れないのさ。ちょっと助けてくれないかな？」

「ええ、いいわよ」ダニエラはいった。「わたしは指が細いから届くかも」

ダニエラはエンジンルームの前に立って、フランクを見た。

「ちょっと照らしてくれないかしら。なにも見えないわ」

「その必要はない」そういうなり、フランクはサバイバルナイフを抜いた。「話がある」

ダニエラはびっくりしてナイフを見つめた。

「どういうこと？」ダニエラはあとずさって、自分の車のところへ行こうとした。だがフランクが立ちはだかった。「どいて。車にもどるわ」

「いいや、それはだめだ。話に付きあってもらう。わかったか？」フランクはわざとナイフをヘッドライトの光に当てた。ダニエラは身をこわばらせた。

「おまえの姉貴は金を盗んだ」

「そんな馬鹿な。姉さんが盗みを働くはずがないわ」

「そういっていたかもしれないが、盗みを働いた。それも一千万ユーロ」

ダニエラはふっと笑った。

「どうかしてるんじゃないの。一千万ユーロ。そんな大金があったら気づいているわよ。動物の餌代にも困っているのに」

「おまえの姉貴は金を盗んだ。そしておまえもそのことを知っていて、どうやったら手に入るかわかっているとにらんでる」

「姉さんを殺したのはあなたなの？」

「金はどこだ？」

「知らないわ。ほっといてよ」ダニエラはフランクの脇をすり抜けようとした。フランクがダニエラの腕をつかんで、ゲレンデヴァーゲンのほうに投げ飛ばした。ダニエラは転んで、頭をヘッドライトにぶつけた。フランクはゆっくりダニエラのそばに行って、彼女の腹部に膝をつき、ナイフを首に当てた。

「ふざけたことをいうと、痛い目を見るぞ。わかったか？」

ダニエラはふるえあがり、か細い声でいった。

「お金なんて知らない。なんでわたしが知ってるというの？」

「おまえの姉貴が話したからだよ。どうなんだ？」

「ナイフをどけて。怖くて仕方ないわ。殺したら、元も子もないんじゃないの？　お金のありかはわからずじまいになるんだから」

「機転が利くじゃないか。おまえを殺す気はない。俺がどうするかわかるか？」フランクはダニエラがふっと息をつくのを見た。ダニエラは白い息を吐いたが、ヘッドライトの光でかき消された。「おまえの家畜小屋に火をつける。動物ごと燃やしてやるよ。それからもう一度話をする」

67

ダニエラは白い息を吐きながらフランクの顔をじっと見つめた。ヘッドライトの反射光がフランクの顔を照らしていた。その表情を見れば、火をつけるというのが本気なのがよくわかった。

「おまえの姉貴は口座のログインパスワードをどこかに書き残しているはずだ。どこだ？」

「わたしは聞いてない。でも、もしかしたら……あそこかも」

「思い当たるところはすべて探した。よほど奇抜な隠し場所があるんだな」

「家畜小屋の洗い場に鏡がかかってる」フランクが興味を引かれてうなずいた。「鏡の裏の壁のレンガがゆるんでいるの。姉さんはそこに書類やアクセサリーを隠していた」

「まだそこを見ていないのか？」

「すっかり忘れていた。たいしたものは隠していないし」

「おまえの車でいく」フランクはいった。「おまえが運転しろ」

警察はいまごろクルッガーを取り調べているはずだ。アントン・シュッケンリーダーを指名手配し、その名前で登録してあるゲレンデヴァーゲンを捜している可能性がある。


アントン・シュッケンリーダーはたしかに指名手配されていた。バイエルン州全域、とくにミースバッハ郡で重点的にゲレンデヴァーゲンを捜していた。といっても、発見できる見込みはあまりなかった。すでに日が暮れて、街灯がついている集落でしか車の確認ができなかったからだ。それに別の事件が起きて、シュッケンリーダー捜索に割ける人員に限りがあったのだ。フィッシュバッハアウにある中規模の企業でクリスマスパーティがひらかれ、午後五時にはすでにみんな、酒に酔い、かなりはめをはずしていた。とくに女性の人事課長が三十分くらい前から評判はよくないが男らしい外勤職員の膝に乗っていた。そのくらいならたいしたことはないが、じつは社長秘書も内心その外勤職員の膝に乗りたいと狙っていたのだ。だが望み薄だと気づくと、秘書は別の店でクリスマスを祝い、いつものように大酒を飲んでいた人事課長の夫に電話をかけた。夫は秘書の知らせを聞いて、すぐに会社のパーティ会場に駆けつけた。しかも夫は、グリューワインをしこたま飲んで、気が大きくなった同僚を数人連れてきた。社長の父親がちょうど毎年恒例のサンタクロースに扮して登場したとき、人事課長の夫とその同僚が店に押し入り、人事課長と外勤職員に襲いかかって、報復の挙に出た。果ては他の従業員まで巻き込んで刃傷沙汰に発展し、目撃者によると、サンタクロースまで年甲斐もなく椅子の脚を振りまわして何人かを殴り倒したという。おかげで巡査は総出で収拾に当たらざるをえなかった。

緊急事態が生じたおかげで、クロイトナーの謹慎は解かれ、一人だけ残っていたシャルタウアーと共にダニエラの動物シェルターに向かうことになった。進入路の手前でクロイトナーはヤネッテに電話をかけ、シュッケンリーダーとダニエラ・クラムの携帯電話（GPS機能つきだった）の位置情報を調べるように頼んだ。どちらの携帯電話もいまは電源が切られていたが、そのうちに電源が入るかもしれない。クロイトナーはダニエラの留守番電話にフランクを名乗るシュッケンリーダーに気をつけるようにとメッセージを残した。だが電源を入れても、メッセージが通知されるまで時間がかかることがある。

クロイトナーとシャルタウアーは動物シェルターに到着したが、明かりがついていなかった。人気もなかった。驚いたことに母家の玄関の鍵もかかっていなかった。ダニエラは外出するとき、母家と家畜小屋の鍵をかけるはずだ。フランクが動物シェルターを去るときにほったらかしにしたのだ。クロイトナーはおかしいと思い、シャルタウアーといっしょに母家と家畜小屋にだれかいないか調べた。だがだれもいなかったし、どこもかしこもひどく散らかっている。ダニエラが放っておくはずがなかった。

「どうしますか？」ふたりして家畜小屋から出たとき、シャルタウアーがたずねた。

「ここで様子を見る。ダニエラかシュッケンリーダーが来るはずだ。携帯電話の電源が入れば、ヤネッテからきっと連絡がある」

ダニエラは国道四七二号線から田舎道に曲がって、車をゆっくり走らせた。数百メートル走ったところで、動物シェルターが見えてきた。フランクは手を上げて「停めろ」というと、動物シェルターのほうをうかがった。家畜小屋に明かりがついている。「ちくしょう！　だれだ？」フランクはダニエラのほうを向いた。「よし、車から出ろ！」

ふたりは百メートルほど先の動物シェルターの進入路までいっしょに歩いた。照明に照らされた中庭と車が見えるが、細かいところまではわからない。車のルーフに青色回転灯がのっている。「おまえのサツのお友だちだな。ずいぶん仲がいいな」

ダニエラは叫ぼうとしたが、フランクがすかさずサバイバルナイフを彼女の首に当てた。「ここにいてもしょうがないでしょう」シャルタウアーは不平を鳴らした。「フィッシュバッハアウへ応援に行ったほうがいいすよ。乱闘騒ぎになってるらしいすよ。四十人以上が怪我をしたとか、すごいすよね」

「乱闘なんてどうだっていい。俺たちは殺人犯を追っているんだぞ。次元が違う」

クロイトナーの携帯電話が鳴った。ダニエラからだった。

「遅いぞ！」クロイトナーはいった。「どこにいるんだ？　もう何時間も前からあんたに連絡しようとしてたんだ。留守番電話は聞いたか？　フランクの件だ。あいつに気をつけろ。めちゃくちゃ危険な奴だ」

「だから電話をしたのよ」ダニエラはいった。「あいつに追われてる。わたし、オーストリアに出かけていたんだけど、あいつが後をつけてきたの」

「いまどこにいるんだ？」

「国境から見て、クロイト市のバイヤーヴァルト地区を過ぎたところの駐車場にいる。フランクはそのまま通り過ぎたみたいだけど、きっともどってくる」

「車から出るな。すぐそっちに向かう。携帯電話の電源は入れておけ」クロイトナーはじろっとシャルタウアーを見た。「気合い入れろよ。人の命がかかってる」

シャルタウアーの顔から心なしか血の気が引いていた。

「電源を切れ！」フランクがいった。

「入れておけっていわれたんだけど」

「いいから切れ。ちくしょう！」

ダニエラはふるえる指で携帯電話の電源スイッチを押した。画面が消えた。その直後、ダニエラの車が背後に駐まっている農機具置き場のそばをパトカーが走り過ぎた。

「よくやった。上出来だ」フランクは無表情なまま、車をだせと合図した。

動物シェルターに着くと、フランクは外灯をつけず、まず母屋から懐中電灯を取ってきた。家に入るとき、ダニエラは靴を脱ごうとしたが、フランクに押されてつまずき、雪で汚れた靴をはいたまま台所に入った。

家畜小屋に入ると、ダニエラは水場の鏡を下ろした。そこのレンガ壁には漆喰が塗られていなかった。レンガがひとつ、たしかにはずれて、中が空洞になっていた。フランクの指示で、ダニエラは中に手を入れた。まず小さなアクセサリーケースが出てきた。「中身を確かめる？」そうたずねて、ダニエラはケースの蓋を開けようとした。

「興味はない。脇に置いておけ」

ダニエラは洗面台にケースを置いて、また空洞に手を入れた。今度はクリアファイルが出てきた。数枚の紙がはさんであった。それを受け取ると、フランクは二、三歩さがった。

「そこを動くな」フランクはついてこようとしたダニエラにそういってから、懐中電灯の光を当てて書類を確かめた。「これのようだな。よし、おまえのコンピュータのところへ行くぞ」

フランクが紙を見ているあいだに、ダニエラは洗面台にのっていたポケットナイフをこっそり隠し持った。

クロイトナーとシャルタウアーは青色回転灯をつけ、サイレンを鳴らし、時速百二十キロで十二分後にはクロイトに着いた。クロイトナーは正確な場所を確認するため、あらためてダニエラに電話をかけてみた。だが電源は切れていた。

「そりゃないだろう！　切るなといっておいたのに」

「ヤネッテに電話をかけたらいいじゃないすか。携帯電話の電源が入れば、わかるはずですけど」

「たしかにそうだ」そういうと、クロイトナーはヤネッテに電話をかけた。

「そんなに簡単には行かないわ」ヤネッテはいった。「やっとアクセス権が得られたところなんだから」

「電源は切れているのか？」

「いまは切れているわね。でも短いあいだだけど、電源が入ってたわね。十分くらい前に」

「それはどこだ？」

「クロイツ通りとヴァーキルヒェンのあいだ」

「そんなはずはない。それなら動物シェルターだ。クロイトを過ぎたところにいるといってたんだ」

「それはないわね。位置情報は正確よ」

クロイトナーは唖然としてシャルタウアーを見た。

「Uターンだ！」

ダニエラは自分の部屋の肘掛け椅子にすわっていた。そこから動くな、とフランクにいわれていた。フランク本人はサバイバルナイフを手の届くところに置いて、ダニエラのコンピュータに向かっていた。

「おいおい！　なんて遅いんだ。ありえないぞ。ＩＳＤＮじゃないのか？」

「コンピュータはかなり古いから」

「くそっ！」フランクはモニターに拳骨を食らわせたい気分だった。急ぐ必要がある。捜索されているのは間違いない。モニターになかなかケイマン諸島の銀行のホームページが映らない。フランクは待つあいだに大事なことをいろいろ考えた。たとえばダニエラを始末するタイミングをいつにするかとか。ログインパスワードは手に入った。といっても、オフショアの口座が八つもあったのには舌を巻いた。書類を見るかぎり、ケイマン諸島にある預金口座がメインのようだ。当面、巨額の送金はしないつもりだ。金がそこにあるのを確認するだけでいい。そしてダニエラの息の根を止めれば、邪魔者はいなくなる。ログインパスワードがあれば、好きなときに出金できる。いまはすくなくともメインの預金口座のパスワードが正しいかどうか確認できれば充分だ。だがうまくいかなかった場合は、まだダニエラが必要かもしれない。フランクはモニターを見つめた。ようやく銀行のホームページが画面に映った。フランクはオンラインバンキングのボタンをクリックした。パスワードを入力する画面になるまでまた延々と待たされた。フランクはメモを見て、アルファベットと数字を画面上の窓に打ち込み、エンターキーを押した。

三秒ほど経って、個人ページがひらいた。フランクはほっと胸をなでおろした。預金口座の残高を見ると、六百万ユーロ以上あった。これで残りの人生を椰子の木陰でのんびり暮らせると思うと、感傷的になった。

ダニエラは腰をもぞもぞさせて、立ちあがろうとした。

「そこを動くな」フランクが怒鳴った。ところがダニエラはますます落ち着きをなくし、肩で息をした。パニックの発作を起こしたようだ。フランクは立ちあがった。

「おいおい！　過呼吸かよ」

フランクは彼女のところに行って、肩をつかんだ。そのとき、ナイフを持っていないことが脳裏をかすめた。意識を集中させなければならない。まだカリブ海に着いてはいないのだから。「馬鹿なことはするな」そう怒鳴りつけて、フランクはダニエラを揺すった。

その瞬間、ダニエラの右手がフランクの腹部に向かって伸びた。フランクは刺すような痛みを覚えて面食らい、一瞬遅れてナイフで刺されたことに気づいた。ダニエラの顔を殴ると、腕をつかみ、ナイフを落とすまでねじりあげた。それから腕を握ったまま、コンピュータのところへ引っ張っていき、自分のナイフをつかんだ。フランクはナイフを持つ手でさっと傷口に触ってみた。幸い深傷ではなかった。腹筋を鍛えてあったおかげだ。ダニエラには深く突き刺すほどの力がなかったのだ。ダニエラを床に突き飛ばすと、フランクはホワイトブロンドの薄い髪をつかんで、顔を上げさせ、喉にナイフの切っ先を当てた。

その瞬間、ダニエラの顔に青い光が当たっていることに気づいた。と思ったらまた暗くなり、すぐにまた青い光が窓から差し込んだ。パトカーの青色回転灯の光だと気づくのが一瞬遅れた。これからどうしたらいいか必死で考えた。いくつか選択肢がありそうだ。そもそも犯行を証明することはできるのだろうか？　証拠はそう多くはない。運がよければ、ミュンヘンで女を襲ったこと、つまり傷害事件で裁かれるだけで済みそうだ。ダニエラはどうだ？　監禁罪か。禁錮四、五年。三年もすれば仮釈放されるだろう。

「立て」フランクはダニエラにいった。「お友だちが来たぞ」

フランクことアントン・シュッケンリーダーはおとなしく逮捕された。依頼人の場合とは違い、弁護士を呼べといって黙秘した。

ダニエラは何箇所か怪我をしていて、病院の集中治療室に搬送された。クロイトナーは夜中にダニエラを迎えにいって、動物シェルターに送りとどけ、そのままいっしょに夜を過ごした。

68

ヴァルナーにとって、その日は首尾よくいった。ほっとしていたといってもいいだろう。これ以上死体が増えることはないと思ったからだ。家族とゆっくり夜を過ごせるのがうれしかった。

ヴァルナーが帰宅すると、ヴェーラと祖父が台所にいた。祖父は料理にいそしみ、ヴェーラはその手伝いをしていた。

「やあ」ヴァルナーはいった。「いいにおいだな。なにを作ってるんだ?」

「赤キャベツを使ったロールキャベツだ。塩加減はヴェーラに見てもらうことにした」

「そうか。それじゃ子どもを寝かすのは俺がやろう」

「もうベッドに入ってるわよ」ヴェーラがいった。

ヴァルナーはきょとんとした。

「だれが寝かしつけてるんだ?」

「新しいベビーシッターさ」そういうと、祖父は自分の手柄だといわんばかりに微笑んだ。

「ちょっと待った。もう雇ったのか？」

「考えるまでもない」祖父はいった。「これ以上のベビーシッターはいないぞ」

ヴァルナーはけげんそうにヴェーラを見た。

「本当にカーチャをかわいがってくれてるわ。カーチャも気に入ってる」

「だれなんだ？　どこで見つけたんだ？　いきなりどうして？」ヴァルナーは疑り深く廊下を見た。

「本当にやさしい、普通の人よ」ヴェーラがいった。「農家の出で、幼稚園課程の資格を持ってる」

「年は？」

「何歳といってたかしら？」ヴェーラは祖父を見た。「たしか二十四」

「ああ、たしかそうだ」

「どういう風の吹きまわしだ。ブルガーさんは老け過ぎていたってことか！」

「そんなことはいってない。それに、若くてかわいいといけないのか？」

「そんなことはない。若くてかわいい子でもかまわないさ。だが知らないうちに決められるのは好かない」

「まる一日いないからそうなるのよ。おじいさんとベビーシッターがうまくやれることが先決。そうでしょ。わたしはこれでいいと思ってる」

ヴァルナーは祖父の横に立って、鉄鍋に入っているロールキャベツを覗き込んだ。

「まあ、いいさ。その子をどこで見つけたんだ?」

「路上さ」

「なんだって?」

「わしはカーチャと外に出たんだ。精肉店でひき肉を買いにな。そしたら路上に立っていたんだ」

「なんで路上に立っていたんだ?」

ヴェーラは呆れたという顔をして、天を仰いだ。

「ドラッグでも売っていたんでしょ。路上に立つのに理由がいる?」

「このあたりでは路上に立ったりしない。立っている理由がないじゃないか。通りを歩いているっていうならわかる。それとも路上の雪をどかすとか、車に張った氷を取っているとかならわかるが……」

「頼むわよ、クレメンス! きっとなにかしていたんだと思う。いい加減にして。ここは取調室じゃなく、自宅なのよ。わかった?」

「分別のある人間が抱く当然の疑問だ」賛同を得られると思って、ヴァルナーはヴェーラを見た。ヴェーラは黙って首を横に振った。「そうか。賛同できないか」ヴァルナーはすこし口をつぐんでからマンフレートにいった。「それで、どうやって雇うことになったんだ？」

「カーチャを見て、その娘が、あら、かわいいっていったんだ！　それからすこし立ち話をして、わしがカーチャの世話をしてくれる人を探してるっていうと、幼稚園課程の資格を持ってるっていったのさ。渡りに船だ。ベビーシッターをやる気はないかと訊いたら、やってもいいと答えてな。そのままうちについてきて、いまも二階にいる」

ヴァルナーは腕組みして、ヴェーラを見た。

「おまえは気にならないのか？」

ヴェーラはあいまいな仕草をした。

「路上で会って、そのままついてきて、うちのベビーシッターになるとはな」

「なんなのよ。思いつきで行動する人はいるものでしょ。それも……」

「俺顔負けといいたいんだろう」

「いいえ、わたしたち顔負けよ。わたしはそんなことはしない。もちろんあなたも。だけど、そこが問題じゃないわ。とにかく会ってみて」

「会って、問題ありと俺が判断したら、話はなしになるのか？」

「もちろんよ。あなたがまずいというならね。でもそう思うはずがない。いままでにあんなにやさしい娘に会ったことがないもの」

「アニカを好きにならない奴は、根性の曲がった奴だ」そういうと、祖父はロールキャベツの鍋を覗き込んだ。

「プレッシャーをかけるのはよしてくれ」ヴァルナーは口をとがらせた。ちょうどその瞬間、だれかが階段を下りてくる音がした。

娘は丸首セーターを着ていて、首の絆創膏が見えないようにしていた。腕の刺し傷もセーターで隠していた。ティファニーことアニカ・プルンガウアーは申し訳なさそうにヴァルナーに微笑みかけた。ヴァルナーはなにもいわなかった。だがヴァルナーの表情に気づいて、ヴェーラはもの問いたげに新しいベビーシッターに視線を向けた。ベビーシッターは苦笑いした。

「こんなことになってごめんなさい。ちょっとおうちを見にきただけだったんですけど」

「外でわたしを待っていたのか？」

「いいえ、そういうわけじゃありません」

「プルンガウアーさんは重要な証人なんだ」ヴァルナーがそういったので、ヴェーラは目を丸くした。

「そうだったの？」

「ご主人に命を助けられました。どんなところに住んでらっしゃるのかと思って」

「もうわかったじゃないか」

「もちろんだとも」祖父がいった。「これからちょくちょく来てもらうんだからな。事件の証人かどうかなんてわしには関係ない。カーチャにとってもな」

「ええと……他にも仕事を持っていたね。それとも、そちらはやめたのか？」

「時間帯が違いますから、両立できます」

「聞いただろう。両立できるんだ！　正直で結構じゃないか。だから歓迎する！」祖父は挑むようにヴァルナーを見た。

「ふたりで話がしたい」ヴァルナーはヴェーラと祖父にいった。そしてアニカ・プルンガウアーに「こっちへ」と声をかけた。

アニカ・プルンガウアーは膝をそろえてソファにすわった。

「本当に資格を取っているんです。任せてください」

「嘘だとは思っていない。しかしそれなら、あなたはすこしレベルが高過ぎないかね？」

「なぜですか？　子どもがひとりだけだからですか？」

ヴァルナーは自分の両手を見つめた。

「そういうことじゃない」

「ポールダンスバーで働いているからですか？」

「まさか。ベビーシッターをしたいわけじゃない。それは二の次なのだろう」

「どういう意味ですか？」

「カーチャのベビーシッターになりたいのは、あの子が俺の娘だからだ。感謝の気持ちからかどうか知らないが」

アニカ・プルンガウアーも自分の手を見つめた。なにか考えているようだが、なにもいわなかった。

「父親を早く亡くしたことは気の毒だと思っている。いまだに気持ちの整理がつかないのはわかる」

アニカ・プルンガウアーはヴァルナーを見た。目がうるんでいた。

「しかし俺は代わりになれない」

アニカ・プルンガウアーは立ち去り、台所はしんと静まり返っていた。ヴァルナーの祖父マンフレートはへそを曲げ、黙り込み、ヴェーラは途方に暮れていた。

「どういうことなの？　前もってあなたに相談しなかったことがそんなにいけないこと？」

「俺をそこまでコントロールフリークだっていうのか？」

「なんで彼女に機会を与えなかったのか、そこが理解できないの」

「殺人事件の証人なんだ。うちで働いてもらうわけにはいかない」

「どうして？　うちで働いてもらっている人が証人になったら、クビにするわけ？」

ヴァルナーはため息をついた。ヴェーラのいうとおりだ。それが本当の理由ではない。

「なんで雇いたくないのか、本当の理由をいいなさいよ」

ヴァルナーはためらった。だがこれでは押し問答は終わらない。打ち明けるほかない。

「どうしても知りたいというなら仕方がない。彼女が関心を向けているのはカーチャでも報酬でもないんだ。じつは俺が狙いなのさ。だからこの仕事をやりたいんだ」

ヴァルナーは、大真面目な顔をするよう心がけた。ヴェーラと口論になるのはごめんだ。そのとたんヴェーラとマンフレートが腹を抱えて笑った。ヴァルナーは立場がなかった。自分がまぬけに思えた。

69

アントン・シュッケンリーダーとバプティスト・クルッガーは逮捕され、ヨゼファ・レーベレヒトは警察の監視を受けた。まだ事件現場で採取したDNAを被疑者のものと比較する作業が残っていた。シュッケンリーダーに取引を持ちかければ、口を開くのではないかと期待をかけていた。週末になろうとしていた。だからヴァルナーは、被疑者に二日間じっくり頭を冷やさせようという意見に同意した。

金曜日の晩、ミースバッハ郡警察のクリスマスパーティが動物シェルターで催された。じつにクリスマスらしい雰囲気だった。満天の星（屋外暖房器つき）。農機具置き場に急拵えの柵をつけ、馬とロバをそこに入れて、雰囲気を作った。他の動物は安全な場所から様子をうかがい、客から食べものをもらった。ダニエラは餌を与えないようにとしつこくいったが、動物たちは歓迎した。

ところで、食べものはいつもと違って豪勢ではなかった。凍ってかちかちのクッキーの他には、レバーケーゼ、ブレーツェルがテーブルに並び、あとはグーラッシュスープとフライドポテトがだされた。ベジタリアンのダニエラは自分の好みを完全には押し通せなかったのだ。警官たちは家族連れで来たが、ヴァルナーはヴェーラしか連れてこなかった。カーチャには遅い時間だったからだ。ヴァルナーは娘がいつものように朝まで寝て、祖父も問題を起こさないことを祈った。

月曜日にあらためてバプティスト・クルッガーとアントン・シュッケンリーダーの取り調べがおこなわれた。テレビドラマに出演していた俳優が殺害された事件を巡る勾留審査が予定されていたため、ティシュラー検察官は不在だった。ティファニーことアニカ・プルンガウアーはフランクことアントン・シュッケンリーダーが自分を刺した男だと証言していた。それに彼女のアパートで採取したＤＮＡの痕跡が動かぬ証拠となった。シュッケンリーダーは刑事訴訟に詳しい弁護士に同席してもらっていたが、率先して話をした。

「いずれにせよ」ヴァルナーはこれまでの取り調べの結果を整理した。「殺人未遂で起訴される。それもふたつの事件で」

「まずいっておくが」そういうと、シュッケンリーダーは椅子の背にもたれかかった。「殺すつもりはなかった。ナイフで脅しただけだ。だから、あの女をびびらせようとしたことは認める。警察に通報されちゃかなわないんでね。だけどなんで殺さなきゃならなかったんだ？　俺は恐れるようなことはなにもしてなかった。電話番号のメモを奪っただけだ。そのくらいのことで殺しはしない」

「しかしアニカ・プルンガウアーさんには何箇所も刺し傷がある。そのひとつは頸動脈の近くだった」

「あいつは手足をばたばたさせて暴れたんだ。そしてナイフはものすごく鋭利だった。思惑と違ってしまったってわけさ。それだけのこと」シュッケンリーダーは困ったものだというように首を横に振った。

「ではもうひとつの事件については……」

「そういや、ふたつの殺人未遂ってどういうことだい？」

「ダニエラ・クラムのことも殺そうとしたじゃないか。警察が到着したから未遂で終わった」

ミュンヘンから来た弁護士が割って入った。

「それはあくまで憶測でしょう。実際にはクラムという女性がナイフで襲ったのであって、逆ですよ」

「暴力をふるったのはどう見てもクラムさんではなく、あなたの依頼人でしょう。まあ、せいぜいシュッケンリーダーのほうが被害者だと裁判官を納得させてみるのですな」ヴァルナーはファイルをめくって、ラボの報告書をひらいた。「どうやらふたりは運がよかったようですね。しかし三人の被害者は運に恵まれませんでした」

「はっきりといっていただけますか?」弁護士は椅子にすわったまま背筋を伸ばした。ここからが正念場だからだ。

「シュッケンリーダーさんがゾフィー・クラム、イェルク・イマークネヒト、アネッテ・シルトビヒラーの三人を殺害したとしか思えないのですよ」

「証拠があるとは知りませんでした。どのような証拠ですか?」

「アネッテ・シルトビヒラーの住居でシュッケンリーダーさんのDNAが採取されています。どうしてでしょうか?」

シュッケンリーダーは弁護士と視線を交わした。弁護士はそっとうなずいた。

「あの女の住居に入ったからさ。あの女が殺された日だ。だけど、入ったときはすでに死んでいた」

「住居に入ったのは何時ですか?」

「午後三時だ」

「あなたを目撃したという証人の証言と合致します。シルトビヒラーさんの住居を訪ねた目的は？」

「訊きたいことがあって約束していた」

「用件は？」

「クルッガーから盗んだ一千万ユーロのありかさ。別に罰せられることじゃないだろう」

「そうですね」そういいながら、ヴァルナーはカップに残っているコーヒーを揺らした。

「だれかコーヒーをいれてきてくれないかな？」

ミーケが立とうとすると、ティーナがミーケの肩に手を置いた。

「スパイ女のときはあなただったものね」

ヴァルナーはシュッケンリーダーの目を見た。

「クルッガー被疑者によると、あなたは死んだ娘の件で問題を起こしうる人たちを黙らせることになっていたそうだね。しかもそれはクルッガーさんから金を奪った者たちと同一人物だったとか」

「そうなのか？　クルッガーがそんなことをいってるのか？」シュッケンリーダーは肩をすくめた。

「どうやら」弁護士がまた口をはさんだ。「クルッガー被疑者は我が身かわいさで、すべての罪をわたしの依頼人になすりつけるつもりなのでしょう。おそらくそのために前科がある者を探したんです。シュッケンリーダーさんはたしかに自制心を失くすことがあるかもしれません。天使じゃありませんし、過去に傷害事件を起こしています。しかしそれは衝動的な犯行でした。ですが今回の殺人事件は周到に計画されたもので、明らかにサイコパスの仕業です。あなた方のプロファイラーに問い合わせてみてください。シュッケンリーダーさんの犯行ではないというでしょう」

「依頼を受けて衝動的犯行とは」ヴァルナーはいった。シュッケンリーダーは傷害事件で前科があり、報酬を受け取っていたことがわかっている。とはいえ、弁護士の言い分にも一理あった。「ダニエラ・クラムの場合はどうだね？　ナイフで襲ったそうじゃないか」

「あの女ならそういうだろう」

「両者の言い分を聞きたいと思っている」

じつをいうと、ダニエラ・クラムからはナイフで脅されたということ以外、まだ詳しく聞いていなかった。気持ちの整理がつくまで待つことにしたからだ。それに彼女の証言は必須ではなかった。ミュンヘンでの刃傷沙汰と殺人でシュッケンリーダーを起訴するには充分だった。

シュッケンリーダーは弁護士を見た。弁護士はヴァルナーの方に身を乗りだした。

「いまのところ、わたしの依頼人からはお話しできません」弁護士は椅子にもたれかかった。

この点が取引交渉の材料になると思っているようだ。

ヴァルナーはすこし戸惑いを覚えた。

クルッガーも今回は弁護士を呼んだ。もちろん家宅捜索のときにいた弁護士ではない。その弁護士はミュンヘンの人間で、シュッケンリーダーの弁護人と廊下で会った際にすこし意見交換していた。

「これまで非常に協力的だったので、判決では配慮されるでしょう」ヴァルナーはそういって、取り調べをはじめた。「シュッケンリーダーさんの捜査でも協力してもらえると助かります」

「なにを知りたいのですか？」依頼人より先に弁護士が発言した。

「殺人はシュッケンリーダーの仕業ですか？」

「わたしが刑務所に入らずに済むようにしてくれといいました」弁護士が割って入ろうとしたが、クルッガーは手でそれを制した。「もう終わりにしたいんです」弁護士はため息をついて、椅子にもたれかかった。「シュッケンリーダーに人を殺せといった覚えはありません。彼がそこまでしないことを願っていましたが、そうなる覚悟もしていました」

「ゾフィー・クラムを殺したといっていましたか？　イェルク・イマークネヒトやアネッテ・シルトビヒラーの場合は？」

「いいえ。そういうことは知らせるなといっておきましたので。いずれにしてもゾフィー・クラムを殺してはいません」

「どうしてそうはっきりいえるんですか？」

「依頼したのは、新聞の写真を見たあとだからです。ハンドバッグの写真です。シュッケンリーダーが事件に絡むのはその後です」

ヴァルナー、ミーケ、ヤネッテの三人はこの証言にしばらく言葉を失った。シュッケンリーダーがクルッガーの依頼で三人を殺害したとにらんでいたからだ。だがそうではなかったのだ。どういうことだろう？

70

「それで」ティシュラーはいった。「どういうことなんだね？」

ヴァルナーはみんなを会議室に集めた。ヤネッテ、ミーケ、ティーナ、オリヴァーの四人だ。そして勾留審査のあと、ティシュラー検察官もどんな成果が上がったか知りたくて、ミースバッハに駆けつけてきた。

「シュッケンリーダーはゾフィー・クラムを殺していません」ヴァルナーはいった。「他の二件の殺人についても疑問が残ります」

「解決したと思ったのだが」

「あいにくまだのようです。クルッガーが動いたのは、ゾフィー・クラムが殺害された後です」

「しかし他のふたりを殺害したかもしれないだろう。アネッテ・シルトビヒラーの住居で奴のDNA痕跡が採取されたのだからな」

「訪ねたとき、すでに死んでいたと主張しています」

「奴の立場なら、わたしもそういうだろう。そもそもなんでアネッテ・シルトビヒラーを訪ねたんだ？」

「クルッガーの金の行方を追っていたのです」

「クルッガーが殺して、シュッケンリーダーに罪をなすりつけようとしたというのか？」

「シュッケンリーダーの弁護人はそうにらんでいます。ありえますが、クルッガーがそこまでやるようには思えません。しかし思い違いをすることもあります」

「最初の殺人事件をシュッケンリーダーがやったという容疑を晴らしましたからね」ミーケがいった。

「シュッケンリーダーを雇ったのがその後だとそのうち気づかれると思ったからかもな」ヴァルナーは両手で顔を覆って、首を横に振った。「だめだ。矛盾する。真犯人がクルッガーだったとしたら、どうして死んだ恋人の写真を死体に潜ませたりしたんだ。自分に足がつくじゃないか」

「どういうことだ？　ふたりを逮捕したが、真犯人じゃないというのか？」ティシュラーは眉間に縦筋を走らせて、あたりを見まわした。

「ヨゼファ・レーベレヒトはどうだ？　知性があり、冷淡で計算高い。それにモラルの尺度もかなり低そうだ」

「ヨゼファ・レーベレヒトはかなり正直に話していますよ。ルームシェアした仲間を脅迫したことも認めています」

「殺された三人は金を払い、レーベレヒトは証拠隠滅を図ったというのはどうだ？」そういうと、ティシュラーはその推理の弱点について考えた。「例の写真だが、陽動だったのだろう。残った者が殺人事件は脅迫とは無関係だと思うように。例えばクルッガーが仕返しをしようとしているとか」

「しかし三人目の遺体にも写真があったことはどう考えますか？」ミーケが口をはさんだ。

「もう陽動する必要はありませんよね」

「いいや、警察への陽動だ。あるいは四人目の関係者がいるのかもしれない。ゾフィー・クラムの妹とか」ティシュラーは肩をすくめた。

ヴァルナーは指で机を叩いた。

「いくら考えても埒があかない。知らないことが多すぎる。ダニエラ・クラムに事情聴取するほかないな。クルッガー襲撃事件については多くを知らないことはわかっているが、シュッケンリーダーが彼女のところでなにを探していたのか聞いていない。そもそも探しものが見つかったかどうかもな」

「なぜまだ事情聴取していないんだ？」

「週末は親戚を訪ねたいといっていたからです。きょう電話をかけたのですが、出ないのです」ヴァルナーはヤネッテを見た。

「動物シェルターにもどっているはずですので、パトカーを向かわせました」

「もう一度電話をかけてみてくれ」ヴァルナーがいった。

ヤネッテはいわれたとおりにした。だが受話器を耳に当てながら、困惑する表情に変わった。

「わかった。そこで待機して。十五分でそっちへ行く」

ヤネッテは受話器を置いて、けげんな顔をしているみんなを見ながらいった。

「ちょっと妙なことになりました」

71

動物シェルターは死んだように静まり返っていた。どこを見ても、動くものはなかった。

馬運搬車が出発するのを待っているだけだった。運転手は、これは最後の輸送だとチロル訛でヴァルナーにいった。週末のあいだに動物がイン谷動物シェルターに運ばれていたのだ。

動物を引き取る謝礼として、施設の銀行口座には多額の金が振り込まれていた。かつての所有者がどこにいるのか、運転手は知らなかった。動物を運ぶように頼まれただけだった。

クロイトナーも駆けつけてきた。驚いてあたりを見まわしながらいった。

「くそっ」

だがののしるというよりも、情けなさそうに聞こえた。クロイトナーはけげんな顔をしてヴァルナーを見た。

「ダニエラはここをたたんで、動物を別の動物シェルターに引き渡した」

クロイトナーは目を疑い、家畜小屋に駆け込んで、また出てくると、携帯でダニエラの番号にかけた。

「すでに試した。携帯の電源を切っている」

クロイトナーはそれでも電話をかけてみた。留守番電話になった。

「どうなってんだ？　なんでなにもいわなかったんだ？」

「なにか事情があったんだろう」ヴァルナーはなにかを確かめようとするかのように農機具置き場を見にいったが、そのじつみんなから距離を置いて、考えたかったのだ。

「どういう事情だ？」そう叫ぶと、ティシュラーは走り去る馬運搬車を見た。

「ちょっと待ってください」ヴァルナーは手を上げていった。クロイトナーは、ダニエラがなにか書き置きをしていないか確かめるといって母家に入った。

「ゾフィー・クラムが自殺だったという根拠になる情報がなにかないか？」ヴァルナーはもどってくると、ティーナとオリヴァーにたずねた。

「コンピュータにあった電話番号リストにセラピストの番号がありました」オリヴァーはいった。「セラピーを受けていたんです。うつ病でした」

「なんでそれを早くいわなかったんだ？」ティシュラーはひどく困惑していた。

「殺人の線で捜査することになったからです。自殺の線ではそれ以上調べをすすめませんでした」

「それでは仕方がない」ティシュラーはヴァルナーのほうを向いた。「だがあれは殺人じゃなかったというのか？」

ヴァルナーは寒くなって、ダウンジャケットのポケットに両手を突っ込んだ。できることなら母家に入りたかった。だがおそらく暖房されていないだろう。冷気を吸ったほうが頭が冴えそうだ。

「つまりこういうことだったのだろう。ゾフィー・クラムはうつ病にかかっていて、動物シェルターはつぶれる寸前だった。出口が見つからず、みずから命を絶った」

クロイトナーが外に出てきた。なにも見つからなかったようだ。

「姉が死んだ責任はイェルク・イマークネヒトとアネッテ・シルトビヒラーにあるとダニエラ・クラムが考えたようだな」

「どうして？」クロイトナーが質問した。ヴァルナーの推理はクロイトナーにとって不都合な方向に向かっていた。

「三人がクルッガーから一千万ユーロを盗んだのなら、どうしてここは破産寸前だったんだ？」

「他のふたりがここに資金をだすのを渋ったからでしょう。理由はわからないですが」ヤネッテがいった。

「だけどダニエラはクルッガー襲撃についてなにも知らなかったんだぞ」クロイトナーが口をはさんだ。

「それはあくまで彼女の言い分だ。姉が襲撃のことを打ち明けていた可能性はないかな？」

クロイトナーは押し黙った。

「ダニエラが死んだ姉の復讐をするためイマークネヒトとシルトビヒラーを殺したっていうのか？　おもしろい推理だが、証拠がないぞ」

「姉の死体が見つかったとき、ダニエラはその場にいた。ゾフィー・クラムがどのように死んでいたか知っている者は彼女のほかにいない。姉の自殺を他殺のように見せかけることができたのはダニエラ・クラムだけだ。また姉が死んだ時の様子を再現するのもむずかしくなかったろう。彼女はたしか潔癖症だといわなかったか？」

ヴァルナーはクロイトナーのほうを向いた。クロイトナーは渋々そのとおりだという仕草をした。

「それでも些細なことを見落としていた。ゾフィー・クラムのケースでは、ガンマヒドロキシ酪酸、つまりエクスタシーの小瓶が見つかっているが、他のふたりは血中からガンマヒドロキシ酪酸が検出されているものの小瓶は見つかっていない。すぐに効果が出ることを考えると、自殺者は自殺の直前に摂取するはずだ。つまり瓶が死体のそばにあったひとりはそういうことだ」

その瞬間、着信音が鳴った。その場にいたほとんどの者が自分にかかってきたと思ったが、すぐにクロイトナーの携帯電話であることがわかった。クロイトナーは画面を見た。

「彼女がショートメールを送ってきた」クロイトナーはメッセージを画面にだした。「話がしたければ」クロイトナーはヴァルナーのほうを見た。「一時間後にフェイスブックでと書いてある」

72

ティシュラーは急用ができたためミュンヘンにもどった。それもいそいそと（メディアが注目する事案だろう、とヴァルナーは思った)。他のみんなは署にもどって、ヴァルナーの部屋でコンピュータを囲んだ。ヴァルナーはまずフェイスブックでダニエラ・クラムに友だちリクエストをし、十分後、承認された。これでチャットができる。インターネット接続中、州刑事局の専門家が、ダニエラ・クラムの現在地を突き止めることになっていた。

——こんにちは、ヴァルナー刑事。ダニエラ・クラムです。

チャットがはじまった。


——こんにちは、クラムさん、ヴァルナーです。あなたを探しているところです。

——急に立ち去ることになり、申し訳ありません。

——いまどこにいるか教えてもらえますか?

——それはいえません。わたしが連絡したのは、みなさんが何人か逮捕したからです。みなさんが犯人とにらんだ人たちですね。そうでしょう?

——そのとおりです。殺人についていうことがあるのでは?

——無実の人が有罪になることは望みません。

ティーナが部屋に入ってきて、ダニエラ・クラムがチャットをするのに使っているIPアドレスを州刑事局の人間が突き止めたと報告した。USBスティックタイプのモバイルルーターだ。ミュンヘン市内で購入されたもので、ドイツ国内でアクセスしているなら運がよければ場所を特定できるだろうという。だが国外なら、とんでもなく時間がかかるらしい。ヴァルナーは状況を理解して、チャットをつづけた。

——いいでしょう。ではうかがいますが、お姉さんの死因は？

——自殺です。

——たしかですか？

——遺書を遺していました。翌日、郵便で届きました。動物シェルターをつづける資金が尽きて、絶望したのです。手紙には、みずから命を絶つと書いてありました。痛みを感じないように死ぬし、なにも心配しなくていいとも。

——イマークネヒトとシルトビヒラーは動物シェルターに資金をまわすのを断ったんですね？

——動物にお金を出すのを拒んだんです。十万ユーロでよかったんですけど。連中には一千万ユーロありました。ふたりが姉を死に追いやったんです。

——ということは？

——わたしがふたりを殺しました。むずかしいことではありませんでした。ゾフィーの妹だったので、ふたりとも心を許していましたから。

——クルッガー襲撃のことを知っていたんですね?

——はじめから。ゾフィーがすべて話してくれました。

——お姉さんはどうしてあの写真を持っていたんですか?

——いつも持ち歩いていました。クルッガーに対する保険です。でもただの気休めだったと思います。

——盗んだ金はどこですか?

——世界各地の銀行口座に預金されています。ログインパスワードはわたしのもとにあります。いい目的のために使うつもりです。それからすこしだけ自分のためにも。わたしはそれほど必要としません。ところで、こんなことをしたのはお金のためではありません。ログインパスワードが手に入るなんて考えてもいませんでした。偶然だったんです。アネッテ・シルトビヒラーのデスクにメモがあったんです。そして口座番号も。

——自首しなければ、これから一生追われつづけます。わかっているのでしょうね?

——そろそろ終わりにします。クロイトナーさんによろしく伝えてください。そこにいるんでしょう?

——ええ。すこし話しますか?

――そのうち連絡します。今晩、家に届くものがあると伝えてください。ですから、家にいるようにと。

73

クリスマス前の月曜日の晩はいまだに寒かった。ヴァルナーはクロイトナーが落ち込んでいる気がして携帯に電話をかけた。クロイトナーは電話に出なかった。すこし心配になって、ミースバッハの近くにあるクロイトナーの二間の住居に寄ってみたが、不在だった。隣人にたずねると、遺産相続した農家に行っているのではないかといわれた。おじのジーモンが酒を密造していた家だ。

クロイトナーは農家の中庭でくつろいでいた。ダウンジャケットを着込み、毛布にくるまってデッキチェアに横たわっていた。古いドラム缶で火を焚いていた。キルシュヴァッサーもたっぷりあった。自家製の荒削りな味だ。知る人ぞ知るジーモン・クロイトナーお手製だ。ヴァルナーはそばにすわって、すすめられた毛布をかぶった。キルシュヴァッサーも小さなグラスに注いでもらい、くつろいでいるクロイトナーに付きあった。ふたりはしばらく黙って炎を眺めた。男にとっては夜のひとときを過ごすのにぴったりな光景だった。

「ダニエラには一杯食わされたな」ヴァルナーはいった。

クロイトナーは焚き火を見ながらうなずいた。

「国際手配することになる。フェイスブックのチャットでつながっていたとき、彼女はメキシコにいたらしい」

「ニカラグアに向かうだろう。あれだけ金があったら、あの国の警察から裁判官まで買収できるだろうからな」

「まあ、様子見だな。あれから連絡はあったか？　刑事としての質問じゃない」

その瞬間、体の大きな雄猫が隅からあらわれ、喉を鳴らすと、クロイトナーの膝にのった。

「チロルの動物シェルターの人間がこいつを連れてきた」

ヴァルナーは冬の夜空を見あげた。たくさんの星がまたたいていた。

「クリスマスはどうするんだ？」

クロイトナーは肩をすくめた。

「すこし片付けをする」といって、おんぼろの農家を指差した。

「そうか。じゃあな」そういうと、ヴァルナーは立ちあがった。「よかったら、クリスマスは俺のところに来いよ」

「ありがとう」クロイトナーは炎から目を離さなかった。「そうさせてもらうかもしれない」クロイトナーはヴァルナーの手が肩に置かれたのを感じた。そしてヴァルナーの姿は闇に紛れて消えた。クロイトナーは空を見あげた。南の山並みの上にオリオン座が見える。ニカラグアにいるダニエラにもオリオン座が見えるだろうか？　雄猫のトロルがクロイトナーの膝の上でようやく居心地のいい位置を見つけた。

謝辞

本書の企画を支えてくれたすべての人に感謝したい。まずダマリスに感謝する。動物シェルターの話を偏見なしに、辛抱強く語ってくれた。ミースバッハ刑事警察署のヨハン・シュヴァイガー第一首席警部とコンラート・パウルス首席警部にも礼をいいたい。警察の仕事を具体的に見学する機会をくれた。重要で興味深い場面を見ることができた。またドイツ赤軍のシンパについてはヘンリー・ハルビッヒから教わった。動物シェルターを営む意味についてはゾフィー・プッツから多くを教えられた。友人で台本制作のパートナーであるトーマス・レトハは、プロットで行き詰まったときに話し相手になってくれた。大いに助けられた。マリア・ホーホジーダーはテクストを単刀直入で品よくするのに助言してくれた。そしてわたしのこれまでの作品に多大な貢献をしてくれた、経験豊富でするどい直感の持ち主である担当編集者アンドレア・ハルトマンにも感謝する。おかげでこの物語もすばらしく、円熟したものになった。

解説

♪akira

うわあ、また嬉しい意味で予想を裏切られた！　新作を読み終わるたびに「こんなに面白要素を詰めこんじゃったら、次回作は大変じゃないのかな……」などと毎回余計な心配をさせられるミステリ作家、それがアンドレアス・フェーアだ。

本書はドイツ南部のミースバッハ刑事警察署のクレメンス・ヴァルナー警部とレーオンハルト（愛称レーオ）・クロイトナー上級巡査のシリーズ第四作にあたる。日本でこのシリーズが紹介される前には『弁護士アイゼンベルク』『突破口　弁護士アイゼンベルク』（いずれも創元推理文庫）の二作が刊行されており、一作目は犯人の意外性、二作目は前作を上回るほどの事件の異常性（なんと爆殺！）という、ミステリ読みをぐっと惹きつけるプロット盛り盛りで楽しませてくれた。そしてデビュー作に遡った本シリーズが満を持して登場したのだ。本書で初めてこのシリーズを手に取ったかたのために簡単に紹介しよう。ドイツ推理作家協会賞新人賞を受賞した一作目『咆哮』は、凍った湖の水面下に、金襴緞子のドレスを身につけた十六歳の少女の遺体をクロイトナーが発見して幕が上がる。彼はカーリング大会用に氷の状況を確かめようと湖に来ていたのだ。急遽特別捜査班が設置されたが、その日の夜、指揮を執るヴァルナー警部の家の屋根に、やはり金色のドレスを着た別の少女の遺体が載せられていたことが判明する。二作目『羊の頭』では、クロイトナーが賭けのためにジョギングして山に登ったところ、頂上で出会した友人の頭が突然ライフルの射撃で吹き飛ばされる。それは友人が、彼自身のDVで失踪した恋人の手がかりをクロイトナーにもらした直後のことだった。三作目『聖週間』は有名女優の家族が集まったクリスマスの日、家畜小屋で娘が散弾銃で撃ち殺されていたのが見つかる。その翌年の四月、ヴァルナー警部の乗った車が走っていた一般道の反対車線で爆走していた配送車から異様な遺体が発見される。身元は娘を殺された女優の家の前で十数年前に交通事故に遭い、顔に火傷を負った元女優。そして配送車とレースをし、危うくヴァルナーと正面衝突しかけたのはクロイトナーだった。

このようにどの作品も暗く凄惨な事件を取り上げているにもかかわらず、読後の後味は意外なほど悪くない。さらにこれだけでもじゅうぶん面白いのにまだやるか！　と言いたくなるほど次から次へとさまざまな要素が惜しみなく盛りこまれていて、読者を楽しませようという作者の意気込みが感じられるエンタメ・ミステリなのである。

ではエンタメに寄せるためにストーリーが破綻しているかというと、全くそんなことはない。フェーアの作品はどれも事実と推理に基づいてきちんと論理的に収束し、結末において読者は「なるほど、そういうことだったのか」と納得できるものになっている。とりわけオフビートな展開を見せる本書においてもそれは変わらない。本国ドイツではミステリの女王ネレ・ノイハウスと並ぶほどの人気作家だというのもうなずける。ノイハウスのオリヴァー&ピアのシリーズとフェーアの本シリーズがリアルタイムで続けて読めるなんて、ドイツの人たちは羨ましい限りである。本書がドイツで刊行されたのは秋だが、欧州の秋冬は長い。分厚い本はそうした時期を乗り切るための、必須おこもりアイテムになるはずだ。ヴァルナー警部の尋常でないレベルの寒がりっぷりを笑いつつ、あたたかい部屋でぬくぬくと読書を愉しむというのはミステリ好きにはたまらない過ごし方ではないだろうか。

前置きが長くなってしまったが、ここで本書の内容を簡単に説明しよう。物語は二〇〇八年の九月に遡り、男女三人が犯罪行為の準備にかかるところで幕があく。同じ頃、なじみの飲み屋で友人たちと徹夜で賭けゲームに興じた結果、クロイトナーは急遽金策に走ることとなる。他人のミスは見逃さない本能でからくも窮地を脱した彼だったが、それが大事件の発端とはその時は気づかなかった。場面は一転し、三年後の二〇一一年十二月。おじの遺産相続をしたクロイトナーは、その条件としてある違法な行為のためにゲレンデへと向かうが、暗がりでベンチに座った雪だるまを見つける。ところがそれは凍って雪の積もった女性の遺体だったのだ。クロイトナーと一緒に遺体を発見したのは、偶然にもその女性の妹だった。

遺体の状況から当初は自殺と判断されたが、札入れに入っていた謎の写真と、姉が死ぬ前に不吉な出来事があったという妹の供述で、事件は思いがけない展開を見せていく。

本シリーズのイチオシ要素が、捜査におけるクロイトナーの思いがけない発想と悪運の強さ、そして遺体の第一発見者になる確率の高さである。管轄内では数年前からクロイトナーが殺人被害者に妙に好かれていると噂になり「死体のレーオ」というあだ名を頂戴していて、しかも本人はそれが満更でもない。あらゆることに屁理屈を通すクロイトナーは相変わらず存分に屁理屈を通しまくっているし（読者もいつのまにかそれでいいのだと思ってしまいそうになるのが危険だ）、警官になった理由や親戚一同の素行など、本書はクロイトナー推しにはたまらない仰天のエピソードが満載である。

事件の鍵となる二〇〇八年の出来事にクロイトナーが関わったのは仲間内の無茶なカードゲームが発端だったのだが、いやいや、もしかしてその友人たち、『羊の頭』（ちなみに舞台は二〇〇七年）でかなりヤバい人たちじゃなかったか？　ていうか、それでもまだ友だちなのか！　普通に考えたら友だちとしていろいろ忠告すべきなのだろうが、なにせ本人自体が人としてもそれはどうなんだという人生を送っているクロイトナーである。いまさら模範的な警官になれるはずがない。そもそもクロイトナーに一般の常識は通じないのだ。だが本書では、なんでもやり放題のクロイトナーが立て続けにショボい災難に見舞われるくだりが最初の大きな読みどころになっている。場面を想像すると殺人ミステリを読んでいることを忘れるようなスラップスティックなギャグの連続なのだ。同じく棚ぼた系悪徳警官（ただし小物）のスウェーデン代表とも言うべき、レイフ・GW・ペーションによるベックストレーム警部シリーズなどを読むと「いつかこいつもなんでもいいからひどい目にあってくれないものか」とつい願ってしまう自分のような読者には、「そうそう、たまにこういうバチが当たらないと！」と溜飲が下がるに違いない、大盤振る舞いの爆笑シーンなのである。

続けて読まれているファンの方は作者のそうした猛烈なサービス精神を毎度楽しみにされていると思うが、本書の最大の読みどころは、かつて描かれたことがなかった、〝あの〟クロイトナーの意外な一面なのである。今までのクロイトナー登場場面といえば、酔っ払っているか違反行為をしているか、あるいは異様な状況で遺体第一発見者になっているかというのがほとんどだったが、今回は違う。意外や意外、クロイトナーにも繊細な人の心と思いやりがあったのだなあ、とほろっとさせられるのだ。シリーズ読者にはにわかに信じられないと思うが、そこは本書を読んで確認していただきたい。

そんな稀代の無責任男（そして意外にピュアなロマンチスト）クロイトナーとシリーズの二枚看板を背負うヴァルナー警部はというと、細かいところまで仕切らないと気が済まず、できるかぎり規則に忠実、そして信じられないほど寒さに弱く、夏以外はほぼダウンジャケットを手放さないという設定だ。ただでさえ寒いヨーロッパで寒がりなんて大変だろうなあと一作目から密かに心配していたのだが、本書ではなんとそのせいで予期せぬ罠にかかってしまうのだ！　だが気の毒とは思いつつも、ミースバッハ署の面々と同様、どうしても笑ってしまう。さらに今回は新しい家族も増えてそれに伴う問題も発生し、いつも以上に気苦労の多いヴァルナーだが、意外なところでその魅力をわかってくれる人物が現れる。

ヴァルナー家は毒舌で型破りな天才医師が主人公の米国の連続医療ドラマ『ドクター・ハウス』がお気に入りのようだが、とりわけ欧州のミステリでは、変人というか性格や行動に難があるキャラクターが好まれる傾向があると常々思っている。シャーロック・ホームズ（特にベネディクト・カンバーバッチが演じたドラマ版）やコリン・デクスターのモース主任警部を筆頭に、最近では前述のベックストレーム警部やアンソニー・ホロヴィッツの探偵ダニエル・ホーソーンなどが続々と登場して人気を博している。そうしたキャラクターがお好きなかたなら本シリーズはきっと気に入るはずだ。シリーズが進むにつれて主役二人の関係が少しずつ明かされていくので、未読のかたはぜひ一作目から読んでいただければと思う。ちなみに二作目の訳者あとがきで酒寄進一氏が一作目のおまけ〈レーオンハルト・クロイトナー上級巡査とハイキング〉の秘密についてこっそり教えてくれている。本書を読んだ後で読み返していただくときっとニヤリとするはずだ。

作者のフェーアはテレビドラマの脚本家として活躍していたが、一九七七年から続く長寿ドラマ〝Der Alte〟の二〇一四年のエピソード二本を書いて以来、脚本の仕事はしていないようだ。『弁護士アイゼンベルク』のドラマ化企画もあるが、今のところ進んでいない様子。

ヴァルナーとクロイトナーのシリーズはこれほど人気があるので、いつ本人の脚本でドラマ化してもおかしくないと思うのだが、実はシリーズを通して二人の外見はほとんど描写されていないのだ。かろうじてヴァルナーは本書の時点では四十二歳、背が高くて痩せ型、メガネをかけていると書かれているが、クロイトナーの方は三十九歳という年齢ぐらいしかわからない。これはドラマ化する際に誰が演じてもいいように伏せているのか、もしくは映像化させないためにあえて情報を与えないようにしているのだろうか。筆者の考えでは後者のような気がするが、いずれにせよ本だけでじゅうぶん面白いので、読者諸氏には脳内で妄想豪華キャスティングを繰り広げてほしい。

「また君かね……（やれやれ）」と『名探偵コナン』の事件現場でほぼ必ず出くわしては警視庁の目暮警部にこうした愚痴をこぼされる名探偵毛利小五郎よろしく、クロイトナーには今後もその特殊能力（？）を発揮して、遺体もしくは被害者が遺体になる場に居合わせてほしい。そして何よりもヴァルナー警部がダウンジャケットを着なくて済む季節の事件で再会したいと思うのだが、次回作もやはり冬なのだろうか。本国ではつい最近シリーズ十作目が刊行され、ネットの星の数を見るかぎり大変好評のようだ。なんにせよ、続編が読めることをいちファンとして全力で期待している。

（あきら／翻訳ミステリー・映画ライター）

——本書のプロフィール——

本書は、二〇一二年九月にドイツで発表された小説『Schwarze Piste』を、本邦初訳したものです。

小学館文庫

急斜面

著者　アンドレアス・フェーア
訳者　酒寄進一

二〇二三年二月十二日　初版第一刷発行

発行人　石川和男
発行所　株式会社　小学館
〒一〇一-八〇〇一
東京都千代田区一ツ橋二-三-一
電話　編集〇三-三二三〇-五一三四
販売〇三-五二八一-三五五五
印刷所——大日本印刷株式会社

この文庫の詳しい内容はインターネットで24時間ご覧になれます。
小学館公式ホームページ　https://www.shogakukan.co.jp

ISBN978-4-09-407090-3